기묘한 이야기

영미 사계절 단편소설집

기묘한 이야기

인쇄 · 2020년 8월 17일
발행 · 2020년 8월 25일

지은이 · 찰스 디킨스 · 너새니얼 호손 외
옮긴이 · 이소영 · 정정호 · 정혜연 · 정혜진
펴낸이 · 한봉숙
펴낸곳 · 푸른사상사

주간 · 맹문재 | 편집 · 지순이 | 교정 · 김수란
등록 · 1999년 7월 8일 제2-2876호
주소 · 경기도 파주시 회동길 337-16 푸른사상사
대표전화 · 031) 955-9111(2) | 팩시밀리 · 031) 955-9114
이메일 · prun21c@hanmail.net
홈페이지 · http://www.prun21c.com

ISBN 979-11-308-1699-9 03840
값 15,500원

이 도서의 국립중앙도서관 출판예정도서목록(CIP)은 서지정보유통지원시스템
홈페이지(http://seoji.nl.go.kr)와 국가자료종합목록 구축시스템(http://kolis-net.
nl.go.kr)에서 이용하실 수 있습니다. (CIP제어번호 : CIP2020033556)

영미 사계절 단편소설집

기묘한 이야기

—

찰스 디킨스 · 너새니얼 호손 외 지음

이소영 · 정정호 · 정혜연 · 정혜진 엮고 옮김

*A Crazy Tale*_ Charles Dickens·Nathaniel Hawthorne et. al.

 푸른사상
PRUNSASANG

영국의 기후에 대해 험담을 하는 것은 바보 같은 짓이다. 건강한 사람을 위해서는 영국의 기후보다 더 좋은 기후가 없다. 그리고 기후에 대한 판단은 언제나 건강한 상태에 있는 평균적인 토착인을 기준으로 해야 한다. 병약자들은 일기가 자연스럽게 변화하는 데 대해 성난 불평을 할 권리가 전혀 없다. 자연은 병약자들을 안중에 두지 않는다. 병약자들은 가능한 한 자기네의 예외적 건강 상태에 알맞은 예외적 기상 조건을 찾아가고, 수천만 명의 건강하고 활기 있는 남녀가 계절의 변화를 받아들이면서 그 변화에서 차례로 득을 볼 수 있게 해야 한다. 우리 섬나라 날씨는 극단적인 데가 없고 일반적으로 온화하며 최악으로 변덕스러운 경우에도 곧 좋아지리라는 희망을 가지게 하므로 다른 어떤 나라의 날씨에 비해서도 손색이 없다. 봄, 여름, 가을, 겨울을 가리지 않고 영국인만큼 좋은 날씨를 즐기는 국민이 있을까? 영국인이 부단히 날씨 이야기를 하는 것은 날씨가 그에게 제공하는 것을 그가 대부분 지극히 즐기고 있다는 증거이다.

— 조지 기싱, 『헨리 라이크로프트의 내밀한 고백』(이상옥 역)

사계절 이야기와 문학

　　　　　　오늘날 디지털 시대는 조용한 활자의 책
보다 움직이는 영상으로 가득한 화면이 대세다. 청소년들이 한창 책
을 읽을 시기에 텔레비전, 영화, 인터넷, 스마트폰, 게임과 유튜브
등에 빠져 있다. 젊은이들은 책을 보더라도 종이책보다 전자책의 선
호도가 점점 더 높아지고 있다. 급격한 과학기술 발전이라는 물적
토대의 변화로 생겨난 이러한 불가피한 현상을 안타깝다고 하면 시
대에 한참 뒤떨어진 생각일 것이다. 그러나 문학은 아직도 우리에게
조용한 즐거움과 뜨거운 지혜를 주고 있다고 굳게 믿기에 우리는 짧
은 이야기들인 영미 단편소설을 계절별로 묶어보았다. 주로 19세기
와 20세기 초까지의 영미작가 작품을 선택한 이유는 20세기 초 난해
해지기 시작한 모더니즘 소설을 배제하고 작품을 이해하기에 큰 어
려움이 없는 리얼리즘과 환상문학을 소개하기 위해서다.

　그동안 한국에서 작품 소개가 별로 되지 않았던 루이스 캐럴, 오
헨리, 러디어드 키플링, 길버트 체스터턴 등을 포함시켰다. 한국의

세계문학전집 시장은 대부분 장편소설 중심이어서 단편소설을 소개하는 경우가 드물다. 우리 편역자들은 어렸을 때 문학작품을 재미있게 읽었던 시대를 다시 꿈꾸고 싶다. 이 선집이 주로 영미 작품의 번역이기는 해도 21세기 한국 독자들이 여기에 수록된 짧고 재미있는 이야기들을 즐겼으면 좋겠다.

영국 낭만주의 시인 윌리엄 워즈워스(William Wordsworth)는 "어린이는 어른의 아버지다"라고 선언했다. 우리는 모두 어린이가 되어야 한다. 우리가 말하는 어린이란 나이를 불문하고 어린아이처럼 동심의 세계에서 살아가는 모든 사람을 지칭한다. 다시 말해 그들은 세상 풍파에 시달리는 어른이 되더라도, 혹은 이미 그런 어른이 되었더라도 문학작품을 통해 감동하고 깨달음을 얻어 자기 삶을 변화시킬 수 있는 여전히 풍부하고 예민한 감수성을 지닌 이들이다. 그들은 호기심 많던 어린 시절을 망각하고 마술을 믿지 못하며 상상의 세계를 잃어버린 경직되고 물신화된 어른이 아니다. 적어도 그들은 자연과 공감하고 타인을 사랑할 수 있는 사람들이다. 누구나 나이와 세대를 초월하여 우리 모두는 어린아이 같은 마음을 지닐 수 있다. 문학의 세계는 활자화된 언어의 경계를 넘어가기만 한다면 어린이건 어른이건 나이와 관계없이 모든 사람에게 감동과 지혜를 주기 때문이다. 따라서 이 책의 독자들은 문학을 읽고 즐길 수 있는 남녀노소 모두일 것이다.

이야기의 세계는 무서운 현실이나 황당한 환상이 아닌 중간지대

또는 완충지대로 현실과 이상이 공존하는 몽상(夢想, reverie) 지대다. 이 지대는 대화를 통해 현실의 상처와 환영의 질병을 치유하여 지금 여기에서 새로운 삶의 질서와 조화를 역동적으로 창출하고 영원히 시들지 않고 썩지 않게 해주는 세계다. 인간 본성이 변하지 않는 한, 이 중간지대는 정적이거나 수동적인 세계가 아니라 오히려 동적이고 능동적인 공간이다. 이 지대는 인간의 역동적 상상력을 통하여 생명력이 약동하고 육체와 영혼이 혼연일체가 되어 부드러우면서도 힘차게 흘러가는 제3의 지대다. 지금이 아무리 과학 우선과 경제 제일주의, 이념 과잉의 척박한 시대라 할지라도 이 문학의 지대는 우리가 지구 위 삼라만상과 더불어 우주적 질서의 한 부분으로서 합당한의 역할을 할 힘과 지혜를 얻는 발전소다. 이것은 21세기에 문학에 주어진 소임이고 책무다.

감수성이 예민하고 문학적 흡수력이 빠른 사람들은 운문과 산문, 현실과 환상의 세계를 넘나들 수 있는 능력을 상실하지 않고 이성과 감성, 영혼과 육체, 의미와 무의미, 진지함과 경박함의 이분법을 극복할 수 있는 유머, 희화, 농담, 위트, 아이러니를 지닌다. 인간의 삶이란 이 두 영역이 공존하는 모순과 갈등의 수수께끼가 아니던가. 그러나 우리는 어른이 되면서 부드러운 쾌락(즐거움)의 원리(꿈의 세계/비논리/감정/상상의 세계)를 버리고 현실의 원리(이성과 논리/상징의 세계)로 들어가 진지와 엄숙이라는 경직된 이념 속에 스스로를 가둔 채 계속 굳어가다가 시체로 변하고 결국 사라져버린다.

편역자들은 단편 소설들을 영국과 미국, 출생연대 순 등으로 분류하지 않고 사계절로 구분하였다. 사계절은 지구의 온대지방에 위치해 있는 대부분의 나라에서 가장 보편적인 자연의 표상이다. 봄, 여름, 가을, 겨울이라는 사계절은 우리 인간 삶의 무의식 속에서 순환적 반복적 구조를 가지며, 인간의 삶 전체를 사계절로 견주어 볼 수도 있다. 공자(孔子)는 『논어』의 양화(陽貨)편에서 제자 자공과 다음과 같은 대화를 나눈다.

> 자공이 말했다. "선생님께서 만약 아무 말씀도 하시지 않으면 저희들은 무엇을 따르고 전하겠습니까?" 선생님께서 말씀하셨다. "하늘이 무슨 말을 하더냐? 사계절이 운행하며 온갖 물건이 생겨난다. 하늘이 무슨 말을 하더냐?"

공자는 여기에서 자연의 봄, 여름, 가을, 겨울의 사계절이 대우주의 조용한 운행원리임을 밝히고 있다.

그러나 우리의 사계절 분류가 여기 실린 모든 작품에 그대로 맞는 것은 아니다. 또한 요즘은 지구 온난화 같은 기후 변화로 지금까지 우리가 향유하던 사계절의 변별적 차이들이 점점 사라지고 있다. 우리는 각 계절의 특징이 사라져가는 것을 아쉬워하며 가장 보편성을 지닌 이야기들을 계절별로 나누어 이 모음집을 배열했다.

봄, 여름, 가을, 겨울의 사계절로 나눈 이 모음집은 바람, 눈, 햇빛, 언덕, 숲, 산, 개울, 강, 바다 등 자연과 더불어 살 수밖에 없는 인간적 삶의 생태환경적 조건을 고루 갖추고 있다. 동양/서양, 북반구/남반구를 막론하고 지구 주민 대부분이 분포되어 살고 있는 온대지역 사람들의 무의식 속에 사계절은 어떻게 각인되어 있는가? 중국 작가 린위탕(林語堂)이 『생활의 발견(*The Importance of Living*)』(1937년, 뉴욕 출간)에서 구별한 사계절의 특징을 살펴보자.

봄 … 밝음, 고혹적 아름다움, 우아함, 우아한 아름다움, 빛남, 생기, 생동, 영(靈), 부드러움

여름 … 화려함, 무성함, 힘참, 위대함, 장대함, 강함, 영웅적 기상, 기이함, 위험함, 호방함

가을 … 부드러움, 연약, 순수, 소박, 고상, 관대. 가냘픔, 단순, 청명, 여우, 한가로움, 청량함, 실질적인 것

겨울 … 추움, 냉랭함, 빈한함, 정숙, 고요, 고풍스러움, 오래됨, 늙음, 원숙, 말라버림, 격리, 은둔, 숨겨짐

우리는 사계절 속에서 순응하며 자연의 섭리를 따라 겸손하고 온유하게 살아가는 평범하고 소박한 삶을 생각하고 있다. 자연에 직접 감응하고 자연을 느끼며 살아가는 동식물처럼 지구 위 모든 생명의 길을 따르는 것이다. 문학은 우리 삶의 구체성과 보편성을 동시에 재현시켜주는 '구체적 보편'이다. 문학은 이런 의미에서 삼라만상의

상호관계 속에서 살아가는 인간의 모습을 넓고도 깊게 그려내는 정경교융(情景交融)이라는 특별한 표현양식이다.

   이야기는 우리 삶의 중요한 토대로 서사시와 로망스 등을 거쳐 소설 장르로 정착했다. 젊은이들에게 소설은 자연과 함께 살아가기 위한 정서 함양에 필수적이고 어떤 의미에서 거의 본능적 충동이자 욕망이다. 또한 우리는 시나 이야기를 눈으로만 읽지 말고 큰소리로 읽고 외우고 낭송하기를 권장한다. 오래전에 공자가 이미 『논어』에서 말했듯이 무엇이든지 아는 것(知)보다는 좋아하는 것(好)이 낫고 좋아하는 것 보다는 즐기는 것(樂)이 최고의 경지다. 이 선집에 실린 사계절 이야기들은 소리 내어 읽고 외우면 우리의 감각과 인식 그리고 신체가 덩달아 같이 움직이고 춤추며 즐길 수 있는 것이 된다.

   그러나 문학 그리고 독서 행위가 우리 삶의 현장에 개입해 우리의 삶을 작동시키고 변화시키는 일은 그다지 쉬운 일은 아니다. 흰 종이 위에 까맣게 쓰인 글자와 단어들이 어떻게 살아나 의미를 만들고 감동을 만들어낼 수 있을까? 무엇보다 문학작품에 대한 애정과 신뢰가 있어야 한다. 그리하여 19세기 영국의 낭만주의 시인이며 문학이론가 콜리지(S.T. Coleridge)는 '적극적으로 불신하는 마음의 지연'을 권유한다. 문학이 인간이 꾸며낸 '허구'라고 여기고 문학에 적극적으로 가치를 부여하지 않고 능동적으로 기쁨과 즐거움을 느끼기를 거부한다면 문학은 영원히 우리에게 다가오지 않는 뜬구름이 될 것이기 때문이다.

　그렇다면 상상력의 교본이며 안내서인 문학작품을 대할 때 우리는 콜리지의 제안처럼 어떻게 '불신하는 마을을 적극적으로 지연' 할 것인가? 여기에는 의식적 노력과 훈련이 필요하다. 문학 읽기의 궁극적 목적은 사랑이다. 읽기 자체가 '사랑의 수고'가 되어야 한다. 다시 말해 상상력을 불러내는 훈련이 필요하다. 상상력이란 문학 읽기 과정뿐만 아니라 읽은 후의 결과를 논할 때도 중요하다. 이 용어에 대한 논의는 끝이 없을 것이다. 19세기 영국의 낭만주의 시인 셸리(P.B. Shelley)는 '상상력'을 모든 도덕의 요체인 '사랑'으로 정의하는데 여기서 사랑이란 '타자 되기'로 타자에 대한 배려와 사랑을 뜻한다. 내가 다른 사람이 되어보는 것만큼 뜨거운 사랑이 어디에 있겠는가? 상상력을 동원하여 여성-되기, 남성-되기, 어린아이-되기, 가난한 사람-되기, 동물-되기, 식물-되기 등 역지사지(易地思之)의 경지에 이르는 것이다. 부처는 대자대비(大慈大悲), 공자는 인애(仁愛), 예수는 〔이웃〕 사랑을 말하는 것처럼 말이다. 상상력을 동원한 사랑의 배출이 없는 독서행위는 영혼의 울림이 없는 기계적 행위다.

　오늘날과 같은 광속의 시대에도 문학작품 읽기의 노고와 보람은 확실하여 작품과 나 사이의 은근하고 지속적인 관계가 필요하다. 타자와의 관계는 신뢰와 사랑과 존경을 바탕으로 할 때 원만하고 생산적이고 서로 위로하는 상보적 관계가 수립된다. 페이지 위에 무정하게 박혀 있는 까만 글자들은 나의 눈물 어린 노력이 없다면 죽은 척 꼼짝도 하지 않을 것이다. 감동의 발전소이자 상상력의 보물창고는 문을 꼭 걸어 잠근 채로 남아 있을 것이다. 동영상이 막강한 힘을 발휘하는 제4차 산업 시대(디지털 시대)에도 우리의 사고를 기계 중심이 아닌 인간 중심으로 전환시킬 수 있는 '힘'은 문학 안에 있다.

끝으로 번역에 대해 한마디만 하면, 문제는 이미 언제나 번역이다. 모든 번역은 반역이라고 한다. 산문 번역은 어느 정도 가능하다 해도 운문 번역은 거의 불가능하다고 본다. 영시의 육체인 음률, 그 영혼인 음악성이 번역에서는 거의 희생된다. 시가 주는 '청각적 상상력'은 거의 불가능이라 해도 과언이 아니다. 그러나 다행히 이 선집은 이야기인 산문이기에 시 번역보다는 용이하다. 문학이 아무리 보편적 인간의 사상과 감성을 표현하고 재현하는 것이라고 해도 언어와 전통이 전혀 다른 두 문화를 연결시킨다는 일은 무척 어렵다. 첫째 외국어의 낯섦과 새로움이 문제다. 독자들의 가독성을 위해 원전의 타자성을 모두 삭제하는 창조적 번역인 의역은 변장에 가까운 화장을 한 미인이지만 원문을 훼손한 지나친 우리 중심주의다. 그렇다고 모방으로서의 번역인 직역은 생경한 얼굴로 가독성을 떨어뜨릴 것이다. 이 둘의 균형과 조화를 통해 모국어인 한글을 '변형'시키고 '확대'하고 '심화'시켜야 한다는 역자들의 책무를 생각할 때 번역은 언제나 반동적 창조 행위에 불과한 것인가? 우리의 번역이 끝까지 '사랑의 수고'가 되지 못한 부분이 있다면 독자들의 너그러운 양해를 구하고 싶다.

사실 이 선집을 번역한 네 명의 역자들은 외국문학을 전공한 한 가족이다. 가족이 함께 책을 번역한 동기는 이 책이 가족 구성원들이 한 자리에 모여 자연스럽게 소리 내어 읽고 함께 이야기하는 책으로 거듭나길 원했기 때문이다. 문학은 태생적으로 독자 혼자만의 시각적 활동이 아니라 한 사람이 읽어주고 다른 사람들이 듣는 '입'과 '귀'의 협동 활동이 아니었던가? 올해 초 전혀 뜻밖의 코로나 바이러스 팬데믹 사태로 인간관계가 더더욱 메마르고 궁핍해진 이 시대를 고단하게 통과하고 있는 많은 보통 독자들에게 이 선집이 작은 기쁨과 즐거움이 흐르는 물줄기의 통로가 되었으면 하는 것이 역자들의 작은 바람이다.

2020년 8월
편역자 씀

가을

겨울

참으로 화사한 봄 날씨였다. 파란 하늘에는 몇 조각의 하얀 구름이 떠돌고 있었고 대지의 향기는 나를 도취시켰다. 그때 비로소 나는 나 자신이 태양 숭배자임을 처음으로 알게 되었다. 어쩌면 그 긴 세월 동안 하늘에 태양이 있는지 없는지조차 궁금해하지 않으며 살아올 수 있었단 말인가! 그 빛나는 창공 아래서 나는 태양을 경모(敬慕)하기 위해 무릎이라도 꿇고 싶었다. 나는 걸어 다니면서 그림자가 든 곳을 모조리 피하고 있었다. 자작나무 줄기 때문에 생긴 가느다란 그림자마저도 마치 그것이 나에게서 하루를 앗아 갈 것처럼 여겨져서 애써 피했다. 황금 햇살이 내게 아낌없이 축복을 쏟을 수 있도록 나는 모자도 쓰지 않고 다녔다. …

그해 봄철에 내가 나돌아다녔던 일을 나는 지금도 잘 기억하고 있다. 도시보다는 시골 냄새가 더 나는 엑서터시 변두리의 한 거리에 숙소를 정하고 있던 나는 아침마다 새로운 발견을 위해 나서곤 했다. 기후는 더 바랄 것이 없을 정도로 좋았다. 나는 그 당시까지 체험해보지 못했던 좋은 날씨의 영향을 느낄 수 있었다. 공기 속에 섞여 있는 방향(芳香)은 내 기분을 앙양시키는가 하면 그에 못지않게 무마해주기도 했다. … 어느 날 내가 풍요롭고 온화한 골짜기들을 쏘다니고 있을 때 근처의 과수원들은 꽃을 터뜨리고 있었다.… 주위의 아름다운 세계에 대한 환희가 하도 강렬했기 때문에 나는 나 자신마저 잊고 있었다. 나는 뒤를 돌아보거나 앞을 내다보는 일이 없이 그저 즐기고 있었다. … 그 시절은 나에게 새로운 삶의 시기를 허용해주었으며, 내가 배울 수 있는 만큼 나에게 그 새 삶을 활용하는 법까지도 가르쳐 주었다.

　　　　　　　　　— 조지 기싱, 『헨리 라이크로프트의 내밀한 고백』(이상옥 역)

〈봄의 작은 초원〉(1880), 알프레드 시슬레(1839~1899, 영국의 화가)

봄

Gilbert Keith Chesterton

길버트 키스 체스터턴(1874~1936)

　영국 런던 태생으로 20세기 초반 영미문학에 많은 영향을 끼쳤던 언론인 겸 소설가다. 체스터턴의 기발한 산문은 저널리즘, 철학, 시, 전기문, 그리스도교 옹호론, 환상문학, 추리소설 등 다양한 영역에 걸쳐 드러난다. '역설의 왕자'라 고도 불릴 만큼 그의 문체는 기발하고 엉뚱하다. 1900년에 첫 시집을 낸 후 정 치, 사회, 문학 비평을 했다. 체스터턴은 약 80편의 저서를 냈으며 수백 편의 시, 200여 편의 단편소설, 4천 편의 수필, 여러 편의 희곡과 추리소설을 쓴 다작 작 가이기도 하다. 『데일리 뉴스』, 『일러스트레이티드 런던 뉴스』 칼럼니스트로 일 했고, 『브리태니커 백과사전』을 편찬하는 작업에 참여하기도 했다. 만년에 로마 가톨릭으로 개종하였고 대표작으로는 『브라운 신부의 순진』 등이 있다.

기묘한 이야기

길버트 키스 체스터턴

"헤이 디들 디들,
고양이와 바이올린,
소는 달 너머로 뛰어올랐네."

        한 젊은이가 레스토랑에서 내 맞은편 자리에 앉더니 다음과 같은 이야기를 했다는 게 믿기 어렵겠지만 사실이다. 이것은 그 이야기를 들은 후 기록해놓은 것이다.

키가 크고 비쩍 마른 체구의 그 젊은이는 정장 프록코트와 실크 모자를 정성껏 차려입고 있었다. 낮은 어조로 격의 없이 이야기를 시작한 젊은이는 단순하고 느려 터진 태도로 말했고 황량한 빛이 도는 푸른 눈빛은 아무런 변화도 일어나지 않았다. 그의 말이 들리지 않는 곳에 앉아 있던 사람들은 아마도 이 젊은이가 다소 느긋하게 오페라나 자전거 여행에 관한 이야기를 하고 있으리라고 생각했을 것이다. 나 혼자 젊은이가 하는 이야기를 들었는데, 그날 이후 나는 언제라도 인류의 종말이 다가올 수 있다는 생각에 사로잡혀 인간 역사상 예측할 수 없는 대변혁의 소식을 들을 각오가 되어 있다. 왜냐하면, 나는 지구 역사상 두 번째로 아담이 창조되는 새로운 시대가

왔다는 걸 알기 때문이다.

젊은이는 시가를 뻐끔뻐끔 피우며 다음과 같이 말했다.

"난 아무에게도 이 이야기를 믿어 달라고 말하지 않습니다. 단지 바람이 몰아치는 어느 황량한 밤 무슨 말을 해도 믿을 수 있을 그런 순간, 그러니까 모든 이성적인 학자들보다 일단의 미치광이 노파들이 한층 더 현명해지는 그런 순간이 오면, 몸 안의 피가 들끓고 이성이 위력을 잃는 순간이 다가와 자연이 광란의 휴가를 내어 풍차들은 바람을 빨고 바다가 달을 빨아들이며 사과나무에 레몬이 열리고 소가 달걀을 낳는 걸 목격하게 되는 그런 순간이 오면 비로소 나는 사람들의 귀에 대고 이런 이야기를 거칠게 할 수 있을 겁니다.

이야기는 내가 아주 조용하고 녹음이 우거진 곳을 걷고 있던 순간으로 거슬러 올라갑니다. 이 이야기는 나에게도 아주 괴상하고 느닷없다고 여겨지는데 거기에는 다 이유가 있지요.

바로 그 순간 갑자기 내 인생 기록이 끊어지고 말았거든요. 나에게 엄청난 타격을 가한 그 무시무시한 사건이 발생한 바로 그 날, 그 시간, 그 순간에 말입니다. 나는 아무런 기억도 없이 잠에서 깨어났습니다.

내 안에 이처럼 봉인되어 잃어버린 기억에 대해 나는 어리석게도 두려움을 느낍니다. 내 머릿속 깊숙한 곳에 숨겨진 아주 거대한 어떤 것에 근접하면 내 몸이 저절로 부들부들 떨며 움찔움찔하거든요. 내가 확신하는 건 단지 이 두 가지뿐입니다. 첫째는 내가 기억하지 못하는 이 사건이 지금까지 내가 살아오면서 경험한 최대 사건이라 그 이후에 겪은 다른 모든 모험은 아무리 기상천외하다 해도 근접하기 어려운 그 경험이 존재하는 한 비교할 수 없을 정도로 왜소해집니다. 둘째는 어떤 특정한 시간 아주 짧은 순간 갑자기 장막이 걷히면서 나는 모든 걸 알게 되었다는 겁니다. 그런데 그 순간은 섬광과도 같이 순간적으로 사라지고 말았어요. 하지만 내가 다른 사람에게 그 순간적인 계시에 앞선 모든 상황을 설명해주면 그 이야기를 들은 사람은 그 정황들을 꼼꼼히 살펴보게 되어 그 사람 역시 그 말의 본뜻을 즉각적으로 알게 될 것이고 그는 그 단순함에 깜짝 놀라 끔찍한 웃음소리를 토해내리라 나는 정녕코 확신합니다."

"그럼 이제부터 그 이야기를 시작하겠어요. 마치 꿈을 꾸는 사람처럼 거닐던 그 녹음은 하늘 가장자리에 이를 것처럼 사방으로 뻗어 있었습니다. 잠에 취해 스르르 감겨버린 나의 두 눈이 깜짝 놀라 전율하며 떠졌을 때 사방은 한없이 맑았지요. 그런 충격으로 위축된 나는 최대한 몸을 오므려 최소한의 공간을 차지하고 가만히 서 있었습니다.

그 초록 공간의 부분 부분이 기상천외한 무리를 위해 땅속에 뿌리를 내린 첨탑이나 혀처럼 살아 있는 생명체였습니다. 분주하게 먹고 일하고 번식하는 느낌으로 적막함이 내 귀를 먹먹하게 만들었죠. 무수히 많은 그 생명체에 대해 생각하자 머릿속이 휘청거렸어요.

대지에서 자라나는 손가락들 사이로 조심스레 걸어가며 눈을 들어 하늘을 바라본 순간 나는 한 대 얻어맞기라도 한 양 얼른 눈을 감았습니다. 저 높은 허공에 거대한 불길이 펄럭거리며 타고 있었고 눈을 들어 그걸 바라볼 때마다 어찌나 밝은지 눈앞이 캄캄했지요. 종말이 정해진 이 유성 아래에서 여러 해 살아왔지만 나는 그 순간의 느낌을 결코 극복할 수가 없었습니다. 인간은 먹고 마시고 사고 팔고 결혼하고 또 결혼으로 팔려가기도 하지만 그런 와중에 그들이 쳐다볼 수 없는 뭔가가 하늘에 존재하고 있습니다. 아마도 사람들은 무척이나 용감한 것 같아요.

시간이 조금 흐른 후 꿈속에서 일어나는 변화와도 같이 나는 또다시 들판에 서 있는 어떤 물체를 바라보고 있었어요. 처음에는 한 사람으로 보였는데 시간이 조금 지나자 두 사람으로 보였고, 그다음에는 어딘가가 연결된 두 사람처럼 보였어요. 마치 미로 안에서 헤매듯 나는 어지럽게 돌면서 그 주위를 터벅터벅 걸어 다녔는데, 그게 각기 끝에 다리가 두 개씩 달린 발육 부전의 거대한 생명체라는 걸 알게 되었죠. 그건 내리쬐는 태양 아래서 조용히 풀을 뜯어 먹고 있었어요. 내가 조금 전에 아무에게도 이 이야기를 믿어 달라고 간청하지 않는다고 말했지요?

그래서 나는 아직 판독하지 못한 우화들처럼 불길한 조짐들이 즐비한 길을 따라 걸었어요. 꿈에서처럼 황혼은 전혀 없었죠. 햇살 아래서 모든 것이 당당한 명료함과 유치한 부조리를 지닌 채 아주 선명하게 드러났습니다. 모두가 아주 단순한 색깔을 띠고 있더군요. 마치 그 의미를 배우지 못한 채 알파벳을 구사하는 아이가 묘사하는 풍경처럼 말입니다.

어느 순간 땅끝, 그러니까 육지의 가장자리가 허공으로 떨어지는 지점에 도달한 듯했습니다. 조금 더 나아가면 땅이 다시 계속되었지만, 그 두 곳 사이로 내려다보니 하늘이 보였어요. 몸을 구부리고 내려다보다가 나는 또 다른 사람도 내 아래에서 몸을 구부리고 있는 걸 보았습니다. 동그란 눈을 지닌 작은 아이가 밑으로 떨어진 하늘을 향해 고개를 숙이고 있었어요. 그 아이가 저 멀리 가망 없는 영원으로 떨어지지 않은 건 분명코 기묘한 신의 은총이었을 거예요."

젊은이는 생각에 잠겨 잠시 말을 멈추었다. 나는 "물웅덩이"라고 말하고 싶었지만, 그 단어가 입에서 나오지 않았다. 그 말을 잊어버렸던 것 같다. 나는 무시무시하던 젊은이의 푸른 눈, 지탱할 수 없는 의미를 가득 담고 있던 커다란 눈을 제외하고는 모든 걸 잊어버린 것 같았다. 그 순간 젊은이는 또다시 말하기 시작했다. "하늘에서 시끄러운 소리가 커다랗게 울려 퍼져 뒤돌아보니 거인이 서 있었어요. 이 세상이 시작되었을 때 거인들의 영토 가장자리로 들어선 자들에 관한 이야기와 전설들이 있었죠. 하지만 그토록 엄청난 광경이 두 다리로 움직이는 걸 직접 보았을 뿐 아니라 내 얼굴과 비슷한 거대한 얼굴이 하늘을 가득 메우는 걸 목격한 순간 내 마음을 가득 메운 압도적 혼란스러움과 불길한 느낌을 어떻게 말로 표현할 수 있겠습니까.

그 거인은 허공을 나는 새처럼 나를 들어 올리더니 자신의 어깨 위에 얹어 놓았지요. 가까이 다가갈수록 눈앞에 점점 더 크게 드러나던 그 거대한 이목구비를 나는 결코 잊지 못할 겁니다. 한없이 미소 짓고 있는 그의 얼굴을 비춰주던 태양, 그 광경을 보면 누구라도 악몽에 시달릴 거예요."

젊은이는 또다시 머뭇거렸다. 온전한 관습과 경험으로 이루어진 합리적인 세계가 내게서 점차 멀어져간다고 느꼈다. 나는 마치 물에 빠져 허우적대는 사람처럼 필사적으로 외쳤다.

"그렇지만 그것은 사람, 그러니까 당신 아버지였잖아요."

젊은이는 우연의 일치에 놀란 듯 눈썹을 치켜세웠다. "사람들이 그렇게 말하긴 했죠." 그가 말했다. "그런데 그 말이 무슨 뜻인지 당신은 아세요?"

온 땅을 진동시키는 지진과도 같은 전지전능하신 하나님의 질문에 된통 얻어맞은 욥이 그랬듯이 나는 힘이 빠지고 숨이 막혔다.

젊은이는 천천히 시가를 피우며 말을 이어갔다.

"거인과 함께 여자도 한 명 있었어요. 그 여자를 보았을 때 전생의 기억과도 같이 뭔가가 내 안에서 꿈틀거렸습니다. 얼마 동안 그들과 함께 생활한 후 나는 뭐가 진실인지 조금씩 파악하기 시작했어요. 거인 남녀는 나를 죽이는 대신 시종처럼 나를 먹이고 돌보아주었죠. 내 삶에 있어서 가장 엄청난 사건으로 나를 이끌어줄, 지금까지 잊고 있던 서사적 모험들을 겪으면서 나는 분명히 이 착한 사람들에게 어떤 큰 도움을 주었다는 걸 깨닫게 되었습니다. 공교롭게도 그게 어떤 건지 나 자신도 기억할 수 없지만, 여인의 눈빛에서 불가해한 애정과 함께 별들이 간직한 비밀처럼 그것이 밝게 빛나고 있는 걸 바라보며 나는 무척 기뻤답니다. 감사하는 마음만큼 아름다운 건 없으니까요.

어느 날 내가 그녀의 무릎 옆에 서 있을 때 그녀가 말을 걸어왔지만 나는 대답할 수 없었어요. 두려운 상상으로 내 목이 새롭게 조여들었답니다. 그 여인은 예전보다 작았어요. 집도 더 작았고, 천장도 더 낮게 느껴졌습니다. 하늘과 땅, 심지어 가장 멀리 떨어져 있는 별마저도 나를 진압하기 위해 가까이 다가오고 있었어요.

다음 순간 나는 진실을 깨닫게 되었고 집에서 도망쳐 나와 마치 뭔가에 홀린 사람처럼 덤불 속으로 뛰어들었습니다. 악몽이기에는 너무나 소름 끼치는 병적인 변화가 내 안에서 점점 더 활기차게 일어났어요. 원하든 원하지 않든 나는 점점 커지고 있었죠. 혹시라도 내가 하늘을 가득 메울 만큼 커져서 머리가 천국까지 다다라 천사들의 금빛 깃털 사이에서 당황해하는 거인이 되는 건 아닌지 터무니없는 억측을 하며 나는 자갈밭에서 마구 굴렀어요. 사실 나는 그렇게 되지는 않았지요.

내가 다음에 목격한 걸 예고해주는 어떠한 전조도 예감도 없었다는 걸 생각하면 앞으로도 늘 경외감에 휩싸일 겁니다. 단지 눈을 들었을 뿐인데 그게 눈앞에 나타났던 거지요. 내게서 몇 발자국 떨어진 곳에 커다란 푸른 눈과 까마귀처럼 새카만 머리카락을 지닌 몸집이 나만한 어린 소녀가 무릎을 꿇고 앉아 있었어요. 그 여자아이 뒤로 보이는 풍경은 산울타리건 나무건 내가 그곳을 떠나올 때와 똑같았고 조금도 변한 게 없었지만 분명 나는 새로운 세계로 들어섰다는 걸 확신했지요. 자리에서 일어나 나는 소녀에게 허리를 숙여 인사했어요. 그러는 내 모습이 기이했겠지만, 소녀의 볼에 홍조가 빨갛게 나타났습니다.

'어머, 정말이지 당신은 참 멋지네요.' 소녀가 말했어요.

나는 미심쩍은 눈으로 소녀를 바라보았답니다.

'모두들 당신이 뭐든지 유심히 지켜보는 미치광이 소년이라고 말하던걸요. 내 생각에는 내가 미치광이를 좋아하는 것 같아요.' 소녀가 말했어요.

나는 아무 말도 하지 않았어요. 그저 몸을 치켜세우고, 이 뒤죽박죽 요정의 세계에서 마침내 이곳에 다다를 때까지 내가 방랑하던 행로의 굴곡 하나하나를 놓고 하나님께 감사드렸습니다. 기적의 응답을 간절히 구한 적도 없는데 맑은 하늘에서 투명한 물방울이 두세 방울 떨어졌어요.

'폭풍우가 오려나 봐요.' 소녀가 다급하게 소리쳤어요.

소녀는 숲에 드리워지는 어둠과 이따금 하늘을 뒤흔드는 굉음이 무척이나 두려운 것 같았어요. 녹음을 전혀 두려워하지 않는 것 같던 소녀가 이런 두려움을 나타내다니, 나는 무척 놀랐지요.

소음과 어둠과 휘몰아치는 빗줄기에 소녀가 어쩌할 줄 모르고 당혹해하는 것 같아 나는 그녀를 팔로 감싸주었어요. 그러자 뭔가 새로운 느낌이 나를 휘감았답니다. 덜 이질적이고 또 불안하면서도 더 책임감 있고 기묘하게 강해진 것 같은 느낌이었어요. 마치 어떤 신뢰와 특권을 물려받은 것 같았지요. 처음으로 그런 기괴한 풍경에 친근감이 느껴졌고 나는 내가 올바른 곳으로 보내졌다고 생각하게 되었답니다.

'당신은 정말로 용감해요.' 마치 하늘이 우리 위로 허리를 굽히고 귀청이 터지도록 우리 귀에 대고 큰소리로 외치는 것처럼 소녀가 말했어요. '당신에게는 들리지 않나요?'

'나에게는 데이지가 자라는 소리가 들린답니다.' 내가 대답했어요. 소녀의 답변은 천둥소리에 파묻혀 들리지 않았습니다. 한참을 걸어간 후 그녀가 말했어요. '그런데 당신은 미치광이가 아닌가요?'

내가 대꾸를 하는데, 마치 다른 사람이 내 귀에 대고 말하는 것 같

앉아요. '나는 이 세상에서 처음으로 제대로 볼 줄 아는 사람이랍니다. 예언자나 현인은 전에도 있었고 그들의 위대한 마음속에서 학교와 교회가 생겨났지요. 하지만 나는 처음으로 민들레를 그 모습 그대로 보았답니다.'

어두운 비바람이 우리 주위를 휘감아 돌면서 그 끔찍한 선언의 장소를 구름으로 둘러쌌어요."

젊은이는 또다시 머뭇거렸다. 내 근처에 앉아 있던 누군가가 자기 의자를 내 의자 곁으로 움직였다. 나 홀로 미치광이 은둔자와 사막에 있었던 게 아니라 사람들이 방 가득히 앉아 있었다는 걸 깨닫고 나는 얼마나 놀랐는지 모른다.

"하지만 당신은 내게 그 엄청난 순간에 대해 말해주지 않았어요. 당신이 모든 걸 발견한 것 같았던 그 순간 말입니다." 내가 말했다.

"곧 말할게요." 그가 말했다. "그로부터 십 년 후 소녀와 나는 부부가 되어 한방에 함께 서 있었어요. 나와 몸집이 비슷한 다른 남녀들이 방안을 들락거렸고 거인들은 더는 없었답니다. 마치 내가 거인들의 꿈을 꾼 듯했지요. 그러니까 동족에게로 되돌아온 것 같았어요. 바로 그때 소파 같은 것 위로 허리를 굽히고 있던 아내가 침대보를 들췄고, 그 순간 어째서 이토록 우연하게도 이 환상의 경계지에 내가 보내졌는지 깨닫게 되었어요. 그건 새보다 클까 말까 한 아주 조그마한 인간 생명체였어요. 그걸 본 순간 나는 모든 걸 알게 되었죠. 내 인생의 최대 사건이 어떤 건지 말입니다. 내가 잊고 있던 사건을 알게 된 거예요."

나는 낮은 목소리로 "탄생"이라고 중얼거렸다. 감히 그의 얼굴을 쳐다볼 수가 없었다. 그다음 내가 인식할 수 있었던 건 그가 두 발로 일어서서 아주 조심스럽게 장갑을 끼고 있다는 것이었다. 나 역시 벌떡 일어나 재빨리 말했다.

"무슨 뜻으로 그런 말을 한 거죠? 당신은 사람인가요? 도대체 당신은 뭐죠? 야만인, 정령, 아니면 어린아이인가요? 당신은 지나치게 문명화된 이 시대에 길든 교양 있는 사람처럼 옷을 입고 언어도 구사하잖아요. 그런데도 마치 모든 걸 처음 보는 사람처럼 바라보는군요. 도대체 그게 무슨 뜻입니까?"

잠깐 침묵이 흐른 후 그가 조용히 대답했다.

"단순한 어떤 말이 그 의미를 상실하고 알 수 없는 한 조각의 언어가 될 때까지, 짐승이 울부짖는 것처럼 그저 입을 여닫게 될 때까지 당신은 어떤 단순한 말을 반복해서 말해본 적이 있나요? 우리가 살아가는 이 대단한 세상도 마찬가지입니다. 익숙한 것으로 시작하지만 생소한 것으로 끝나고 말지요. 인간이 처음으로 이 세상에 대해 생각하고 말하고 학설을 세우고 어구와 연상들로 이 세상을 반복적으로 다루기 시작하면서, 마치 심리적으로 필수적인 것처럼 어느 날 스무 번째로 발음한 어떤 단어에 상응하는 생명체, 즉 볼 수 있는 눈과 들을 수 있는 귀를 지닌 새로운 동물이 운명적으로 만들어지게 된 거죠. 그 생명체는 과거에는 진정으로 상상해본 적도 없는 새로운 기능을 수행할 수 있게끔 지성을 지녔고 자신을 창조해준 데 대해 하나님께 감사를 올려드립니다. 종교는 여전히 초기 단계에 있다고 감히 말씀드리지만, 수도승이든 은둔자이든 십자군이든 영국 기병대이든 그들 모두가 경배드릴 때 그들은 충분히 광신적이지도 열광적이지도 않았어요. 새로운 유형이 도래했고 당신은 그걸 목격한 겁니다."

젊은이는 문을 향해 움직였다. 그러다가 나는 그가 또다시 발걸음을 멈추고 깊은 생각에 잠겨 마룻바닥을 응시하고 있다는 걸 알아차렸다.

"지금까지도 나는 그들을 이해하지 못한답니다. 사방팔방 번갈아 가며 땅 위로 터벅터벅 걸어 다니던 그 두 생명체 말입니다. 그게 내 발이었다는 현재의 해석에 나는 결코 만족할 수 없습니다."

그런 다음 젊은이는 여전히 조심스럽게 장갑 단추를 채우면서 밖으로 나갔다. 나는 탁자로 돌아와 자리에 앉았다. 그가 떠난 지 대략 4분이 지난 후 나는 일종의 정신적 충격을 느꼈다. 머릿속에서 뭔가가 제자리로 돌아오는 것 같았다.

그 사람이 미치광이라는 생각이 떠올랐다. 그 생각이 얼마나 갑작스레 떠올랐는지 인정하기 창피할 정도다. 그가 나와 함께 있을 동안에는 그의 태도가 전반적으로 분별력 있고 정상적이며 완전하다고 믿었다. 아마 천지창조 이후로 나머지 사람들 그러니까 인류 전체가 어리석다는 생각에 내가 빠져 있었기 때문일 것이다.

Lafcadio Hearn

라프카디오 헌(1850~1904)

1850년 그리스 이도니아 제도의 레프카다 섬에서 아일랜드계 의사였던 아버지와 그리스계 어머니 사이에서 태어난 헌은 1869년 열아홉의 나이로 혈혈단신 미국 신시내티로 이주하였으나 극빈자 생활을 면치 못했다. 다행히 친구이자 유명한 편집자 헨리 왓킨과 교류하면서 글 쓰는 재주를 인정받아 1872년『신시내티 데일리 인콰이어러』의 기자로, 1877년 뉴올리언스에서『신시내티 커머셜』의 특파원으로 일했다. 1890년 일본으로 건너간 헌은 헨리 왓킨에게 보낸 편지에서 '일본은 사람도, 물건도 모두 신비한, 작은 요정의 나라'라고 감탄했다. 이후 시마네현 공립중학교와 마쓰에 사범학교에서 교편을 잡고 세쓰코와 결혼했으며 1891년에는『낯선 일본과의 만남』을 집필하여 일본에서 명성을 얻었다. 1895년 그는 귀화하였으며 이후에도 일본 문화에 관한 글쓰기에 매진하였다. '외국인으로서 가장 뛰어난 일본의 관찰자'로 칭송받던 헌은 1904년 심장마비로 54세 나이에 사망했다. 저서로『동쪽 나라에서』,『마음』,『이국적인 것과 추억』,『괴담』,『괴기스러운 일본』,『그림자』,『일본잡록』등이 있다.

거울 속 모습

라프카디오 헌

제법 오래전에 교토에서 꼬박 하루 걸려 갈 수 있는 마을에 단순하고 예의 바른 사족(士族)이 살고 있었다. 안타깝게도 부인은 이미 저세상 사람이 된 지 오래였고 순진하고 마음씨 좋은 사족은 외아들과 단둘이 평화롭고 조용하게 살고 있었다. 여자들과는 가까이하지 않아 그들은 여자들의 사랑스러운 면도 몰랐지만, 여자들이 얼마나 골칫거리가 될 수 있는지도 전혀 알지 못했다. 든든하고 착실한 남자 하인들이 집안일을 도맡아 하였으므로 해가 뜰 때부터 해 질 녘까지 여자들의 선홍색 기모노 허리띠도 기다란 소맷자락도 볼 기회는 결코 없었다.

사실 아버지와 아들은 매우 행복하였고 하루하루가 즐거웠다. 하루는 논에서 일하고 하루는 종일 낚시를 하곤 했다. 봄이면 벚나무와 자두나무에 만발한 꽃구경을 나갔고 다른 계절에는 붓꽃이나 모란꽃, 또는 연꽃을 보기 위해 함께 나들이를 갔다. 꽃구경을 나갈 때면 아버지와 아들은 파랗고 하얀 테누구이[일본의 전통기법으로 염색한 무명수건]를 머리에 둘러매고 기분 좋게 정종을 음미했다. 잔소리하는 사람이 하나도 없었기에 두 부자는 마음 내킬 때마다 흥겨운 잔치를 즐길 수 있었다. 때때로 아버지와 아들은 초롱불의 인도로 집에 돌아왔고 계속해서 낡은 옷을 입었으며 식사도 불규칙적으로 할 때가 많았다.

그러나 안타깝게도 인생의 즐거움은 무상한지라 어느새 아버지는 이제는 자기가 살 날이 많지 않은 노인이라는 사실을 깨닫게 되었다.

어느 날 밤, 아버지는 담뱃대를 입에 물고 화로 위에 손을 녹이며 아들에게 말을 건넸다. "아들아, 이제 네 짝을 찾을 때가 된 것 같구나."

"그런 말 마세요, 아버지!" 청년이 깜짝 놀라 말했다. "어째서 그런 끔찍한 이야기를 하시는 겁니까? 장난하시는 거예요? 농담이시죠?"

"농담이라니." 아버지가 대답했다. "너도 곧 알게 되겠지만 지금 난 아주 진지하게 말하는 거란다."

"하지만 아버지, 전 여자가 너무나 두려운걸요."

"그건 나도 마찬가지란다, 얘야. 정말 미안하구나." 아버지가 말했다.

"그런데 왜 결혼하라고 하시는 거예요?" 아들이 의아해하며 물었다.

"자연의 섭리에 따라 머지않아 난 죽게 될 거야. 그러니 널 돌봐줄 아내가 필요하단다."

아버지의 말에 마음이 여린 아들의 눈에 눈물이 그렁그렁 맺혔다. "저 혼자서도 잘 할 수 있어요, 아버지."

아버지는 슬퍼하는 아들을 보며 말했다. "지금은 그런 생각이 들겠지만 사실은 그렇지 않단다, 얘야."

결국, 그들은 아들에게 적당한 배필을 찾아냈다. 아들의 아내가 될 처녀는 젊고 그림처럼 아리따웠다. 그녀의 이름은 타셀이었는데 그녀의 고장에서는 후사라고 불리기도 했다.

"삼배 주"를 함께 마신 다음 아들과 타셀은 부부의 연을 맺었다. 단둘이만 남게 되자 아들은 아내를 뚫어지게 쳐다보았다. 새신랑이 된 아들은 아무리 생각해도 아내에게 무슨 말을 건네야 할지 알 수 없어 안절부절못했다. 그는 아내의 소맷자락을 가만히 잡은 다음 손으로 부드럽게 쓰다듬었다. 그렇지만 여전히 그는 아무 말도 꺼내지 못했고 정말이지 바보 같아 보였다. 새색시 타셀은 얼굴에 홍조를 띠었다가 창백해지더니 다시 붉어졌고 마침내 울음을 터뜨리고 말았다.

"타셀, 제발 울지 말아요." 아들이 애원했다.

타셀은 훌쩍이며 대답했다. "내가 마음에 안 드시는 거죠? 내가 예쁘지 않다고 생각하시나 봐요."

"사랑스러운 타셀, 그대는 들에 핀 콩꽃보다 아름답고 마당에서 뛰노는 자그마한 암탉보다 귀여우며 연못에 사는 장밋빛 잉어보다 더 예쁘다오. 당신과 나 그리고 우리 아버지가 함께 행복했으면 좋겠소."

남편의 말에 그녀는 눈물을 닦으며 조용히 웃었다. "입고 있는 바지를 내게 주시고 다른 것으로 갈아입으세요. 지금 입은 바지에 난 커다란 구멍이 결혼식 내내 신경 쓰여 혼났어요!"

두 젊은 남녀는 이렇게 해서 부부가 되었고 모든 것을 고려할 때 둘의 결혼생활의 시작은 그다지 나쁘지 않았다. 물론 상황은 아버지와 아들이 해가 뜰 때부터 해 질 녘까지 여자들의 선홍색 기모노 허리띠나 기다란 소맷자락을 보지 못했던 그 즐거웠던 시절과는 같지 않았지만 세 식구는 그럭저럭 잘 지냈다.

세월이 흘러 자연의 순리대로 아버지는 저세상 사람이 되었고 살아생전에 검소한 생활을 하며 부지런히 돈을 모은 덕분에 아버지가 금고 안에 잔뜩 남겨놓은 돈으로 아들은 그 고장에서 제일가는 부자가 되었다. 진심으로 아버지의 죽음을 슬퍼하는 아들에게 부자가 되었다는 사실은 위안이 되지 못했다. 쉬지도 않고 자지도 않으며 아들은 아버지의 무덤을 밤낮으로 지켰다. 아내인 타셀에게도 무심해진 아들은 아내가 변덕을 부리건 그의 앞에 맛좋은 음식을 가져다 놓건 간에 눈길 한 번 주지 않았다. 매우 창백해지고 수척해진 남편의 모습에 어찌할 바를 몰라 발을 동동 구르던 타셀은 마침내 남편에게 한 가지 제안을 내놓았다.

"여보, 교토에 잠깐 다녀오시면 어떨까요?"

"교토에는 뭐 때문에 간단 말이오?" 남편이 물었다.

아내의 혀끝에서는 "기분 전환하러요"라는 말이 맴돌았지만 절대로 그렇게 말하면 안 될 것을 그녀는 잘 알고 있었다.

"아, 조국을 향한 도리로요. 애국자는 반드시 수도 교토를 살아생전 한번은 방문해야 한다는 말도 있잖아요. 그리고 그곳에 가서 요즘 유행하는 게 어떤 건지 눈여겨보았다가 집에 돌아와 나한테도 알려주세요. 내 옷은 유행에 너무 뒤처졌어요! 요즘 사람들이 어떤 옷을 입고 다니는지 정말로 알고 싶어요!" 타셀이 말했다.

"교토에 다녀올 마음이 별로 없구려." 청년이 말했다. "게다가 요즘은 벼 모종 시기인데 그 일도 아직 끝내지 못했잖소. 교토에 다녀올 시간이 있다면 논에 나가 일을 하겠소."

그렇지만 청년은 이틀 후 아내에게 깨끗하고 제일 좋은 옷차림을 준비해주고 도시락을 싸달라고 부탁했다. "교토에 다녀올까 하오." 라고 부인에게 말했다.

"어머, 웬일이세요. 어떻게 그런 결심을 하게 된 거예요?" 타셀이 남편에게 물었다.

"그래도 한 번은 가보는 게 도리라는 생각이 들었소." 청년이 대답했다.

"네, 그래요." 현명한 타셀은 다시는 아무 말도 묻지 않았다. 다음 날 이른 아침에 교토로 향하는 남편을 배웅한 다음 타셀은 집 안 청소에 전념했다.

여행 채비를 하고 길을 나선 청년은 기분이 조금 좋아졌고 머지않아 교토에 도착했다. 경탄할 만한 볼거리가 참 많은 곳이었다. 사원과 호화로운 저택, 그리고 커다란 성과 아름다운 정원을 구경한 다음 가게들이 즐비한 멋진 거리를 거닐었다. 동그랗게 뜬 눈으로 신기한 것들을 구경한 청년은 입이 떡 벌어졌다. 교토는 여태 소박한 생활을 한 청년으로서는 처음 보는 진기한 구경거리들로 가득했다.

이윽고 아들은 햇빛을 받아 반짝이는 거울들이 가득한 가게 앞을 지나게 되었다.

"참으로 아름다운 은색 달로 가득하구나!" 순진한 아들은 감탄하며 혼잣말을 하였다. 그러고는 용기를 내어 거울 하나를 손으로 집어 들었다.

거울을 집어 든 아들의 얼굴이 갑자기 백지장처럼 하얗게 변했고 여전히 손에 든 거울을 들여다보며 아들은 가게 문 옆에 있는 의자에 털썩 주저앉았다.

"아니 아버지! 왜 여기 계세요? 돌아가신 게 아니었어요? 정말 신에게 감사드릴 경사로운 일이로군요! 분명히 돌아가셨다고 생각했는데……. 하지만 지금 이렇게 건강하게 살아 계시니까 그런 건 중요한 게 아니죠. 좀 창백하시긴 하지만 아주 젊어 보이세요! 아버지, 입을 움직이는 것으로 보아 무슨 말을 하시는 것 같은데, 제가 들을 수가 없네요. 아버지, 저와 함께 집으로 돌아가요. 그래서 예전처럼 같이 지내요. 그렇게 하시는 거죠, 아버지? 웃으시니까 너무 좋아요."

"손님, 거울이 아주 쓸 만하죠?" 상점 주인이 아들에게 말을 걸었다. "최상급으로 만들어진 겁니다. 지금 손에 들고 계신 건 우리 가게 물건 중에서 가장 좋은 것이에요. 물건 보는 안목이 있으시네요."

청년은 손으로 거울을 꼭 쥐고는 다소 바보스러울 정도로 거울을 뚫어지라 바라보았다. 가게 주인을 향해 아들은 떨리는 목소리로 속삭였다. "얼마입니까? 이거 파는 것 맞지요?" 그는 아버지를 다시 빼앗길까 봐 노심초사하며 물었다.

"물론 파는 물건이죠. 그리고 가격도 아주 저렴하답니다. 2원밖에 안 해요. 거저 가져가시는 거나 마찬가지예요." 상점 주인이 답했다.

"2원밖에 안 한다고! 이토록 자비를 베푸시는 신들이여, 감사합니다!" 기쁨에 들떠서 청년이 소리쳤다. 입이 귀에 걸리도록 활짝 웃으며 잽싸게 지갑을 꺼내어 돈을 냈다.

가게 주인은 3원 아니, 5원이라고 말할 걸 하며 마음속으로 후회했다. 그러나 주인은 미소를 띠고 멋진 하얀 상자에 거울을 포장하여 녹색 끈으로 단단히 묶어주었다.

"아버지, 집에 돌아가기 전에 집에 있는 그 여자, 제 아내를 위해 뭔가 값싼 선물이라도 하나 장만해야 할 것 같아요." 아들이 말했다.

아무리 생각해도 그는 도저히 이유를 말하지 못했을 터였지만, 여하튼 아들은 집에 돌아와 아내 타셀에게 교토에 있는 가게에서 2원을 주고 아버지를 사 왔다는 이야기를 입 밖에도 꺼내지 않았다. 결국, 이게 아주 커다란 실수였다는 게 다음에 밝혀졌지만 말이다.

산호로 만든 머리핀과 비싼 옷감으로 만든 새 허리띠를 선물 받은 타셀은 기분이 좋았다. "남편 기분이 아주 좋아진 것 같아 다행이야." 타셀은 혼잣말로 중얼거렸다. "그렇지만 너무 쉽사리 아버지를 잃은 슬픔을 잊은 게 좀 이상하긴 하네. 하긴 남자들은 어린애 같으니까." 한편 아들은 아내 몰래 그녀의 보물상자에서 녹색 비단 조각을 꺼내어 신당 안에 있는 찬장 바닥에 깔았다. 그러고는 그 위에 거울이 든 하얀 나무상자를 놓았다.

이른 아침마다 그리고 아주 늦은 저녁마다 아들은 신당에 있는 찬장으로 가서 아버지와 담소를 나누었다. 두 부자는 즐겁게 대화를 나누기도 하고 함께 실컷 웃기도 하였다. 아버지와 즐겁게 지내게 된 아주 단순하고 순진한 아들은 그 고장에서 가장 행복한 청년이었다.

하지만 눈치 빠르고 귀가 밝은 타셀은 머지않아 남편의 변화를 눈여겨보면서 이상하다고 생각하였다.

남편이 요즘 들어 뻔질나게 신당을 드나드는데 왜 그런 거지? 거기다 뭘 숨겨놓았는지 알 수 있으면 좋을 텐데. 혼자서 끙끙 앓는 성격이 아니었던 타셀은 곧바로 남편에게 최근 잦아진 신당 출입에 관해 물었다.

착하고 솔직한 청년은 아내의 질문에 사실대로 말했다. "사랑하는 아버지를 다시 집으로 모시고 오게 되었지 뭐요. 그래서 요즘 너무 행복하다오."

"흠, 그랬단 말이죠." 타셀은 미심쩍은 듯 대꾸했다.

"값도 2원밖에 안 했단 말이요! 가격이 저렴한 게 좋긴 좋지만, 너무 이상하지 않소?"

"정말 저렴하네요. 그리고 뭔가 이상하기도 하고요. 그런데 왜 처음부터 사실대로 말하지 않았어요?" 타셀이 물었다.

청년의 얼굴이 붉게 물들었다.

"왜 그랬는지 나도 잘 모르겠어. 사실대로 말을 안 한 건 정말로 미안하오. 그렇지만 나는 정말 모르겠어!" 그 말을 남긴 채 아들은 밭에 일하러 나갔다.

남편이 등을 돌리자마자 타셀은 벌떡 일어나 바람처럼 신당으로 달려가 문을 쾅 하고 열었다.

"아니 내 녹색 비단을 선반 바닥에 깔다니!" 아내는 화가 치밀어 올랐다. "그런데 아버님이 도대체 어디 있다는 거지? 이 안에는 흰 상자밖에 없잖아? 그 안에 무엇을 숨겨놓은 걸까?"

재빨리 상자를 열어 거울을 들고 말했다. "어머, 참으로 판판하고 반짝이는 이상한 물건이로군!"

거울 속을 들여다본 타셀은 한동안 아무 말도 하지 않았지만, 곧바로 분노와 질투의 눈물이 홍수처럼 뺨을 타고 흘러내렸다. 그녀의 얼굴은 이마부터 턱까지 붉게 물들었다.

"아니, 웬 낯선 여자가 여기 있는 거지? 이게 바로 남편의 비밀이었구나! 이 찬장 안에 여자를 숨겨놓았군! 아주 젊고 아주 예쁜 여자를 말이야. 아니야, 다시 보니 그다지 예쁘진 않아. 그저 자기가 예쁘다고 생각하는 허영덩어리일 뿐이지. 분명히 교토에서 데려온 무희가 틀림없어. 성격도 아주 나빠 보이는걸. 얼굴이 새빨갛고 인상도 잔뜩 찌푸리고 있잖아. 아주 심술궂고 천박하게 생겼군! 남편에게 다른 여자가 있으리라고 누가 상상조차 할 수 있었겠어? 수도 없이 식사를 준비해주고 구멍 난 바지를 수선해준 내가 불쌍한 년이지!"

그 말을 내뱉은 타셀은 상자 안에 거울을 던져놓고 찬장 문을 쾅 하고 닫아버렸다. 그녀는 신당 바닥에 몸을 내던진 채 가슴이 찢어지듯 울고 또 울었다.

그때 남편이 신당 안으로 들어왔다.

"여보, 신발 끈이 끊어졌소, 그리고 난, 아니 근데 당신 왜 그래요?” 남편은 재빨리 부인 옆에 무릎을 꿇고 앉아 아내를 위로하기 시작했다. 그러고는 바닥을 향한 타셀의 얼굴을 들어 올리려고 애를 썼다.

“여보, 왜 그래? 무슨 일이야?” 남편은 부드럽게 물었다.

“여보라니요!” 아내는 계속해서 흐느끼며 신경질적으로 소리쳤다. “난 집으로 돌아갈래요.”

“여보, 여기가 당신 집이잖아. 이곳이 남편인 나와 함께 사는 우리 집이지.”

“남편 좋아하시네! 찬장 안에 있는 여자와 몰래 바람피웠잖아요! 스스로 아름답다고 생각하는 아주 추악한 여자하고 말이요! 게다가 내 녹색 비단까지 그 여자에게 갖다 주다니!”

“여자? 비단을 갖다 줘? 이게 다 무슨 소리요? 설마 그까짓 녹색 천 조각을 아버지 침대에 깔아드렸다고 지금 이러는 거요? 여보, 진정해요. 그까짓 거라면 스무 개도 넘게 사줄 테니까!”

그 말을 들은 타셀은 벌떡 일어나 분노가 치밀어 춤이라도 추는 양 소리쳤다.

“아버지라고요? 아버지요? 아버지?” 타셀은 비명을 지르듯 소리쳤다. “내가 바보로 보여요? 아니 내가 어린애 같아요? 이 두 눈으로 똑똑히 여자를 봤단 말이에요.”

불쌍한 청년은 지금 자신이 제대로 서 있는지 아니면 물구나무하고 서 있는지 정신이 하나도 없었다. “아니 아버지가 또 떠나신 건가?” 아들은 신당에서 거울을 꺼내 들었다.

“다행이로군. 아직도 2원을 주고 사 온 아버지가 여기 계시네. 아버지, 무슨 걱정이 있으세요? 아니라면 웃으세요. 저처럼 말이에요. 자, 다 잘 해결될 거예요." 아들이 말했다.

타셀은 격노하여 남편의 손에서 거울을 낚아챘다. 거울 속을 한 번 힐끗 쳐다보고는 방 저편으로 거울을 던져버렸다. 그러자 거울은 목재로 만든 벽에 부딪혔고 커다랗게 쨍그랑 소리를 내며 땅바닥에 떨어졌다. 그 소리에 하인들과 이웃 주민들이 무슨 일이 있나 살펴보러 달려왔다.

"우리 아버지예요. 제가 교토에서 2원을 주고 사 왔거든요." 아들이 몰려온 사람들에게 말했다.

그러자 타셀이 눈물을 흘리며 말했다. "아니에요, 내 녹색 비단을 훔친 여자를 찬장 안에 숨겨놓았단 말이에요!"

모든 사람이 아주 수선스럽게 떠들어대기 시작했다. 부인 편을 드는 사람도 있었고 남편의 편을 드는 사람도 있었다. 시장바닥처럼 사람들이 시끄럽게 떠들어댔지만 문제는 해결되지 않았다. 그리고 아무도 거울을 만지려 들지 않았다. 거울이 요술이 걸린 물건이라고 생각했기 때문이었다.

남편을 옹호하는 사람들과 부인 편을 드는 사람들 사이의 논쟁은 어쩌면 세상 마지막 날까지 계속되었을지 모른다. 그러던 중 한 사람이 말했다. "여자 스님에게 여쭤보는 게 어떨까요? 그분은 아주 지혜로운 분이니 해결책을 아실 거예요." 그들 모두가 스님을 만나러 몰려갔다.

그 여자 스님은 아주 독실하고 신앙심이 깊은 분으로 경건한 비구니들을 돌보고 있었다. 아주 진실한 기도와 묵상으로 하루를 보냈으며 현명한 스님은 육신의 유혹과 다른 인간사에 관해서도 잘 알고 있었다. 거울을 든 스님은 한참을 들여다본 후 마침내 입을 열었다.

"여러분, 이 불쌍한 여인은 말이죠. 이 거울 속 사람이 여자라는 사실은 해가 동쪽에서 뜨는 것처럼 분명해요. 이 조용한 가정에 자신 때문에 일어난 소동으로 인해 아주 많이 괴로워하고 있네요. 그래서 머리를 자르고 비구니가 되었군요. 제대로 자기 자리를 찾아온 것 같으니 내가 이곳에서 이 여자를 돌보고 기도와 묵상으로 인도하겠습니다. 어서들 집으로 돌아가세요. 서로 용서하고 잊으세요. 어서 화해하시란 말입니다."

모든 사람이 입을 모아 말했다. "스님은 역시 현명하시네."

스님이 그 여자의 귀중품과 함께 거울을 보관하기로 했다.

타셀과 남편은 손을 맞잡고 집으로 돌아갔다.

"결국, 제 말이 맞았죠?" 타셀이 말했다.

"그래 여보, 당신 말이 맞았어." 순진한 남편이 대꾸했다. "그런데 아버지가 절에서 어떻게 지내실지 걱정이야. 그다지 종교적인 분이 아니셨거든."

러디어드 키플링(1865~1936)

영국 사람으로 인도 뭄바이에서 태어난 키플링은 『정글북』으로 가장 잘 알려진 소설가이며 시인이다. 장단편 소설과 시를 썼으며 기자로도 활동한 키플링은 『7대양』 같은 작품이 영국제국주의를 미화했다는 이유로 애국시인으로 알려지기도 했는데, 후에 조지 오웰은 그를 '영국 제국주의의 선구자'라고 비난했다. 극동과 미국 등을 방문하였고 시집으로는 『병영의 노래』, 『7대양』 등이 있고 소설로는 『꺼져버린 불꽃』, 『킴』, 『어린이를 위한 이야기들』, 『작용과 반작용』 등이 있다. 키플링은 19세기 말 20세기 초 영미권 작가들 중에서 특히 인기가 많았고 1907년 영미권 작가로는 최초로 노벨문학상을 수상했다.

코뿔소 가죽

러디어드 키플링

옛날 옛적 홍해 해안에 있는 무인도에 동방의 화려함보다도 더한 광채로 햇빛을 반사하는 모자를 지닌 파시 [배화교: 불을 신격화해 숭배하는 신앙] 교도가 살았다. 그 파시 교도는 단지 모자와 칼, 그리고 특히 다른 사람들이 절대로 만지면 안 되는 그런 요리용 화덕만을 가지고 홍해 바닷가에서 살고 있었다. 어느 날 이 사람은 밀가루와 물, 씨 없는 건포도와 자두와 설탕 등으로 폭은 2피트 두께는 3피트인 케이크를 만들었다. 그건 진정 "고급 음식"(그것은 마술이다)이었다. 그 사람은 그 화덕에서 요리할 특권이 있었기 때문에 케이크를 화덕 위에 올려놓았고, 알맞게 갈색으로 익어 환상적인 냄새가 날 때까지 그걸 굽고 또 구웠다. 그런데 그가 케이크를 먹으려는 순간 두 눈이 돼지 같고 코에 뿔이 달린 예의라고는 전혀 없는 코뿔소가 "전적으로 아무도 살지 않는 내륙"에서 해변으로 내려왔다. 당시 코뿔소는 가죽이 몸에 꽉 끼어 주름이라고는 어디에도 없었다. 이 코뿔소는 노아의 방주에 올라탔던 코뿔소와 아주 똑같이 생겼지만, 물론 그보다는 덩치가 훨씬 더 컸다. 그래도 코뿔소는 예전이나 지금이나 예의가 없었고 앞으로도 그럴 것이다. 그가 "여봐라!" 하고 소리치자 파시 교도는 케이크를 놔둔 채 언제나 동방의 화려함보다도 더한 광채로 햇빛을 반사하는 모자만 쓰고 야자수 나무 꼭대기로 기어 올라갔다. 코뿔소가 화덕을 코로 뒤집어엎자 케이크가 모래 위로 뒹굴었다. 코뿔소는 케이크를 코에 난 뿔로 찌른 후 후다닥 먹어치웠다. 그런 다음 그는 마잔더란 섬과 소코트라 섬, 그리고 더 커다란 분점의 벼랑들과 접경한 황량하고 "전적으로 아무도 살지 않는 내륙"을 향해 꼬리를 흔들며 떠났다. 그러자 파시 교도는 야자수 나무에서 내려와 화덕을 제대로 세운 후 다음의 슬로카[힌두교에서는 베다를 읽을 때 노래로 낭송하는데 이를 슬로카라 함]를 낭송했다. 여러분이 듣지 못했을 것 같아 들려주겠다.

파시 교도가 구운
케이크를 가져가는 이들은
끔찍한 실수를 저지르는 거라네.

이 슬로카에는 여러분이 생각하는 것보다 훨씬 더 많은 뜻이 내포되어 있었다.

왜냐하면, 다섯 주가 지나자 홍해에 이상고온 현상이 벌어져서 사람들은 모두 입고 있던 옷을 전부 벗어야 했기 때문이다. 파시 교도도 쓰고 있던 모자를 벗었다. 그렇지만 코뿔소는 바닷물에 몸을 담

그기 위해 해변으로 내려오면서 자신이 입고 있던 가죽을 벗어 어깨에 걸쳤다. 당시 코뿔소 가죽은 아래쪽을 단추 세 개로 잠그는 방수복처럼 생겼다. 파시 교도의 케이크에 대하여 그는 아무 말도 하지 않았다. 왜냐하면, 자신이 몽땅 먹어치웠으면서도 그는 예전이나 지금이나 그 이후로나 전혀 예의가 없었기 때문이다. 가죽을 해변에 남겨둔 채 곧바로 물속으로 어기적어기적 걸어 들어간 그는 코로 거품을 불어댔다.

얼마 후 파시 교도가 그곳을 지나가다가 가죽을 발견하고는 입이 옆으로 벌어져 얼굴 전체를 두 바퀴나 돌아가도록 미소를 지었다. 그러고는 가죽 주위를 세 차례나 돌며 춤을 추고는 양손을 비벼대더니 자신의 야영지로 돌아가 모자에 케이크 부스러기를 가득 담았다. 왜냐하면, 파시 교도는 오로지 케이크만을 먹는 데다가 자신의 야영지 부근을 절대로 청소하지 않았기 때문이다. 그는 가죽을 집어 들고 마구 흔들어댔으며 북북 문대었다. 그러고는 오래되어 건조하고 딱딱해진 간지러운 케이크 부스러기와 불에 탄 건포도로 그 속을 최대한도로 가득 채운 다음 또다시 가죽을 비벼댔다. 그리고 나서 그는 야자수 나무 꼭대기로 기어 올라가 물속에서 나온 코뿔소가 가죽을 입기를 기다렸다.

아니나 다를까 코뿔소는 파시 교도가 바라던 대로 했다. 가죽에 달린 단추 세 개를 채우자 잠자리에 케이크 부스러기가 잔뜩 들어 있는 것처럼 몸이 간지러웠다. 코뿔소는 마구 긁어대고 싶었다. 하지만 그럴수록 상황은 악화하기만 했다. 그래서 그는 모래에 누워 구르고 또 구르고 또 굴렀다. 그렇지만 매번 구를 때마다 케이크 부스러기 때문에 상황은 더욱 악화하여 한층 더 간지러웠다. 그래서 그는 야자수 나무로 달려가 거기 대고 문지르고 또 문지르고 또 문질렀다. 어찌나 많이 그리고 얼마나 지나칠 정도로 세게 문질러댔는지 어깨 위 가죽이 크게 접혔고, 또 아래쪽으로 단추가 있던 부분도 크게 접혔다. (어찌나 세게 문질렀든지 그만 단추들이 떨어져 나갔다) 그리고 다리 위로도 가죽이 접히고 말았다. 코뿔소는 몹시 화가 났지만 그렇다고 상황이 달라질 게 없었다. 케이크 부스러기는 여전히 가죽 안에서 그를 간질였다. 그래서 그는 매우 화가 나고 지독하게 가려운 채로 집으로 돌아갔다. 그날 이후 지금까지 모든 코뿔소는 가죽 속에 들어 있는 케이크 부스러기 때문에 가죽에 커다란 주름도 생겼고 성질도 아주 나빠졌다.

그러나 파시 교도는 동방의 화려함보다도 더한 광채로 햇빛을 반사하는 모자를 쓴 채 야자수 나무에서 내려와 요리용 화덕을 꾸려 들고 오로타보, 아미그달라, 아난타리보 고지대 초원, 그리고 소나풋 늪지대 방향으로 발걸음을 재촉했다.

이런 더운 계절이면 나는 이따금 이글거리는 햇볕 속에 산책을 즐긴다. 우리 섬나라에서는 해가 견디기 어려울 정도로 뜨거울 때가 없으며 기승을 부리는 한여름 속에도 일종의 장엄함이 있어서 우리의 마음을 고양시켜 준다. 도시의 거리에서는 더위를 참기가 어렵지만 그런 거리에서조차도, 안목 있는 사람들이 보기에는, 하늘의 화려함이 그 자체로는 천박하고 흉측해 보이는 것들에게 아름다움을 나누어준다. 어느해 8월의 은행 휴일이 생각난다. 그날 나는 무슨 이유에서였던지 온 런던을 걸어 다녀야 했는데, 신기하게도 한길에 사람의 자취가 드문 것을 보며 나 자신은 뜻밖에 즐거워하고 있었다. 그리고 그 저속한 풍경과 침침한 건물들 속에서 내가 일찍이 겪어보지 못한 매력이라고 할까 무언가 아름다운 것을 느끼게 되자 나의 즐거움은 놀람으로 바뀌었다. 여름철에도 오직 며칠밖에 볼 수 없는 그 깊고 선명한 그림자들은 그 자체로 아주 인상적이지만 사람의 자취가 없는 한길에서는 한층 더 인상적으로 보인다. 지금 기억하건대, 그날 나는 눈에 익은 건물이며 첨탑이며 기념탑 같은 것들의 형상을 마치 무언가 새로운 것처럼 관찰하고 있었다. 이윽고 나는 임뱅크먼트 거리 어디엔가에서 앉게 되었는데 휴식보다는 한가로이 풍경을 바라보기 위해서였다. 나는 전혀 피로하지 않았고, 내게 한낮의 볕을 쏟고 있던 태양은 내 핏줄 속에 생명력을 가득 채워주는 듯했다.…

어린 시절 나는 이글거리는 태양 아래서 그런 해변 풀밭에 여러 차례 누워 있었다. 그 작은 장미색 분홍 꽃이 내 얼굴에 스칠 때 나는, 비록 의식하지는 못했지만, 그 향내를 맡고 있었던 것이다. 그래서 지금은 그 냄새를 맡기만 해도 그 시절이 생각난다. 북쪽으로 세인트 비즈 헤드까지 뻗어 있던 그 컴벌랜드의 해변이 눈에 선하다. 수평선 위로 희미하게 보이는 형상은 아일 오브 맨이라는 섬이다. 내륙 쪽으로는 산이 보였는데 그 당시 나에게는 그 산이 어떤 알려지지 않은 경이의 땅을 지키고 있는 듯했다. 아, 얼마나 오래전 이야기인가!

— 조지 기싱, 『헨리 라이크로프트의 내밀한 고백』(이상옥 역)

〈초여름〉(1888), 윌리엄 트로스트 리처즈(1833~1905, 미국의 화가)

여름

Catherine Sinclair

캐서린 싱클레어(1800~1864)

  스코틀랜드 태생 여류작가로 아동을 위한 다양한 작품을 남긴 싱클레어는 그녀는 권선징악적인 아동문학에서 탈피하고자 밝고 재치 있는 성격묘사가 들어 있는 작품들을 발표하였으며, 미국에서도 이름을 날렸다. 작품으로는 『찰스 세이모어』, 『근대사회와 지성의 전진』, 『언덕과 계곡: 잉글랜드와 웨일즈에서의 나날들』, 『토 체스터 사원』 등이 있다.

터무니없는 이야기

캐서린 싱클레어

파이 껍질과 페이스트리 껍질로 벽을 세우고
검은 푸딩과 하얀 푸딩으로 창문을 만들지.
지붕은 팬케이크 기와를 올렸단다.
— 이런 광경은 본 적이 없을걸!

옛날 옛적 아이들은 요즘처럼 영리하거나 착하거나 슬기롭지 못했어! 아직도 봉봉 과자가 유행했던 때였는데 — 아이들은 공부하는 걸 아주 귀찮아했고 방학은 계속되었으며, 산수를 쉽게 이해할 수 있을 장난감이라든지 화학이나 항해를 쉽게 설명해주는 이야기책들이 아직 발명되기 전이었지. 요즘과는 아주 다르고 이상했던 이 시절에 근래에는 전대미문 할 정도로 아주 게으른데다가 욕심꾸러기였고 버릇도 없는 한 소년이 살았단다. 소년의 부모 이름은 알 필요가 없고 그가 어디 사는지도 별로 중요하지 않지만, 그 아이 이름은 '책 싫어'였는데 눈은 단지 창문 너머를 멍하니 쳐다보는 데만 쓰였고 입은 오로지 먹을 것을 쑤셔 넣기 위해 있는 거로 생각하는 어리석은 아이였지.

이 어린 신사는 공부하는 걸 눈물이 쏙 빠질 정도로 아주 매운 거자만큼이나 싫어했단다. 공부 시간 내내 책을 들여다보며 열심히 공부하는 척했지만 사실 정신은 온통 어디서 가장 맛있는 파이와 페이스트리, 아이스크림과 젤리를 먹을 수 있을까 같은 데 팔렸고 저녁 식사 때까지 못 참겠다는 마음에 입맛을 다시며 무엇을 먹을지 상상하면서 좋아했어. 어쩌면 이 아이는 피터 그레이의 사촌이었을지도 모르는데, 확실한 건 아니야.

무엇을 요구하기 위해서가 아니라면 '책 싫어' 군은 입을 열지 않았어. 끊임없이 징징거리는 그 아이의 목소리를 누구라도 들을 수 있었지.

"아빠! 케이크 한 조각 먹어도 돼요? 세라 이모! 사과 하나 주세요. 엄마! 자두 푸딩 먹고 싶어!" 음식을 못 먹게 하면 이 개구쟁이 대식가는 허락도 받지 않고 수시로 그냥 자기 맘대로 먹어버렸어. '책 싫어' 군은 심지어 자는 시간도 깨어 있는 시간과 마찬가지였는데, 잠을 자면서도 희랍어 낱말들에 파묻히거나 영어 문법의 공격을 피해 학교 밖으로 도망가는 등 공부에 대한 끔찍한 악몽에 시달렸지. 어느 날 소년은 커다란 자두 케이크를 먹으려고 앉았는데 케이크가 라틴어 사전으로 바뀌는 무서운 꿈을 꾸기도 했단다.

어느 날 오후 '책 싫어' 군은 무단결석을 하고 응접실에 있는 엄마의 가장 고급스러운 소파에 앉아 빈둥거리고 있었어. 가죽 부츠를 신은 두 발을 비단 쿠션 위에 올려놓고 아무 생각 없이 오렌지 조각을 입에 넣으며 설탕을 얼마나 뿌려서 먹을까 고민하고 있었는데 갑자기 이 소년을 깜짝 놀라게 한 어떤 사건이 일어났단다.

부드러운 음악 소리가 방안으로 흘러들어온 거야. 귀를 기울여 들을수록 소리가 점점 더 커졌는데 마침내 방 벽이 터지며 커다란 구멍이 생기더니 소년 앞에 멋진 요정 두 명이 나타났던 거야. '책 싫어' 군과 이야기를 해보려고 요정들은 천상의 성에서 그 머나먼 길을 내려온 터라 요정들은 곧바로 격식을 갖추어 소년에게 인사를 했단다.

'아무것도 안 해' 요정은 머리 위에 활활 타오르는 화관을 쓰고 금색 명주로 만든 화려한 드레스에 루비 목걸이로 장식하고 있었으며 반짝거리는 다이아몬드로 만든 꽃다발을 손에 들고 있었지. 두 볼은 눈 밑까지 바른 연지로 홍조를 띠고 있었고 치아에는 금칠이 되어 있었으며 머리카락은 아주 눈부신 보라색으로 빛나고 있었어. 그토록 화려하게 최신 유행을 따르는 요정이 응접실에 나타나는 것은 아마도 전무후무한 사건일 거야.

뒤따라 들어온 '모두 가르쳐' 요정은 '아무것도 안 해' 요정과는 달리 흰 모슬린 직물로 재단된 단순한 드레스를 입고 연한 갈색 머리에는 들꽃 다발을 꽂고서 깔끔한 작은 책 몇 권을 손에 들고 서 있었어. 두말할 필요도 없이 '책 싫어' 군은 요정 손에 들린 책을 보고 몸서리를 쳤지.

이 두 요정은 소년에게 자신들이 종종 궁전으로 아이들을 여럿 초대한다는 이야기를 해주었어. 지금 자신들은 서로 정반대 방향에 살고 있으므로 어린 손님들은 어느 요정을 먼저 방문하고 싶은지 선택해야 한다고 말해주고는 '책 싫어' 군에게 먼저 누구를 방문하길 원하는지 물었어.

"우리 집에 오면 너는 노력을 기울이는 일마다 어떻게 하면 즐거움을 찾을 수 있는지 배우게 될 거야.” 아주 부드러운 미소와 달콤하고 듣기 좋은 목소리로 ‘모두 가르쳐’ 요정이 말했단다. “나는 활발하고 부지런한 걸 좋아하거든. 내 어린 친구들은 날마다 아침 일곱 시에 일어나 꽃이 만발한 아름다운 정원을 손질하며 시간을 보내기도 하고 먹고 싶은 과일을 혼자 힘으로 키우고, 가난한 사람들을 방문하기도 하고 함께 살아가는 법도 배우며 예술과 과학 공부도 해. 아이들은 세상에 대해 배우면서 이 세상에 온 자신들의 목적을 깨닫게 되는 거지. 그러니까 우리는 무엇인가 유용한 일을 하고 우리 자신의 향상이나 남을 위한 선행을 즐거움으로 삼는단다. 지식의 성에 머물면 하루하루 지날수록 너는 더 현명해지고 한층 더 발전하고 더 행복해질 수가 있어.”

“하지만 내가 사는 불필요의 성에 가면 우리는 전혀 노력할 필요가 없어. 그곳에 있는 한, 주머니에 머리를 넣건 옆구리에 두 손을 놓건 아무도 참견하지 않거든.” ‘아무것도 안 해’ 요정이 함께 온 ‘모두 가르쳐’ 요정의 말을 끊으며 분하다는 표정을 짓더니 그녀를 무례하게 옆으로 밀치면서 말했어.

“누구도 너에게 질문하는 사람이 없으니 귀찮게 답할 필요도 없어. 우리는 최신 유행을 따라 생활하거든! 아무도 누구에게든 말을 건네지 않아. 내 방문객들은 모두 개인적으로 행동할 수가 있단다. 원한다면 이 세상에서 가장 편안한 안락의자에 앉아 다른 사람들에게 등을 돌려도 뭐라 하는 사람이 하나도 없을 거야. 만약 성가신 것을 감수하고 무엇인가를 소원하면 그게 어디서 왔는지 눈을 돌릴 필요도 없이 즉시 이루어지지.

가장 훌륭한 옷가지가 제공되는데 저절로 몸에 입혀져서 네가 귀찮게 단추나 끈을 신경 쓸 필요도 없단다. 그다지 많은 생각이 필요 없는 게임을 즐길 수도 있고 프랑스 요리사가 맛있는 요리를 아침부터 저녁까지 즉석에서 준비해줘서 항상 김이 모락모락 나는 뜨거운 음식을 먹을 수 있어. 셰리 주, 브랜디, 레모네이드, 아니면 라벤더 물로 만들어진 비가 내리기도 하고 겨울철 아침나절에는 대체로 달콤한 펀치 음료를 얼린 게 눈처럼 내리지."

'책 싫어' 군이 어느 쪽을 선택했는지 굳이 말할 필요가 없겠지? 이렇듯 기분 좋은 초대를 받게 된 자신의 행운에 기뻐하며 소년은 굉장한 즐거움과 편안함을 약속한 이 근사한 새 친구에게 신이 나서 손을 내밀었어. 벨벳으로 치장되고 푹신푹신한 베개로 속이 채워진 데다 우윳빛처럼 하얀 백조들이 끄는 마차를 타고 그는 그 멋진 불필요의 성으로 기쁘게 향했단다. 그 성은 낮에는 천 개의 창문을 통해 햇빛을 받았고 밤에는 수백만 개의 램프로 훤히 빛났어.

이곳에서 '책 싫어' 군은 지속적인 휴일과 계속되는 향연을 즐겼단다. 날마다 보석으로 치장한 아름다운 여인이 그가 원할 때면 아침이건 밤이건 재미있는 이야기를 해주려고 대기하고 있었고 그가 장난감을 떨어트리면 집어주고 지갑이나 손수건이 필요하면 이를 대신 꺼내줄 하인들도 항상 곁에 대기하고 있었지.

그래서 '책 싫어' 군은 호화로운 자수가 놓인 쿠션에 앉아 꾸벅꾸벅 졸면서 지냈고 자리에서 움직일 필요도 없이 창밖으로 보이는 감칠맛 나는 아몬드로 뒤덮인 나무들과 사탕으로 장식된 작은 동굴들, 샴페인이 흐르는 폭포수와 짠맛이 아니라 단맛이 나는 거대한 바다,

언제든지 그가 원하면 스스럼없이 잡히는 금붕어로 가득 찬 밝고 맑은 연못의 풍경을 감탄하며 바라보았단다. 더는 완벽할 수 없었는데 무슨 까닭에서인지 '책 싫어' 군은 그다지 행복해 보이지 않았어. 순전히 그를 기쁘게 해주기 위해 많은 수고가 들어가는데 '책 싫어' 군이 기뻐하지 않는다는 건 사실 상식에서 크게 벗어났다고 말할 수 있지 않겠니?

하지만 하루하루 지날수록 그는 점점 더 투정을 부렸고 까다로워졌어. 어떤 사탕 과자도 먹을 가치가 없다고 느껴졌고 어떤 놀이를 해도 즐겁지 않았어. 마침내 그는 밤이건 낮이건 온종일 잠이나 잤으면 좋겠다고 생각하기에 이르렀단다.

'아무것도 안 해' 요정의 성에서 일백 마일도 채 떨어지지 않은 곳에 '잽싸게 집어 먹어'라 불리는 아주 잔인한 괴물이 살고 있었는데, 서 있는 모습이 거대한 교회의 높은 첨탑과 흡사했단다. 그가 머리를 높이 들면 우뚝 솟은 산봉우리 너머를 볼 수 있었고 심지어 머리를 빗으려면 사다리에 올라가야 했지!

날마다 아침 식사 전에 이 거구의 괴물은 식욕을 돋우기 위해 온 세계를 산책했고 식사를 마치면 거대한 호숫물로 차를 만들어 마시고 바다를 음식 찌꺼기 쏟는 그릇으로 사용했으며 베수비오산에서 나오는 열기로 주전자 물을 끓였단다. 아주 멋지게 생활했던 이 괴물은 날마다 성대한 저녁 식사를 차렸지. 주로 통째 구운 코끼리 요리, 타조 파이, 양파를 듬뿍 넣은 호랑이 요리, 사자 스튜 요리, 그리고 고래 수프로 잔치를 벌였어. 곁들이는 요리로 가장 즐기는 음식은 먹음직스럽게 살이 오른 작은 소년들을 빵가루를 묻혀 튀긴 다음

소금과 후추를 듬뿍 뿌린 것이었지.

'아무것도 안 해' 요정의 정원에 있는 아이들처럼 잘 먹어 먹음직
스럽게 통통한 아이들은 아마 이 세상 어디에도 없었을 거야. '아무
것도 안 해' 요정과 몸이 산더미만 한 '잽싸게 집어 먹어' 괴물은 아
주 특별한 친구 관계였는데 때때로 요정은 웃으면서 자신의 정원을
"괴물의 영역"이라 부르며 괴물이 자유롭게 사냥할 수 있도록 허락
했단다. 그녀는 정원에 어린 손님들이 몇 명이나 있는지 번거롭게
세어보지 않았기 때문에 친구 괴물에게 언제든지 원하는 만큼의 아
이들을 가져가도 된다고 말했어. 이토록 예의 바른 그녀의 배려에
답하기 위해 괴물은 종종 그녀를 저녁 식사에 초대하곤 했단다.

'잽싸게 집어 먹어'가 가장 좋아하는 놀이는 하루아침에 몇 명의
작은 소년들을 가방에 집어넣을 수 있는지 시험해보는 것이었는데,
괴물은 거리를 지나다니면서 까치발로 설 필요도 없이 응접실 안을
들여다보고서 나태하게 창밖만 내다보고 있는 소년들을 모두 가방
에 집어넣었어. 게으름 피우며 학교에 무단결석한 아이들은 잡아 들
였지만 부지런한 아이들은 항상 그의 손아귀에서 벗어났지.

'책 싫어' 군이 한층 더 게을러져서 유난히 더 빈둥거리고 더 불행
하다고 여기던 어느 날, 소년은 모든 것과 모든 사람이 싫증나서 산
더미처럼 쌓아 올린 장난감과 케이크 옆에 누워 다음번에는 어떤 소
원을 빌까 고민하고 있었지. 마침내 너무나 크게 혐오감과 따분함의
하품을 내뱉는 바람에 하마터면 소년의 턱이 빠질 뻔 했단다! 그러
더니 아주 크게 한숨을 쉬었는데 아침 식사를 한 후 길을 지나가던
'잽싸게 집어 먹어'가 이 소리를 듣고 무슨 일인지 살펴보기 위해 안

경을 쓰고 즉시 정원 안으로 들어왔어.

고기만두처럼 터질 듯이 몸이 둥글둥글 비대해진 한 소년이 장미 정원에 누워 있는 걸 보자마자 괴물은 기쁨의 탄성을 내뱉고는 3마일 떨어진 곳까지 울려 퍼지도록 껄껄 웃어댔지. 그는 '책 싫어' 군을 손가락으로 집어 들었는데 하마터면 소년의 갈비뼈가 부러질 뻔했단다. 그러고는 잽싸게 자기 성으로 달려갔어.

그 광경을 본 '아무것도 안 해' 요정은 고개를 흔들며 크게 웃기만 했단다. "저 소년 덕분에 친구한테 크게 점수 땄군! 이곳에 온 지 일주일밖에 되지 않았는데 벌써 상을 탄 황소만큼이나 뚱뚱해졌으니 말이야. 저 녀석 아주 맛있겠는걸, 시간 나면 들릴 수 있을지도 모르겠는데 저녁 식사는 몇 시에 할 계획이지?"

성에 도착하자마자 고기 저장실 천장에 달린 커다란 고리에 '책 싫어' 군의 머리채를 잡아 걸어놓고 살을 더 찌우기 위해 역겨운 소기름 덩어리 여러 개를 억지로 먹게 했어. 그리고 '책 싫어' 군의 간을 키우기 위해 그는 또 순식간에 몸이 녹을 정도로 불을 뜨겁게 지폈지. 근처 선반에서 '책 싫어' 군은 '아무것도 안 해' 요정의 정원에서 뒤룩뒤룩 살을 찌우던 다른 여섯 소년의 시체를 보았는데, 그 순간 자기 이외에 다른 누구도 기쁘게 할 필요 없이 쓸모없고 나태한 긴 여생을 살 생각에 기뻐하던 이 소년들의 모습이 떠올랐단다.

이때 무지막지하게 큰 요리사가 '책 싫어' 군을 잽싸게 집어 올리더니 과시하듯 칼을 휘두르며 이 소년을 죽이겠다는 무서운 결심을 나타냈어. 소년은 발길질하며 소리 지르는 수고를 감수했고 이때 그 무서운 거인은 몸을 돌려 진지하게 소년을 향해 말했단다. "이전에 채찍 매질로 죽인 돼지고기가 다른 방식으로 잡은 고기보다 훨씬 더 맛있다고 여겼던 때가 있었는데 어린아이도 이렇게 잡으면 맛이 더 좋아지는지 이번에 한 번 실험해볼까?'

특히 이런 격렬한 활동으로 한층 더 식욕이 왕성해질 것을 기대하며 '잽싸게 집어 먹어'는 요리사에게 이 실험을 할 수 있도록 '책 싫어' 군을 우선 내버려두라고 지시했지. 이 불쌍한 포로는 생각만 해도 너무 끔찍했어. 또다시 고기 저장실에 혼자 걸려있게 된 덕분에 생명은 몇 시간 더 연장될 수 있었지. 마치 낚싯바늘에 잡힌 물고기처럼 소년의 몸과 마음이 심한 고통으로 시달렸고 이 비참한 소년은 마침내 자신의 이전 행동에 대해 진지하게 반성하기 시작했어. 마치 밤과 낮이 공존하듯 만약에 즐거움이 일과 동반한다는 사실, 그러니까 공부 시간이 노는 시간에 양념을 더해주고 노는 시간이 공부 시간을 한층 더 흥미롭게 해줄 수 있다는 사실을 미리 알고 이에 만족할 수 있었더라면 얼마나 행복하게 가정생활을 누릴 수 있었을까 생각하며 소년은 후회하기 시작했단다.

비록 너무 늦어버렸지만 이런 현명한 생각을 하는 중에 웃고 떠들며 노래를 부르는 여러 목소리가 소년의 주의를 끌었어. 소리 나는 방향으로 두 눈을 돌린 소년은 멀지 않은 비탈진 언덕 위에 '모두 가르쳐' 요정의 아름다운 정원이 있다는 걸 처음으로 알게 되었단다.

그곳에는 뺨이 불그스레한 명랑하고 떠들썩한 소년들이 부지런히 일하고 있었는데 다들 행복해 보였어. 괴로운 시간을 보내고 있던 가련한 '책 싫어' 군은 부러운 시선으로 그들을 바라보았지. 그들은 즐겁게 정원에 떨어진 꽃잎을 말끔히 긁어모으고 과일을 따고 가난한 사람들에게 채소 바구니를 전달하고 목공 일을 하고 그림을 그리고 활과 화살로 양궁을 즐기고 크리켓 경기를 하고 난 다음에는 햇빛을 피해 나무 그늘에 앉아 새로운 일을 배우고 함께 즐겁게 대화를 나누다가 저녁 식사를 알리는 종이 울리면 아이들 모두가 왕성한 식욕으로 유쾌하게 대화를 나누며 '모두 가르쳐' 요정이 그들에게 나누어주는 알맞은 양의 구운 쇠고기 요리와 푸딩을 아주 맛있게 먹었어.

이 광경을 바라보던 '책 싫어' 군의 두 뺨 위로 커다란 눈물방울이 흘러내렸어. 자기에게 무엇이 최선이었는지 미리 알았더라면 '아무것도 안 해' 요정의 성에서 권태와 따분함으로 고통 받다가 이렇게 비참한 죽음을 맞이하는 대신 이 훌륭한 소년들보다 한층 더 행복하게 지냈을지도 모른다는 생각이 들었지.

이런 생각에 잠겨 있는데 '잽싸게 집어 먹어'가 요리사에게 저녁 식사로 구운 어린이 냄비 요리를 먹었으면 좋겠다면서 그러려면 지금 있는 아이들로는 한입밖에 안 될 것 같으니 나가서 몇 명 더 잡아와야겠다고 이야기하는 걸 듣고 깜짝 놀라 정신이 번쩍 들었지.

'잽싸게 집어 먹어'는 상류사회 사람들처럼 항상 9시까지 기다렸다가 저녁 식사를 했기 때문에 시간은 아직 많이 남아 있었어. 또다시 아이들을 잡으러 나가야 한다는 번거로움 때문에 시끄럽게 투덜거리면서 그는 커다란 바구니를 손에 쥐고 '모두 가르쳐' 요정의 정원을 향해 빠르게 달려갔지. '잽싸게 집어 먹어'는 '모두 가르쳐' 요정의 정원 방향으로 식량을 구하러 갈 때마다 늘 아무런 수확 없이 되돌아올 수밖에 없었어. 그곳은 워낙 철저하게 요새화되었고 소년들이 용감하게 반격해왔기 때문에 그쪽으로 가는 경우는 아주 드물었지. 하지만 이번에는 너무나도 배가 고팠기 때문에 사자처럼 용감하게 두 팔을 쭉 뻗고 '모두 가르쳐' 요정의 저녁 식사 장소로 곧바로 달려갔단다. 너무나도 빨리 달려 마치 자기 자신을 짓밟을지도 모른다는 생각이 들 정도였지.

이 거대한 거인이 나타난 순간 모두 너무 놀라 크게 소리를 질러댔어. 예전에 이 거인이 나타났을 때와 마찬가지로 아주 무서운 혈투가 벌어졌지. 민첩한 50명의 작은 소년들이 부엌칼을 무기 삼아 용감하게 거인에게 몸을 던졌는데 마치 전방에서 침을 쏘아대는 호박벌 떼처럼 보였어. '잽싸게 집어 먹어'는 고통으로 소리를 질러댔고 도망치려 했지만 이를 눈치챈 '모두 가르쳐' 요정이 고기를 베는 큰 칼을 높이 머리 위로 휘두르며 달려와 아주 용감하게 그의 심장을 찔렀단다.

설령 거대한 산이 땅으로 꺼졌다 해도 '잽싸게 집어 먹어' 괴물이 쓰러지는 모습과 비교하면 별것이 아니었을 거야. 두서너 채 집 위로 쓰러진 괴물이 이를 눌러 뜨려 가루로 만들었을 뿐만 아니라 사람들이 바라보며 영원히 기념할 수 있었던 몇 개의 멋진 기념물들도 전복시켰어. 하지만 이런 일은 사실 언급할 가치조차 없었을지 모르지. 이날에 한층 더 큰 일이 벌어지지 않았다면 말이야. 이 거대한 전투를 막을 노력도 하지 않고 누가 이기는지 관심도 없이 그저 싸우는 광경을 빈둥거리며 구경하던 '아무것도 안 해' 요정의 죽음이 아니었다면 말이야. 이 요정은 도망치는 것도 귀찮아 가만히 서 있었는데 거인이 쓰러지면서 그가 들고 있던 검이 그녀의 머리를 세게 치는 바람에 그 자리에서 즉사하고 말았던 거야.

전 세계 사람들에게는 천만다행으로 '모두 가르쳐' 요정이 이 거대한 토지를 소유하게 되었고 곧바로 있는 힘을 다해 이곳을 아주 유용하게 사용하기 시작했단다.

우선, 그녀는 고기 저장실 천장 고리에 매달려 있던 '책 싫어' 군을 풀어주었고 생활, 절제 그리고 올바른 품행에 대해 설교했는데, '책 싫어' 군은 이 설교를 결코 잊을 수가 없었어. 곧바로 소년의 사고방식과 행동거지에 나타난 변화는 매우 놀라웠지. 이때부터 '책 싫어' 군은 '모두 가르쳐' 요정의 정원에서 가장 부지런하고 활동적이며 가장 행복한 소년이 되었거든. 한 달 후 집으로 돌아갔을 때 이 소년의 갑작스러운 변화로 학교 선생님들 모두가 놀라워하셨어. 가장 어려운 수업도 그에게는 매우 즐거운 시간이었고 손에 책을 들지 않고 움직이는 법이 없었으며 다시는 소파에 눕거나 등을 기대는 의자에 앉는 법이 거의 없었고 그 대신 다리 세 개짜리 걸상을 선호했지. 방학을 싫어했고 어떤 격렬한 활동도 수고라고 생각하지 않았으며 언덕 밑에서 느릿느릿 걸어 다니는 것보다 높은 꼭대기 위로 지나다니기를 좋아했고 아주 소박한 음식을 소식하였으며 금주 운동에 참여하였고 아주 열심히 일해 배가 고플 때까지는 음식을 한 입도 먹지 않았어!

'책 싫어' 군의 이러한 변화 후 얼마 지나지 않아서 예전에 소년의 나태함과 식탐을 부끄럽게 생각하던 나이 드신 한 친척분이 이 세상을 떠나게 되었는데, 소년의 놀라운 변화에 너무나도 기뻐하며 이 어린 친척에게 훌륭한 저택을 유산으로 남겨주었단다. 자기 이름을 이어달라는 부탁과 함께 말이야. 그래서 이제는 '책 싫어' 일가가 아니라 티모시 블루스타킹 경이라고 불리게 되었지. 그는 모든 사람에게 선행하여 온 나라의 모범이 되었고 특히 한꺼번에 수십 가지 일을 할 수 있는 것처럼 보이는 놀라운 활동력으로 칭찬을 받았어. 대체로 상냥하고 쾌활했지만 티모시 경은 종종 과격한 열정을 보이기도 했지. 아주 무서운 태도로 지팡이를 휘두르며 어린 소년들을 매질했는데 까닭을 물어보니 게으르고 나태하며 욕심 많은 소년이라 그랬다는 거야. 그의 교구에 사는 모든 근면한 소년들은 그에게 고용되었는데 티모시 경은 응접실에서 아무 일도 하지 않고 빈둥거리는 것보다 차라리 길가에서 자갈로 사용할 돌을 깨는 게 낫다고 설교를 했지. 티모시 경은 시를 그다지 좋아하지 않았지만, 다음은 그가 가장 좋아하는 시구란다. 그는 가난한 사람들을 위해 자신이 지은 학교 굴뚝 앞에 이 구절을 걸어놓았고 전교생은 날마다 하루 수업을 시작하기 전에 이를 낭독해야 했어.

어떤 이들은 할 일이 없다고
시간이 너무나 천천히 흐른다고 불평한다.
아무런 목표도 없이 어슬렁어슬렁 돌아다니며
하루가 끝나기를 기다린다.

그들이 갈망하는 장난감이나 시시한 것들은 헛되도다.
그들은 실로 즐기는 게 없기 때문이지.

시시한 것들과 장난감 그리고 오락거리에 그들은 쉽게 싫증 낸다.
유용한 일을 원하기 때문이지.

죄를 지었기 때문에 그 땅은 저주받은 것이다.
하지만 모든 사람은 감사히 순응해야 한다.
인간의 운명이 처음에는 피할 수 없는 비운 같았지만
이마에 맺힌 땀으로 진실하게 살아간다는 건 사실 큰 축복이었다.

"너무 감사해요, 데이비드 삼촌!" 이야기를 마치자 해리가 말했다. "고기 저장실 천장 고리에 매달린 채로 발견되지 않도록 조심할게요! 프랭크, 넌 그 착한 요정과 한 달이나 시간을 같이 보낸 것 같구나! 언젠가 '모두 가르쳐' 요정이 나도 학자가 될 수 있게 초대해줬으면 좋겠다. 로라와 난 아직도 '책 싫어' 일가에 속해 있거든."

"처음부터 최상의 길을 선택하는 게 중요하단다, 해리." 해리엇 부인이 지적했다. "좋은 습관이건 나쁜 습관이건 간에 시간이 지나면 지날수록 강해지는 법이지. 마치 날마다 새로운 실이 우리에게 묶여 우리가 전날에 가던 길을 계속해서 걷게 하듯이 말이야. 그래서 처음에 길을 잘못 들어선 사람은 뒤로 돌아가는 게 더욱더 힘들게 느껴진단다."

"그렇다면, 할머니!" 프랭크가 외쳤다. "우리가 바른 방향으로 갈 수 있도록 표지판을 세워주세요. '진입 금지' 표지를 볼 때마다 즉시 방향을 바꿔서 돌아갈 수 있게요."

"크랩트리 부인이 아직 문을 두드리지 않으니 현명한 사람과 어리석은 사람의 인생 역정에 관해 이야기해주마. 그럼 너와 해리는 어느 쪽을 모방할지 한번 얘기해보렴." 미소를 지으며 해리엇 부인이 대답했다. "어리석은 사람은 어렸을 때부터 공부를 싫어하고 온종일 침대에 누워 쓰레기 같은 것들을 사느라 돈을 낭비하지. 그가 읽는 책은 중요한 일이나 사실을 기록한 것이 아니라 일어났을 것 같지 않은 쓸데없는 이야기책이지. 그는 이런 책을 읽는데 시간과 생각을 낭비한다. 그래서 이전 시대에 살았던 모든 훌륭하고 위대한 사람들이 일을 어떻게 처리했고 무슨 생각을 했는지 읽지 않고 소홀히 하게 된 거야. 만약 성경책을 가지고 있다면 이조차도 선반에서 먼지만 쌓인 채 내버려 둘 거다.

이렇듯 상서롭지 못하게 시작했기 때문에 어리석은 사람은 유용하거나 흥미로운 지식이 전혀 없이 자라게 되고 대화라고는 전부 그가 소유한 말에 대한 설명이나 애완용 개들에 관한 이야기 그리고 그가 수집한 총이나 모험담뿐이고 다른 이야깃거리는 없단다. 자기가 탄 말이 얼마나 높은 담을 넘었는지, 하루에 작은 새를 몇 마리나 쏴서 잡았는지, 탁자 밑으로 쓰러지지 않고 얼마나 많은 포도주를 마실 수 있는지 이런 쓸데없는 이야기로 그의 대화는 한정되어 있지.

자신의 수치를 영광스럽게 생각하여 떠벌리며 자신이 세상에서 가장 멋진 사람이라고 착각한다. 사람들은 자기 혼자만을 위한 이기적인 오락거리나 기쁨을 위해서가 아니라 훨씬 더 중요한 일을 하기 위해 태어났다는 것을 모른 채 말이지. 그는 곧 몸이 늙어 통풍이 들고 허약해지겠지. 더는 그런 무모한 모험을 할 수 없게 되니까 이제 그가 가장 즐거워하는 일과라고는 단지 클럽 회관 난로 망 위에 두 발을 올려놓고 예전에 얼마나 유명한 기수, 사수, 술꾼이었는지 떠벌리는 거지. 하지만 그런 옛날얘기를 누가 듣길 좋아하겠니? 그는 시시한 이야기를 장황하게 늘어놓기로 소문나게 되고 모든 사람은 그를 피하게 되지.

다른 사람에 대해 생각하거나 다른 사람의 생각에 대해 읽은 적이 없으니 어쩌면 자기 이야기만 하는 것은 당연한 일일지도 몰라. 어쨌건 시간이 흘러 소중한 시간을 다 허비한 후에 최후의 시간이 다가오면 그는 어리석은 행동과 죄책감으로 가득했던 자신의 인생을 회고하는 일밖에 남지 않겠지.

그를 사랑하는 사람도 찾을 수 없고 그의 무덤 위에 눈물 흘려줄 사람이 전혀 없다는 것을 깨닫게 되겠지. 미래를 생각할 때, 이는 불후의 세계인데, 어리석은 사람은 그곳에 들어갈 준비를 전혀 하지 않았고 그곳에 대해 아는 것도 전혀 없단다."

"할머니 너무 무서운 얘기예요!" 프랭크가 진지하게 말했다. "그런 사람이 아주 많지 않았으면 좋겠어요. 그런 사람들을 만나는 건 정말 슬픈 일일 거예요. 이제 저와 해리가 되기를 바라는 현명한 사람에 대한 유쾌한 이야기를 해주세요."

"프랭크, 너도 알다시피 무엇보다 중요한 건 네가 바른길에 먼저 발을 디딜 수 있고 이 길을 계속해서 따라갈 수 있도록 기도하는 것이란다. 우리는 너무나도 죄가 크고 나약해서 우리 스스로 선행을 할 수 없지. 신에게 도움을 받을 수 있다는 신념을 갖고 날마다 성경을 공부하면서 하루를 시작하고 끝내야만 해. 단순히 읽는 것이 아니라 이를 이해하고 성경이 우리에게 가르쳐주려는 교훈에 순종하려고 열심히 노력해야 하는 거야.

한가한 시간에는 우리보다 현명하고 훌륭한 사람들의 글을 읽어야겠지. 그러면 우리에게 깊이 있는 이해를 주는 동시에 겸손할 수 있도록 해줄 테니까. 그러면 책보다 훨씬 더 좋은 동무가 될 수 있는 훌륭한 사람들과 함께 시간을 보낼 수 있는 자격을 갖추게 되겠지.

선행에 대한 지식으로 교화되고 정화된 기독교인들은 우리가 얼마나 현명하게 시간을 보낼 수 있는지 보여줄 거야. 아마도 시간은 이 세상에서 우리의 가장 소중한 소유물이라 해도 과언이 아닐 거다.

돈은 낭비하더라도 어쩌면 또다시 벌 수도 있고, 잃은 건강은 다시 회복할 수도 있으나 쓸데없는 일에 시간을 낭비하면 그 순간부터 대가를 치러야 하고 두 번 다시 찾을 수가 없단다.

신분이 무엇이건 직업이 무엇이건 간에 다른 사람의 위치에 있었더라면 얼마나 더 유리했을까 더 좋았을까 공상하며 시간 낭비하지 말고 그 대신 네가 처한 상황에서 네 의무가 무엇이고 네게 요구된 것을 근면하게 처리하는데 그 시간을 사용하도록 하렴.

마지막 순간 우리의 책무에 대해 보고하라고 불려 나가서 열 개의 재능이 있기를 바랐기 때문에 우리에게 주어진 하나의 달란트를 허비했다고 실토하는 일이 없었으면 좋겠다.

대신 하나님이 우리를 보내신 자리가 이 세상에서 가장 좋은 곳이라는 사실에 만족하며 우리에게 수어진 것에 대해 기쁨과 감사를 드릴 준비를 하자. 그리고 하나님이 우리를 안전하고 평안한 곳으로 인도해주실 것을 믿어야 한다.”

“맞아!” 그레이엄 소령이 덧붙여 말했다. “우리 몸에 두 개의 눈이 있듯이 우리 마음에도 두 개의 눈이 있는데, 이 중 하나는 우리에게 주어진 것에서 모든 선한 것과 쾌적한 것을 보지만 다른 하나는 불쾌하고 실망스러운 것을 보게 되지. 어떤 눈을 뜨고 있을지 결정하는 것은 네 선택에 달려 있단다. 내 친구 중 어떤 이들은 심술을 내며 자기가 견딘 고통과 원통함에 사로잡혀 있거든. 모든 상황이 자비로운 목적으로 똑같은 손에 의해 보내졌다는 것을 상기하면 이를 좋게 전환하여 지금보다 더 발전하고 더 행복해질 수 있었을 텐데 말이다.”

“얘들아, 이제는 꿈나라로 갈 시간이다! 잘 자렴.”

“할머니, 잠깐만요, 아직요.” 해리가 걱정스럽게 말했다.

“5분만 더요.”

“그러면 아침에 5분 더 침대에 누워 있고 싶지 않겠니? 이렇게 해서 사람들이 결국에는 늦게 자고 늦게 일어나게 되는 법이란다, 해리. 나는 한 부유한 노인을 알았는데 그 사람은 아침에 항상 늦게 일어나길 원했단다. 그래서 결국에는 자신과 마찬가지로 밤 9시에 기상하는 하인들을 고용했지, 온종일 침대에 머물 수 있게 말이다.”

“사람들은 의식적으로 잠자는 시간을 조정하는 게 좋아.” 그레이엄 소령이 덧붙였다. “그래야 시간을 허비하지 않게 되지. 우리의 위대하신 왕 조지 3세가 모범을 보이셨잖아. 조지 3세는 이렇게 말씀하셨지. 남자에게는 잠이 6시간이면 족하고 여자에게는 7시간, 얼간이들에게는 8시간이 필요하다고. 아니면 해리, 너는 앞으로 윌리엄 존스 경의 규칙대로 살아가는 건 어떻겠니?"

'6시간 책을 읽고 7시간 평안한 잠을 잔다.
10시간 세상에 할애하고 — 그리고 모든 것을 하늘에 맡긴다.'

Lewis Carroll

루이스 캐럴(1832~1898)

    영국 체셔 지방 태생으로 어린 시절부터 말장난, 체스 게임 등에 관심이 많았던 루이스 캐럴은 옥스퍼드대학 수학부 교수로 재직하며 평생 독신으로 지냈다. 본명은 찰스 루드위지 도즈슨(Charles Lutwidge Dodgson)이다. 유명한 『이상한 나라의 앨리스』를 썼으며, 그 밖에도 『겨울나라의 앨리스』 「스나크 사냥」 「실비와 브루노」 같은 작품을 써서 근대 아동문학을 확립시켰다. 유머와 환상이 가득 찬 작품들을 썼으며 빅토리아 시대의 대표적 기인(奇人)의 한 사람으로 일컬어진다. 난센스 문학의 일인자로 초현실주의와 부조리 문학의 선구자로도 평가되는 캐럴은 1855년 그가 재직하던 대학에 헨리 리들이라는 새로운 학장이 부임하게 되었는데 캐럴은 학장의 어린 딸들과 우정을 쌓게 된다. 그 중 한 명이 바로 앨리스라는 이름을 가졌으며, 앨리스는 누구보다 캐럴의 이야기를 좋아했다고 한다.

험프티 덤프티

루이스 캐럴

그런데 달걀은 점점 더 커지면서 점점 더 사람다워졌다. 몇 미터 앞까지 다가가 보니 달걀에 눈, 코, 입이 있었고 바로 앞까지 가까이 가보니 그것은 바로 다름 아닌 험프티 덤프티였다. "다른 사람일 수가 없어!" 앨리스는 혼잣말했다. "얼굴에 이름을 대문짝만하게 써놓은들 이보다 더 확실할까!"

그 얼굴은 이름을 백 번이라도 쓸 수 있을 정도로 아주 커다랬다. 험프티 덤프티는 터키 사람처럼 높은 담 꼭대기에 책상다리로 앉아 있었다. 담 폭이 어찌나 좁은지 앨리스는 그 위에서 균형을 잡고 앉아 있는 험프티 덤프티가 놀라울 뿐이었다. 험프티 덤프티는 계속해서 뚫어지게 반대 방향을 바라보고 있었으므로 그녀가 다가가는 것을 전혀 눈치채지 못했고 앨리스는 저게 어쩌면 봉제 인형일지도 모른다는 생각이 들었다.

"어쩌면 이렇게 꼭 달걀처럼 생겼지!" 앨리스는 험프티 덤프티가 금방이라도 떨어질 것 같아 그를 받으려고 두 손을 내밀고 서서 큰 소리로 말했다.

"아주 괘씸한데, 나보고 달걀이라고 하다니. 정말로 기분 나쁜 걸!" 한참 동안 침묵을 지키던 험프티 덤프티는 앨리스를 쳐다보지도 않고 말했다.

"난 당신이 달걀 같아 보인다고 말했을 뿐이에요." 앨리스는 상냥하게 설명했다. "게다가 아주 예쁜 달걀도 있잖아요." 앨리스는 자신의 말이 칭찬처럼 들리기를 바라며 덧붙여 말했다.

"아기만큼의 지각도 없는 사람들이 있다니까!" 앨리스를 여전히 외면한 채 험프티 덤프티는 말했다.

이 말에 앨리스는 뭐라고 대꾸해야 할지 몰랐다. 험프티 덤프티가 한 번도 자기를 쳐다보고 말한 적이 없었으므로 앨리스는 이건 전혀 대화라고 할 수 없다고 생각했다. 실상 마지막 말은 나무를 향해 한 것이 분명했다. 그래서 앨리스는 그 자리에 서서 부드럽게 마음속으로 되풀이해 읊었다.

험프티 덤프티 담 위에 앉았네.
험프티 덤프티 쿵 하고 떨어졌네.
왕의 말과 신하들이 모두 힘을 합쳐도
험프티 덤프티를 제자리에 다시 올려놓지 못하네.

"마지막 행이 너무 길잖아." 앨리스는 험프티 덤프티가 자신의 말을 듣고 있다는 것을 잊고서 커다란 소리로 덧붙였다.

"그렇게 혼자서 재잘거리지 말고 나한테 이름과 용건을 말해보시지." 험프티 덤프티는 처음으로 앨리스를 쳐다보면서 말했다.

"내 이름은 앨리스예요. 그런데 ─."

"이름이 뭐 그래!" 험프티 덤프티는 성급하게 말했다. "그게 무슨 뜻이지?"

"이름에 꼭 의미가 있어야 하나요?" 앨리스가 미심쩍다는 듯이 물었다.

"물론 있어야 하지." 험프티 덤프티는 짧게 웃으며 말했다. "내 이름은 내 형태를 뜻하는 거야. 게다가 형태가 아주 멋지잖아. 네 이름이라면 형태가 아무래도 괜찮겠어."

"그런데 당신은 왜 여기 혼자 앉아 있어요?" 더는 말다툼하고 싶지 않아 앨리스는 말을 돌렸다.

"그거야 나와 함께 있는 사람이 한 명도 없으니까 그렇지!" 험프티 덤프티는 큰 소리로 말했다. "내가 그 질문에 대한 대답을 모른다고 생각했어? 그럼 다른 걸 물어봐."

"당신은 땅에 내려오는 게 더 안전하다고 생각하지 않아요?" 앨리스는 또 다른 수수께끼를 만들어낸다는 생각이 아니라 단지 별난 사람을 염려하는 착한 마음에서 계속해서 질문을 던졌다. "당신이 앉아 있는 담이 너무 좁잖아요!"

"너는 어쩜 그토록 엄청 쉬운 수수께끼만 내니!" 험프티 덤프티는 화가 난 듯 으르렁거렸다. "물론 난 그렇게 생각하지 않아! 글쎄 혹시라도 내가 정말로 떨어지기라도 하면, 그럴 가능성은 전혀 없겠지만, 여하튼 혹시라도 떨어지면 ─."

그 순간 입술을 오므리고 있는 험프티 덤프티의 모습이 어찌나 엄숙하고도 거만해 보이던지 앨리스는 웃음을 참을 수가 없었다. "혹시라도 내가 떨어지면," 그는 계속해서 말했다. "왕이 나하고 약속했거든. 아, 새파랗게 질려도 할 수 없어, 원한다면 말이야! 내가 그런 말을 할 거라고 생각 못 했지? 왕이 나한테 약속했어, 자기 입으로 직접 —."

"말과 신하들을 모두 다 보내 주겠다고요." 어리석게도 앨리스는 그의 말에 끼어들었다.

"정말로 못된 짓을 하는구나!" 험프티 덤프티는 벌컥 화를 내며 큰소리로 외쳤다. "문밖에서, 나무 뒤에서, 그리고 굴뚝을 타고 내려와 남의 얘기를 엿듣다니. 그렇지 않았으면 어떻게 그런 걸 알 수 있겠어!"

"그렇지 않아요, 정말로!" 앨리스는 아주 부드럽게 말했다. "책에서 보았다고요."

"아, 그래! 책에다 그런 일들을 적어놓을 수도 있겠지." 험프티 덤프티는 다소 침착해진 어투로 말했다. "바로 그런 걸 영국 역사라고들 하니까. 자, 그럼 나를 자세히 봐! 나는 왕과 직접 이야기한 사람이야. 내가 그런 사람이라고. 어쩌면 넌 두 번 다시 그런 사람을 보지 못할지도 몰라. 그리고 난 거만하지 않은 사람이니까 너하고 악수할 마음도 있어!" 그리고 나서 험프티 덤프티는 (담에서 굴러떨어질 정도로 깊숙이) 몸을 앞으로 굽히고 앨리스에게 손을 내밀면서 입이 귀에 걸릴 정도로 웃었다. 앨리스는 그의 손을 잡으며 다소 걱정스러운 눈으로 그를 지켜보았다. '좀 더 활짝 웃으면 입 양쪽 끝이 머리 뒤에서 만나겠는걸' 하고 앨리스는 생각했다. '그러면 저 머리가 어떻게 될까? 머리통이 떨어지면 어쩌지!'

"그래, 왕의 말들과 신하들이 모두 다 올 거야." 험프티 덤프티는 계속해서 말했다. "그들이 모두 와서 단번에 나를 구해주겠지, 그들이 말이야! 그렇지만 이런 이야기를 하기엔 너무 이르잖아. 아까 하던 이야기로 돌아가 끝에서 두 번째 이야기를 다시 해보자."

"어떤 이야기였는지 기억나지 않는데요." 앨리스는 아주 공손하게 말했다.

"그럼 다시 시작하자." 험프티 덤프티가 말했다. "이번엔 내가 이야깃거리를 고를 차례지 —." ('꼭 게임이라도 하는 것처럼 말하잖아!' 앨리스는 생각했다) "그럼 내가 너한테 질문 하나를 할게. 네가 몇 살이라고 그랬지?"

앨리스는 재빨리 계산한 다음 말했다. "일곱 살 반."

"틀렸어!" 험프티 덤프티는 의기양양하게 소리쳤다. "너는 결코 그런 말을 한 적이 없어!"

"나한테 몇 살이냐고 묻지 않았잖아요?" 앨리스가 말했다.

"내가 그런 질문을 할 생각이 있었다면 그렇게 말했겠지." 험프티 덤프티가 말했다.

앨리스는 또다시 말다툼하고 싶지 않아 아무 말도 하지 않았다.

"일곱 살 반이라!" 험프티 덤프티는 생각에 잠겨 그 말을 되풀이했다. "편안치 못한 나이로군. 네가 내 충고를 원했다면 '일곱 살에서 멈춰라'라고 말해주었을 텐데, 하지만 이젠 너무 늦었어."

"절대로 나이 먹는 것에 대해 충고해 달라고 하지 않을 거예요."

앨리스는 못마땅해서 말했다.

"너무 거만한 거 아냐?" 험프티 덤프티가 물었다.

앨리스는 이 말에 한층 더 화가 났다. "내 말은 말이죠." 앨리스가 말했다. "나이 먹는 걸 누가 막을 수 있느냐는 거예요."

"아마 한 사람의 힘으로는 어렵겠지." 험프티 덤프티가 말했다. "그렇지만 두 사람이면 할 수 있어. 적절한 도움을 얻을 수 있었다면 일곱 살에서 멈출 수 있었을지도 몰라."

"정말로 멋진 허리띠를 차셨네요!" 갑자기 앨리스가 말했다. (나이 이야기는 벌써 충분히 했다고 앨리스는 생각했다. 그리고 정말로 화제를 번갈아 고르는 거라면 이번은 그녀 차례였다) "적어도 말이죠." 다시 생각해본 앨리스는 말을 정정했다. "정말로 멋진 스카프라고 말했어야 했네요. ─아니 허리띠요─ 미안해요!" 앨리스는 당황하여 덧붙였다. 험프티 덤프티의 기분이 몹시 상한 것 같았기 때문이다. 앨리스는 이런 화제를 선택한 것이 무척 후회스러웠다. '어디가 목이고 어디가 허리인지 알면 좋을 텐데!' 앨리스는 속으로 생각했다.

험프티 덤프티는 잠깐 아무 말도 하지 않았지만, 화가 난 게 분명했다. 다시 입을 열었을 때 그것은 으르렁거리는 분노의 목소리였다.

"상당히 ─괘씸한─ 일이로군." 마침내 그가 말했다. "허리띠와 스카프를 구별하지 못하다니!"

"내가 너무 몰라서 그래요." 앨리스가 무척 겸손한 태도를 보이자 험프티 덤프티는 화가 풀린 듯했다.

"얘야, 이건 스카프란다. 네가 말한 대로 아주 멋진 거야. 화이트 왕과 여왕이 주신 선물이란다. 자, 잘 보렴!"

"정말이에요?" 결국은 자신이 화제를 잘 골랐던 것 같아 아주 기분이 좋아진 앨리스는 말했다.

"그분들이 주셨어." 험프티 덤프티는 다리를 꼬고 두 손으로 무릎을 감싸 안은 채 생각에 잠긴 표정으로 말을 이어갔다. "내 생일 아닌 선물을 그분들이 나한테 주셨어."

"실례합니다만," 앨리스는 어리둥절한 태도로 말했다.

"난 화가 난 게 아니야." 험프티 덤프티가 말했다.

"그런데, 생일 아닌 선물이 뭐예요?"

"물론 생일이 아닐 때 받는 선물이지."

잠시 생각에 잠겼던 앨리스는 마침내 "나는 생일선물이 가장 좋은걸요" 하고 말해버렸다.

"모르는 소리 하지도 마!" 험프티 덤프티가 소리쳤다. "일 년이 며칠이지?"

"365일이요." 앨리스가 말했다.

"그럼 네 생일은 며칠이나 있지?"

"하루요."

"365에서 하나를 빼면 얼마가 남지?"

"물론 364지요."

험프티 덤프티는 이 대답을 무척 의심하는 것 같았다. "종이에다 계산해보는 게 좋겠나" 하고 말했다.

앨리스는 수첩을 꺼내면서 웃음이 나오는 것을 어쩌지 못했지만 험프티 덤프티를 위해 계산을 했다.

$$
\begin{array}{r}
365 \\
1 \\
\hline
364
\end{array}
$$

험프티 덤프티는 수첩을 받아들고 자세히 살펴보았다. "제대로 계산한 것 같군—." 하고 그는 말했다.

"수첩을 거꾸로 들고 있잖아요!" 앨리스가 중간에 끼어들었다.

"분명 그랬구먼!" 앨리스가 수첩을 똑바로 돌려주자 험프티 덤프티는 명랑하게 말했다. "어쩐지 조금 이상하다고 생각했어. 아까 말한 대로 계산이 제대로 된 것 같네. 자세히 들여다볼 시간은 없었지만 말이지. 그러니까 이걸 보면 생일 아닌 선물을 받을 수 있는 날이 364일이나 되잖아—."

"정말 그렇군요." 앨리스가 말했다.

"그리고 생일선물을 받을 날은 단 하루밖에 없잖아. 너로서는 영광이지!"

"'영광'이라니, 그게 무슨 뜻이에요?" 앨리스가 말했다.

험프티 덤프티는 거만하게 웃었다. "물론 넌 모르겠지, 내가 말해주기 전에는 말이야. '상대방을 압도하는 주장이다!'라는 말이었어."

"그렇지만 '영광'의 뜻이 '상대방을 압도하는 주장'은 아니잖아요." 앨리스가 반박했다.

"내가 어떤 단어를 사용하면, 그건 바로 내가 선택한 의미를 뜻하게 되는 거지. 그 이하도 그 이상도 아니다 이거야." 험프티 덤프티는 다소 깔보는 듯한 어투로 말했다.

"문제는 당신이 한 단어로 엄청나게 많은 의미를 만들어낼 수 있는가 하는 것이로군요." 앨리스가 말했다.

그러자 험프티 덤프티가 말했다. "문제는 누가 주인인가, 바로 그거지. 그게 다야."

앨리스는 어찌나 당혹스러운지 아무 말도 할 수 없었다. 그러자 잠시 후 험프티 덤프티는 다시 말하기 시작했다. "단어 중에는 성깔 있는 것도 있는데, 특히 동사가 그래. 동사가 가장 거만하단 말이야. 형용사는 어떻게 다루어도 괜찮은데 동사는 그렇지 않아. 그렇지만 난 모든 단어를 자유자재로 다룰 수 있지! 불가해성! 내 말이 바로 그거야!"

"그게 무슨 뜻인지 제발 좀 가르쳐주세요." 앨리스가 말했다.

"이제야 분별 있는 아이처럼 말하는구나." 험프티 덤프티는 흐뭇한 표정을 지으며 말했다. "'불가해성'이란 말이지, 그 주제에 대해 충분히 이야기했다는 뜻이야. 그러니까 앞으로 네가 무엇을 할 건지 이야기하는 것이 좋겠다는 말이야. 앞으로 너는 죽는 날까지 여기서 지낼 건 아니잖아."

"단어의 뜻을 만들어내다니 굉장하네요." 앨리스는 생각에 잠겨 말했다.

험프티 덤프티가 대답했다. "나는 한 단어에 그토록 많은 일을 시킬 때는 항상 특별 수당을 준단다."

"아!" 앨리스의 입에서 감탄사가 터져 나왔다. 어찌나 당혹스러운지 다른 말은 할 수가 없었다.

"아, 토요일 밤에 단어들이 내 주위로 몰려오는 걸 너도 봐야 하는데." 심각하게 고개를 좌우로 흔들며 험프티 덤프티가 계속해서 말했다. "그러니까 수당을 받으려고 말이지."

(앨리스는 단어들에게 수당으로 무엇을 주는지 감히 물어보지 못했다. 그래서 나도 독자 여러분에게 말해줄 수가 없다.)

"당신은 단어들에 관해 설명을 아주 잘 하시는 것 같아요." 앨리스가 말했다. "'재버워키'라는 시에 대해 무슨 뜻인지 설명해주실 수 있어요?"

"그 시를 한번 들어볼까?" 험프티 덤프티가 말했다. "나는 지금까지 지어진 모든 시, 그리고 아직 쓰이지 않은 수많은 시에 관해 설명할 수 있거든."

이 말을 들은 앨리스는 희망에 차서 첫 연을 암송했다.

> *"저녁 무렵, 끈적 유연 토우브들이*
> *언덕배기에서 선회하며 뚫고 있었네.*
> *보로고브들은 모두 다 침울해했고*
> *멍청한 라스는 끼익끼익 울어댔네."*

"우선 그 정도로 충분해." 험프티 덤프티가 암송을 중단시켰다. "어려운 단어들이 상당히 많구나. '저녁 무렵'이란 말은 오후 4시, 그러니까 저녁 식사를 위해 음식을 끓이기 시작하는 시간을 뜻하지."

"정말 그러네요." 앨리스가 말했다. "그럼 '끈적 유연'은요?"

"글쎄, '끈적 유연'은 '나긋나긋하고 끈적끈적하다'라는 뜻이지. '나긋나긋하다'라는 것은 '활달하다'와 같은 말이야. 그러니까 합성어 같은 거지. 한 단어에 두 가지 의미가 합쳐진 거란다."

"이제 알겠어요." 앨리스는 신중하게 말했다. "그리고 '토우브'는 뭔가요?"

"음, '토우브'는 오소리 같은 거야. 도마뱀 같기도 하지. 그리고 코르크 마개 뽑기 같기도 하고."

"아주 특이하게 생긴 동물이겠군요."

"그렇지." 험프티 덤프티가 말했다. "또 그들은 둥지를 해시계 밑에다 만든단다. 게다가 치즈를 먹고 살아가지."

"그럼 '선회'하고 '뚫는다'라는 말은 무슨 뜻이죠?"

"'선회'한다는 것은 자이로스코프처럼 빙빙 돈다는 거야. 그리고 '뚫는다'라는 것은 송곳처럼 구멍을 만든다는 거지."

"그럼 '언덕배기'는 해시계 주변의 잔디밭을 말하나요?" 앨리스는 자기 자신의 영리함에 놀란 사람처럼 말했다.

"물론 그거지. 앞으로 뒤로 넓게 퍼져 있으므로 '언덕배기'라고들 하지."

"그리고 양옆으로도 넓게 퍼져 있어요." 앨리스가 덧붙여 말했다.

"정확히 말하면 그렇지. 그리고 '침울하다'라는 말은 '약하고 비참하다'라는 뜻이란다 (합성어가 또 하나 있구나). '보로고브'는 깃털이 온통 삐죽삐죽 튀어나온 마르고 초라해 보이는 새지. 살아 움직이는 걸레라고나 할까.”

“그럼 ‘멍청한 라스’는 어떤 거죠?” 앨리스가 물었다. “제가 너무 귀찮게 해드리네요.”

“글쎄, ‘라스’는 일종의 녹색 돼지인데 말이지. ‘멍청한’이란 말은 나도 분명치가 않단 말이야. ‘집을 나온’이란 말이 아닐까 싶구나. 그러니까 길을 잃었다는 뜻이지.”

“그리고 ‘끼익 끼익 울어댄다’라는 건 무슨 뜻이에요?”

“가만있자, ‘끼익 끼익 울어댄다’라는 것은 고함치는 것과 삐삐 울어대는 것 사이에 재채기 같은 소리란다. 그렇지만 아마도 그 소리를 듣게 된다면, 저기 있는 저 숲에서 그 소리를 듣는다면 넌 아마 상당히 만족스러울 거다. 그런데 누가 너한테 그토록 어려운 시를 암송해줬니?”

“책에서 읽었어요.” 앨리스가 말했다. “하지만 저는 그보다 훨씬 쉬운 시도 알고 있어요. 트위들디가 들려준 것 같아요.”

“그러니까 시라면 말이다.” 험프티 덤프티는 커다란 손을 내뻗으며 말했다. “그거라면 말이지, 나도 누구 못지않게 외울 수가 있지.”

“아, 그러실 필요는 없어요!” 앨리스는 험프티 덤프티가 시 암송을 시작하지 못하도록 서둘러 말했다.

“내가 지금 암송하려는 시는 말이지.” 험프티 덤프티는 앨리스의 말을 들은 척도 하지 않고 계속해서 말했다. “순전히 너를 즐겁게 해주기 위해 쓰인 거란다.”

그렇다면 그 시를 들을 수밖에 다른 도리가 없을 것 같아 앨리스는 자리에 앉아 다소 기운 없이 “고마워요” 하고 말했다.

"겨울이 되어 들판이 하얘지면
나는 그대를 기쁘게 하려고 이 노래를 부르리 —."

"그렇지만 난 노래는 부르지 않아." 험프티 덤프티는 설명을 덧붙였다.

"알아요." 앨리스가 말했다.

"내가 노래를 부르는지 안 부르는지 볼 수 있다니, 네 눈은 보통 사람들보다 더 예리하구나." 험프티 덤프티는 신랄하게 말했다. 앨리스는 아무런 대꾸도 하지 않았다.

"봄이 되어 숲이 푸르러지면
내 마음을 그대에게 전하리."

"정말로 고마워요." 앨리스가 말했다.

"여름이 되어 하루해가 길어지면
그대는 내 노래를 이해하게 되리라.

가을이 되어 나뭇잎이 붉게 물들면
그대 펜과 잉크로 내 노래를 적으리."

"그토록 오랫동안 기억할 수 있으면 그렇게 할게요." 앨리스가 말했다.

"그렇게 자꾸 대꾸하지 않아도 된다." 험프티 덤프티는 말했다. "그다지 재치 있는 답변도 아니고 계속 방해만 되잖니."

"나는 물고기에게 전갈을 보냈지.
'이게 내가 원하는 거란다'라고 말했지.

바다에 사는 자그마한 물고기들이
나에게 답장을 보냈지.

자그마한 물고기들의 답변은
'그렇게 못해요. 왜냐하면 ─.'"

"무슨 뜻인지 잘 모르겠는데요." 하고 앨리스가 말했다.
"더 들어보면 쉬워져." 험프티 덤프티가 대답했다.

"나는 그들에게 또다시 전갈을 보냈지.
'시키는 대로 하는 게 좋을 거다'라고 적었어.

물고기들이 빙긋 웃으며 대답했지.
'어머나, 성질이 대단하시네요!'

그들에게 한번 말하고 두 번 말했지.
그들은 충고를 귀담아듣지 않았어.

커다란 새 솥단지를 집었지.
내가 해야 할 일에 딱 맞는 솥이었어.

가슴이 뛰고 쿵쿵댔어.
펌프로 물을 길어 솥에다 부었지.

그때 누군가가 다가와 말했지.
'작은 물고기들이 잠자리에 들었어요.'

그 사람에게 난 분명하게 말했지.
'그럼 당신이 그들을 다시 깨우셔야 합니다.'

아주 커다란 소리로 분명하게 말했지.
그 사람의 귀에 대고 난 큰소리로 외쳤지."

　이 시를 암송하면서 험프티 덤프티는 거의 비명에 가깝게 목소리를 높여댔고 앨리스는 몸서리를 치며 생각했다. '나 같으면 절대로 메신저 역할은 맡지 않았을 거야!'

"그렇지만 그는 매우 고집스럽고 거만했지.
'그토록 커다랗게 소리 지를 필요는 없잖아요' 하고 그는 말했지.

그리고 그는 매우 거만하고 고집스러웠지.
'내가 가서 깨울 수도 있어요. 만약 ―.' 하고 그는 말했지.

난 선반에 있던 코르크 마개 뽑기를 집었지.
나는 물고기들을 깨우러 직접 가보았지.

난 방문이 잠겨 있는 것을 보았지.
잡아당기고 밀고 발로 차고 두드렸지.

그리고 난 방문이 닫혀있는 것을 보았지.

손잡이를 돌려보았지만 —."

한참 동안 침묵이 흘렀다.

"그게 다예요?" 앨리스가 조심스럽게 물었다.

"그게 다야." 험프티 덤프티는 말했다. "잘 가거라."

앨리스는 다소 갑작스럽다는 생각이 들었지만, 어서 가보라는 그토록 분명한 암시를 받고 난 후 그냥 머물러 있으면 예의가 아니라고 생각했다. 그리하여 앨리스는 자리에서 일어나 손을 내밀고 한껏 명랑한 말투로 말했다. "다시 만날 때까지 안녕히 계세요!"

"다시 만나도 나는 너를 알아보지 못할 거다." 험프티 덤프티는 앨리스에게 손가락 하나를 내밀면서 불만스러운 말투로 대답했다. "넌 다른 사람들하고 아주 똑같이 생겼잖아."

"대개는 얼굴을 보고 구분하잖아요." 앨리스는 사려 깊게 말했다.

"그게 바로 내가 못마땅하게 생각하는 점이란 말이야." 험프티 덤프티가 말했다. "네 얼굴은 다른 사람들하고 아주 똑같아. 눈은 둘이고 —," (험프티 덤프티는 허공에다 엄지손가락으로 눈, 코, 입을 표시하면서 말했다) "가운데에 코가 있고, 그 밑에 입이 있지. 누구나 다 똑같다니까. 그런데 예를 들어 코 한쪽에 눈이 둘 다 붙어 있거나 아니면 입이 꼭대기에 있다면 조금은 쉽게 알아볼 수 있을 거야."

"보기에 좋지 않을 거예요." 앨리스가 반박했다. 그렇지만 험프티 덤프티는 두 눈을 감더니 말했다. "해보기 전에는 모를 일이지."

앨리스는 험프티 덤프티가 또다시 무슨 말을 할지 몰라서 잠시 기다렸다. 그렇지만 험프티 덤프티가 눈도 뜨지 않고 더는 아는 체도 하지 않아서 그녀는 "안녕히 계세요!" 하고 다시 한번 말했다. 이 말에도 아무런 대답이 없었으므로 앨리스는 조용히 그 자리를 떠났다. 그러나 걸어가면서 앨리스는 자신도 모르게 속으로 중얼거렸다. "불만족스러운 모든 것 중에서 —," (그토록 기다란 단어를 말하니 마음이 아주 편안해졌으므로 그녀는 이 말을 다시 한번 큰 소리로 되풀이했다) "내가 지금까지 만난 불만족스러운 모든 사람 중에서 —," 바로 그 순간 무섭게 와그르르 무너지는 소리가 온 숲을 뒤흔드는 바람에 앨리스는 이 문장을 끝맺지 못했다.

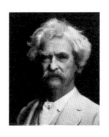

마크 트웨인(1835~1910)

　미주리 주에서 가난한 개척민의 아들로 태어난 트웨인은 네 살 때 가족을 따라 미시시피 강가의 해니벌로 이사 왔으며, 열두 살 때 아버지를 여의었다. 그 후 인쇄소 견습공이 되어 일을 배우고, 각지를 전전하던 중 1857년 미시시피 강 수로 안내인이 되었는데, 후일 작가 형성에 큰 영향을 주었다. 『톰 소여의 모험』으로 유명한 미국의 대표적 소설가로 본명은 사무엘 L. 클레멘스(Samuel L. Clemens)다. 사회풍자가로 남북전쟁 후에 사회 상황을 풍자한 『도금시대』와 에드워드 6세 시대를 배경으로 한 『왕자와 거지』를 쓴 트웨인은 미국의 제국주의적 침략을 비판하고 반제국주의, 반전 활동에 열성적으로 참여했다. 그 후 신문기자로 일하면서 여러 문인들을 만나게 된다. 그러다가 처녀 단편집 『캘리베러스 군의 뛰어오르는 유명한 개구리』를 출판, 야성적이며 대범한 유머로 명성을 얻었다. 또 유럽과 성지를 도는 관광 여행단에 참가하여 여행기를 신문에 연재했다가 귀국한 후에 다시 정리하여 『철부지의 해외 견문』을 출판했다. 1876년 『톰 소여의 모험』, 1883년 『미시시피 강의 생활』 등의 걸작을 썼으며, 특히 1884년에 쓴 『허클베리 핀의 모험』은 문명에 오염되지 않은 자연아의 정신과 변방인의 영혼을 노래한 미국적 서사시로 알려져 있다. 반전 활동과 반제국주의 활동을 했고 반전 우화 『전쟁을 위한 기도』 등을 썼다.

테네시주(州) 저널리즘

마크 트웨인

> 멤피스 시의 『아벌런치(눈사태) 일보』 편집국장은 자신을 급진주의
> 자라고 말하는 기자에게 조심스럽게 다음과 같은 기습공격을 가했다.
> "그는 첫 단어를 적고 중간 부분을 쓰고 또 점과 획을 정확히 그은 다
> 음 마침표를 찍으면서 자신이 오명에 흠뻑 젖고 거짓의 악취를 풍기는
> 문장을 꾸며내고 있다는 사실을 자각했다." — 교환자료

남부 기후가 내 건강을 호전시킬 수 있으
리라는 의사의 권고로 나는 테네시주로 내려가 『모닝 글로리와 존
슨 카운티의 함성』지 편집 차장으로 취직했다. 출근하니 편집국장
이 몸을 뒤로 젖히고 발을 소나무 책상 위에 올려놓은 채 다리가 세
개인 의자에 앉아 있는 모습이 눈에 들어왔다. 방 안에는 또 다른 소
나무 책상과 부러진 의자가 있었고 둘 다 신문지와 종잇조각, 원고
더미에 파묻혀 있었다.

모래가 담긴 나무상자 안에는 시가 꽁초와 "빈 술병"이 그득했고
위쪽 경첩에 문이 달랑달랑 매달려 있는 난로도 보였다. 편집국장은
옷 뒷자락이 꼬리처럼 기다란 검은색 재킷과 흰색 마 바지를 입고
있었다. 자그마한 그의 구두는 말끔하게 구두약을 발라 광이 났다.
그는 잔뜩 주름 잡힌 셔츠에 인장이 새겨진 커다란 반지를 끼고 있

었으며 한물간 패턴이 찍혀 있는 옷깃은 세워져 있었고 알록달록한 목도리의 끝자락은 밑으로 축 처져 있었다.

이런 복장은 1848년경 유행했던 스타일이다. 시가를 피우며 단어를 생각해내고자 골머리를 앓았는지 그는 머리를 손으로 마구 헝클어트려 머리카락이 상당히 엉켜 있었다. 찌푸린 얼굴로 상당히 무서운 표정을 자아내고 있었기에 나는 그가 특별히 복잡한 사설을 쓰는 중일 거라고 판단했다. 그는 나에게 다른 신문사에서 온 교환 자료를 훑어본 다음 흥미로워 보이는 부분을 골라 "테네시 언론사의 정신"을 써보라고 말했다.

나는 다음과 같이 썼다.

"테네시 언론사의 정신"

격주 발행 신문 『어스퀘이크[지진]』의 편집위원들은 분명 밸리핵 철도에 관해 오해하고 있는 것 같다. 버자드빌을 한쪽에 제쳐두는 게 철도공사의 의도가 아니다. 이와는 반대로 그곳을 신축되는 노선의 가장 중요한 지점으로 간주하고 있어서 이 마을을 등한시할 생각은 전혀 없는 것 같다. 물론 『어스퀘이크』 편집위원들은 이를 기꺼이 수정할 것이다.

히긴스빌에서 발행되는 『선더볼트와 자유를 향한 전투』지의 유능한 편집국장 존 W. 블로섬 씨는 어제 이 마을에 도착하였으며 밴 뷰런 대통령 저택을 방문할 예정이다.

머드 스프링스에서 출간되는 『모닝 하울』지 기자는 밴 워터의 당선을 기정사실이 아닌 것으로 가정하는 실수를 저지른 것 같다. 그렇지만 분명 그는 이 글을 보기 전에 자신의 실수를 발견할 것이다. 아마도 그는 불완전한 중간개표 상황을 보고 오보를 내보낸 것 같다.

기분 좋게도 블래더스빌 시는 뉴욕의 토건업자들과 계약을 맺어 지나다니기 힘든 거리를 니콜슨 포석으로 포장할 계획을 세우고 있다. 『데일리 허라』 지는 이번 조처를 추진할 것을 촉구하고 있으며 궁극적인 성공을 확신하는 것 같다.

나는 편집국장에게 원고를 넘기고 출간 승인, 교정 또는 폐기의 지시를 기다렸다. 원고를 힐끗 본 그의 얼굴이 어두워졌고 기사를 꼼꼼히 훑어보는 그의 얼굴에 꺼림칙한 표정이 점차 뚜렷하게 나타났다. 무엇이 잘못되어도 단단히 잘못된 게 분명했다. 갑자기 그는 벌떡 일어나더니 소리쳤다.

"빌어먹을! 나라면 그 짐승 같은 놈들에 대해 이렇게 쓸 것 같습니까? 우리 구독자들이 이런 쓸모없는 글을 보고 가만히 있을 줄 아시요? 그 펜 이리 주시죠."

그토록 난폭하게 움직이며 다른 사람의 동사와 형용사를 무자비하게 삭제하고 뒤집어엎는 펜을 나는 지금까지 본 적이 없었다. 한참 동안 수정을 계속하는 그를 향해 누군가가 열린 창문으로 총을 쏘았다. 총알은 내 귀를 스치고 지나면서 양쪽 귀의 균형을 깨뜨렸다.

"아, 『모럴 볼케이노』 지의 악당 스미스일 거요. 어제 나타나기로 예정되어 있었거든." 하고 말하면서 그는 허리띠에 차고 있던 감색 권총을 잽싸게 꺼내 발사했다. 허벅지에 총알을 맞은 스미스는 그 자리에 쓰러졌다. 허벅지에 박힌 총알 때문에 스미스는 제대로 조준하지 못했고 그가 잡은 두 번째 기회는 낯선 사람을 불구로 만들었는데, 그 낯선 사람이 바로 나였다. 뭐, 단지 손가락 하나가 날아갔을 뿐이다.

편집국장은 계속해서 내가 쓴 걸 지우고 행간에 무엇인가를 열심히 써넣었다. 그가 막 수정 작업을 마칠 찰나에 난로 연통을 따라 수류탄이 내려왔고 그게 폭발하면서 난로가 수천 조각으로 터져버렸다. 그렇지만 별다른 손상은 입지 않았고 다만 파편 조각이 튀더니 내 치아 몇 개가 나갔다.

"난로가 아주 완벽하게 못쓰게 되었구먼." 편집국장이 말했다.

나는 그런 것 같다고 대답했다.

"상관없어요. 어차피 이런 날씨에 필요하지도 않은걸, 누가 저런 짓을 했는지 아니까 복수하면 됩니다. 자, 이런 글은 이렇게 써야 하는 거예요."

나는 원고를 돌려받았다. 곳곳에 지워진 흔적과 행간에 삽입된 글자 때문에 얼룩져서 원고를 탄생시킨 어머니라도 이걸 보고는 자기 자식으로 알아보지 못할 것 같았다. 원고는 다음과 같이 고쳐져 있었다.

"테네시 언론사의 정신"

격주 발행 『어스퀘이크』의 상습적 거짓말쟁이들은 분명 19세기의 가장 훌륭한 발상인 밸리핵 철도에 대하여 또 다른 비열하고 잔인한 거짓말로 고상하고 관대한 사람들을 속이려 들고 있다.

버자드빌을 한쪽에 제쳐둘 거라는 견해는 진실성이 모자란 그들의 두뇌, 아니 두뇌라고 간주하는 찌꺼기에서 나온 바보스러운 생각이었다. 혹시라도 유기된 시체나 다름없는 몸통에 받아 마땅한 쇠가죽 채

찍질을 피하고 싶다면 그들은 이 거짓말을 취소해야 할 것이다.

히긴스빌에서 발행되는 『선더볼트와 자유를 향한 전투』의 명칭이 블로섬이 또다시 밴 뷰런 저택에 빌붙어 먹으려고 여길 다시 찾았다.

머드 스프링스에서 출간되는 『모닝 하울』 지의 명칭한 불한당 같은 기자는 거짓말을 밥 먹듯이 하는 평소 버릇대로 밴 워터가 당선되지 않았다고 보도했다. 언론계에 하늘이 부여한 임무는 진실을 퍼뜨리고 허위를 근절하는 것이다. 그것은 즉 대중을 교육하여 세련되게 만들며 국민의 도덕심과 태도를 향상시키고 한층 더 예의 바르고, 덕이 있으며, 관대한 사람들로 만들고 모든 면에서 한층 더 착하고 더 성스러우며 더 행복하게 만드는 것이다. 그러나 이 간악한 악당은 거짓, 비방, 질책과 야비함을 퍼뜨려 언론계의 고상한 지위를 지속해서 떨어뜨리고 욕되게 한다.

블래더스빌은 니콜슨 포석을 원하지만 — 실제로 그들에게 필요한 건 바로 구치소와 구빈원이다. 단 두 개의 술집과 대장간 하나, 게다가 언급할 가치도 없이 하찮은 겨자씨 연고와도 같은 『데일리 허라』 지가 전부인 보잘것없는 작은 마을에서 도대체 포장도로가 무슨 소용이 있겠는가! 기어 다니는 벌레만도 못한 『데일리 허라』 지의 버크너 편집국장은 자신이 사리에 맞는 말을 한다고 생각하며 평소 습관처럼 바보 같은 말을 지껄여대고 있다.

"이렇게 써야 하는 거요, 알겠소? 요점만 집어서 신랄하게 말이요. 달짝지근 희멀건 글은 성질만 긁어놓는다니까."

바로 이때쯤 창문을 박살내며 벽돌이 날아 들어오더니 내 뒤통수를 아주 세게 쳤다. 나는 사정거리에서 비켜 앉으며 혹시 내가 방해되는 게 아닌가 하는 생각이 들기 시작했다.

편집국장이 말했다. "아마도 대령일 거요. 그 자식이 나타나기를 이틀 동안 기다리고 있었거든. 아마 곧바로 나타날 거요."

그의 말은 적중했다. 잠시 후 대령은 손에 기병대 소총을 들고 문 앞에 나타났다.

그가 말했다. "여보쇼, 이 걸레 같은 종잇조각을 편집하는 비겁한 녀석에게 감히 면회를 신청하고 싶소."

"그러시죠. 여기 앉으세요, 나리, 의자에 다리가 하나 없으니 조심하시죠. 부패한 거짓말쟁이 블래더스킷 테컴세 대령님 맞으시죠?"

"그렇소, 선생. 당신과 담판 지어야 할 일이 있어 이렇게 찾아왔소. 지금 시간이 괜찮다면 시작합시다."

"'미국 사회의 고무적인 도덕적, 지적 발전의 진행 과정'에 관한 기사를 끝마쳐야 하긴 하지만 급한 건 아니니 시작하시죠."

바로 그 순간 두 개의 권총이 끔찍한 소음을 내며 동시에 발사되었다. 국장은 머리카락 한 움큼을 잃었고, 대령이 쏜 총알은 내 허벅지의 살집 많은 지점에서 자기 임무를 끝마쳤다. 대령의 왼쪽 어깨로는 총알이 살짝 스치고 지나갔다. 그들은 또다시 발사했다. 이번에는 둘 다 표적을 맞히지 못했지만 내 팔은 또다시 한 발을 맞았다. 총이 세 번째로 발사되었을 때 두 신사 모두 살짝 상처를 입었고 나는 손가락 관절이 깨졌다. 그제야 나는 두 분이 은밀히 하실 말씀이 있는 것 같으니 자리를 피해드리기 위해 산책을 하고 오겠다고 말했다. 그러자 두 사람 모두 나에게 자리에 그냥 앉아 있으라고 부탁하며 내가 전혀 방해되지 않는다고 날 안심시켰다.

그런 다음 두 사람은 재장전하면서 선거와 올해 작황에 관해 이야기를 나누었고 나는 내가 입은 상처를 붕대로 감았다. 그렇지만 곧바로 두 사람은 또다시 활기차게 사격을 개시했고 그들이 발사한 총알은 모두 적중하였다. ― 하지만 사실 여섯 발 중 다섯 발은 내 몫으로 떨어졌다는 걸 언급하지 않을 수 없다. 여섯 번째 총알은 대령에게 치명적인 상처를 입혔다. 그러자 대령은 쾌활하게 자신이 윗마을에 업무가 있어 가야 하니까 이제는 작별인사를 해야겠다고 말했다. 그런 다음 그는 장의사에게 가는 길을 물어보더니 떠났다.

편집국장은 몸을 나에게로 향하고 말했다. "저녁 식사 때 손님이 오기로 되어 있어서 준비해야겠소. 이 원고들의 교정을 보고 혹시 손님들이 오시면 대신 처리해주시죠."

나는 손님이라는 말에 기겁했지만, 귓속에서 계속해서 울려대는 연속사격 소리 때문에 몹시 혼란스러운 나머지 마땅한 대답이 생각나지 않았다.

국장은 계속해서 말했다. "존스는 아마 세 시쯤 올 거요. ― 그럼 쇠가죽으로 실컷 채찍질해서 보내면 됩니다. 길레스피는 아마 그보다 더 일찍 도착할지도 몰라요 ― 그럼 창밖으로 내던져버려요. 퍼거슨은 네 시쯤 올 텐데 ― 그는 그냥 죽여버려요. 오늘은 아마 그게 다일 겁니다. 혹시 시간이 남게 되면 한번 경찰에 관해 신랄한 기사를 써보시오. ― 못돼먹은 경찰서장을 밀고해버리세요. 소가죽 채찍은 책상 밑에 있고 무기들은 서랍 안에 들어 있소. ― 탄약은 저쪽 구석에 있고, 천과 붕대는 선반에 있어요. 혹시라도 무슨 사고가 생기면 아래층에 있는 외과 의사 란셋에게 가면 됩니다. 치료비는 물물교환이라 우리 신문에 무료광고를 내주고 있어요."

그렇게 말한 다음 그는 사라졌다. 나는 몸서리를 쳤다. 그 이후 세 시간 동안 시달린 너무나도 끔찍한 위험들로 인해 나는 마음의 여유와 기쁨은 몽땅 사라지고 없었다. 길레스피는 들어오자마자 나를 창밖으로 내던졌고, 정각에 찾아온 존스는 소가죽 채찍을 내 손에서 빼앗는 바람에 오히려 내가 채찍질을 당했다. 계획에도 없던 낯선 사람이 찾아와서는 내 머리 가죽을 벗겨냈고, 톰슨이라는 또 다른 낯선 사람은 지쳐 있는 나를 결딴내어 옷을 갈기갈기 찢어 완전히 엉망으로 만들어 놓고 사라졌다.

마지막으로 소리를 질러대고 욕설을 퍼부으며 내 머리 근처에서 번쩍이는 철강이 빛을 발할 때까지 무기를 마구 휘둘러대는 성난 폭도와도 같은 편집위원들, 파업 반대자, 정치가, 무법자들에 의해 궁지에 몰리게 되어 내가 사직서를 쓰기 일보 직전 마침내 편집국장이 박력 있고 열정적인 한 떼의 친구들과 함께 다시 나타났다.

그런 다음 펜으로 결코 묘사할 수 없을 폭동과 대학살이 발생하였으며 사람들은 총알을 맞아 팔다리가 절단되고 폭파당하고 창밖으로 내던져졌다. 혼란스럽고 광분하는 전쟁 춤이 한판 벌어졌고 음울하고 불경스러운 언동이 태풍처럼 휩쓸고 지나간 뒤 모든 게 끝났다. 5분 정도 흐른 후 침묵이 찾아왔고 피투성이가 된 편집국장과 나는 단둘이 앉아 피비린내 풍기는 폐허가 된 사무실을 바라보았다.

"이런 분위기에 익숙해지면 좋아하게 될 거요." 편집국장이 말했다.

"국장님이 저를 너그러운 마음으로 대해주셨으면 좋겠어요. 아마도 시간이 조금 지나면 국장님 마음에 드는 글을 쓸 수 있겠죠. 조금 더 연습하고 용어를 파악하면 분명 그렇게 할 수 있을 겁니다.

하지만 솔직히 말해서 그런 종류의 힘 있는 표현에도 나름의 불편함이 있고 그런 사람의 글은 방해받아 중단될 확률이 높을 것 같군요. 국장님을 보세요. 확연하지 않습니까? 박력 있는 글은 대중의 감정을 고조시키는 데 아주 효과적이지요. 하지만 전 그것이 불러오게 될 관심을 받고 싶진 않습니다. 오늘처럼 이토록 엄청난 방해를 받으며 편안하게 글을 쓸 수는 없을 것 같아요. 이 자리가 좋긴 하지만 여기에 남아 손님들을 응대하는 건 싫습니다. 오늘의 경험은 참으로 진기한 것들이었고 흥미롭기까지 합니다만 적절하게 진행된 것 같지는 않습니다. 한 신사가 창문으로 국장님을 향해 총을 쏘았지만 제가 불구가 되었고 국장님을 맞추기 위한 폭탄이 연통을 타고 내려왔지만, 난로 덮개는 결국 제 목을 향해 날아왔지요.

한 친구가 국장님과 칭찬을 교환하기 위해 들렸지만 깨끗한 제 얼굴에 총알구멍을 주근깨처럼 잔뜩 내어 여기저기 온통 뚫어진 저는 이제 신념조차 줄줄 새어나가게 되었네요. 국장님이 저녁 식사를 하기 위해 떠나자 존스는 쇠가죽 채찍을 들고 나타났고, 길레스피는 나를 창밖으로 내던졌으며, 톰슨은 제 옷을 몽땅 갈기갈기 찢어버렸고, 일면식도 없는 낯선 사람은 마치 오랫동안 알고 지낸 사람처럼 제멋대로 제 머리 가죽을 벗겨내었죠. 그런데 5분도 채 지나지 않아 이 근방 악당들이 모두 출전 치장을 하고 나타나더니 손도끼를 휘둘러 너덜너덜해진 나를 죽음으로 몰고 갔답니다.

총체적으로 생각해볼 때 제 평생 오늘처럼 혈기 왕성했던 날도 없었던 것 같군요. 아니, 전 국장님을 존경하고 손님들에게 침착하고 평온하게 조목조목 설명해주는 방식도 마음에 들지만 이런 일에는 익숙하지 않습니다. 남부 사람들은 너무나도 충동적이고 낯선 사람을 향한 남부인들의 친절함은 도가 지나친 것 같군요. 오늘 내가 쓴 문장들을 국장님이 훌륭한 솜씨로 냉정하게 수정하여 테네시 언론사의 정신을 주입한 기사가 또 다른 무리의 사람들을 화나게 만들겠죠.

편집위원들 모두가 또다시 떼로 몰려들어 ― 아마도 뭔가에 굶주린 사람들처럼 누군가를 잡아먹으려고 달려들겠죠. 이런 잔치에 더는 참석할 수 없을 것 같아 저는 여기서 작별인사를 드려야겠군요. 저는 건강을 추스르려고 남부에 왔으니 이를 위해 곧바로 다른 곳으로 옮겨가야겠습니다. 테네시 언론계는 제가 감당하기에는 너무나 소란한 것 같군요."

이런 말을 나눈 다음 우리는 서로 유감을 표하며 작별했고 나는 병원에 입원하였다.

Joseph Rudyard Kipling

러디어드 키플링(1865~1936)

　영국 사람으로 인도 뭄바이에서 태어난 키플링은 『정글북』으로 가장 잘 알려진 소설가이며 시인이다. 장단편 소설과 시를 썼으며 기자로도 활동한 키플링은 『7대양』 같은 작품이 영국제국주의를 미화했다는 이유로 애국시인으로 알려지기도 했는데, 후에 조지 오웰은 그를 '영국 제국주의의 선구자'라고 비난했다. 극동과 미국 등을 방문하였고 시집으로는 『병영의 노래』, 『7대양』 등이 있고 소설로는 『꺼져버린 불꽃』, 『킴』, 『어린이를 위한 이야기들』, 『작용과 반작용』 등이 있다. 키플링은 19세기 말 20세기 초 영미권 작가들 중에서 특히 인기가 많았고 1907년 영미권 작가로는 최초로 노벨문학상을 수상했다.

영웅 몽구스 리키-티키

러디어드 키플링

이 이야기는 세고울리 군 주둔지의 커다란 관사 목욕탕에서 '리키-티키-타비'가 혼자 힘으로 치러낸 위대한 전투에 관한 것이다. 재봉새 '다르지'가 그를 도왔고 마루 한가운데까지 한 번도 나와 보지 못하고 언제나 벽에 달라붙어 기어 다니는 사향쥐 '추춘드라'도 그에게 충고를 해주었다. 그렇지만 실제 전투는 리키-티키가 혼자 힘으로 해냈다.

리키-티키는 몽구스였다. 털과 꼬리가 작은 고양이를 닮았으나 머리와 습성은 족제비를 더 닮았다. 그의 눈과 가만히 있지 못하고 계속 움직이는 코끝은 분홍빛이었다. 그는 앞다리건 뒷다리건 자신이 쓰기로 마음먹은 다리로 원하는 부위를 어디든지 긁을 수가 있었다. 그는 꼬리털을 부숭부숭 부풀려 세워 꼭 병을 닦는 솔처럼 보이게도 만들었고 키 큰 풀 속을 내달리며 싸울 때는 "릭-틱-티키-티키-칙" 하는 함성을 질렀다.

어느 해 여름 큰 홍수가 나서 리키-티키가 아빠 엄마와 함께 사는 굴속까지 물이 차 들어왔다. 리키-티키는 물살에 휩쓸려 이리 구르고 저리 채이면서 길가 도랑을 따라 떠내려갔다. 리키-티키는 도랑에 떠 있는 작은 풀 한 가닥을 발견하고 그걸 꼭 붙잡고 있다가 정신을 잃었다. 정신을 차렸을 때, 리키-티키는 어느 정원 길 위 한복판에 따가운 햇볕을 받으며 더러워진 몸으로 누워 있었고 소년이 말하는 소리가 들렸다. "여기 몽구스가 한 마리 죽어 있어요. 장례를 치러줘야 할 것 같아요."

"아니다." 그 아이의 엄마가 말했다. "안으로 데리고 들어가 털을 말려주자. 정말로 죽은 건 아닌 것 같구나."

그들은 리키-티키를 집 안으로 데리고 들어갔다. 집 안에 있던 소년의 아버지인 것 같은 덩치 큰 사람이 엄지와 검지로 리키-티키를 들어 올려 이리저리 살피더니 죽은 게 아니라 단지 기절했을 뿐이라고 말했다. 그러자 소년과 엄마는 리키-티키를 조심스럽게 솜이불에 싸서 그의 몸을 따뜻하게 해주었다. 리키-티키는 눈을 뜨더니 재채기를 계속했다.

"자, 몽구스를 놀라게 하지 마라. 이 녀석이 어떻게 하는지 어디두고 보자." 소년의 아버지가 말했다. (그는 얼마 전 이곳 관사로 이사 온 영국 사람이었다.)

몽구스를 놀라게 하는 건 세상에서 가장 어려운 일 중 하나였다. 왜냐하면, 몽구스는 머리부터 발끝까지 호기심에 사로잡혀 있기 때문이다. 몽구스 가족의 가훈은 역시 '달려가서 찾아라'다. 리키-티키는 전형적인 몽구스였는데 자기가 덮고 있는 솜이불을 먹을 수 없는 거라고 단정 짓고는 탁자 위를 이리저리 뛰어다니더니 가만히 앉아서 털을 다듬었고 또 몸을 긁적대다가 소년의 어깨 위로 뛰어올랐다.

"무서워하지 마라, 테디. 너랑 친하게 지내고 싶다는 표현이란다." 아버지가 말했다.

"으악! 이 녀석이 내 턱 밑을 간지럼 태워요." 테디가 소리쳤다.

리키-티키는 테디의 옷깃과 목 사이를 들여다보더니 귀의 냄새를 맡아보았고 마룻바닥으로 내려와 앉아서 코를 문질러댔다.

"어머나! 이놈은 야생동물 아니에요? 우리가 친절하게 대해주니까 벌써 길들었나 봐요." 테디 엄마가 말했다.

"몽구스는 모두 저런 행동을 해. 테디가 꼬리를 잡고 들어 올리거나 우리에 가두려 들지만 않으면, 저 녀석은 온종일 집 안팎을 드나들면서 뛰어다닐 거야. 먹을 것을 좀 줍시다." 아빠가 말했다.

그들은 리키-티키에게 조그만 날고기 한 점을 주었다. 리키-티키는 날고기를 매우 좋아했다. 다 먹고 난 그는 베란다로 나가 햇볕을 쬐며 속털까지 말리기 위해 털을 부풀렸다. 그러자 기분이 훨씬 좋아졌다.

"이 집 주위에는 아마 우리 가족이 평생 발견한 것보다 확인해볼 것들이 훨씬 많겠지? 이 집에 계속 머물면서 한번 찾아봐야겠다."

리키-티키는 그날 온종일 집 안 구석구석을 어슬렁어슬렁 돌아다니며 보냈다. 그는 욕조에 빠져 죽을 뻔했고 책상 위에 놓여 있는 잉크병에 코를 빠트리기도 했으며 글씨라는 걸 어떻게 쓰나 보려고 아빠의 무릎 위로 기어 올라갔다가 담뱃불에 데기도 했다. 저녁 무렵에는 테디의 놀이방에 들어가 램프가 어떻게 켜지는지 살펴보기도 했고 테디가 잠을 자려고 침대에 누웠을 때는 리키-티키도 침대 위로 올라갔다. 그러나 원래 가만히 있지를 못하는 녀석이라 그는 밤새도록 들려오는 모든 소리에 주의를 기울이고 있다가 그 소리가 어디서 나는지 찾아내고야 말았다. 테디의 엄마 아빠가 아들이 자는 모습을 보러 마지막으로 방에 들어왔을 때 리키-티키는 베개 위에서 깨어 있었다. "나는 저 몽구스가 마음에 들지 않아요. 아이를 물지도 모르잖아요." 테디 엄마가 말했다. "그런 짓은 하지 않을 거요. 사나운 사냥개가 테디를 지켜주는 것보다 저 작은 동물하고 같이 있는 게 더 안전하다니까. 만약 지금 뱀이 방안에 들어온다 해도—." 아빠가 말했다.

그러나 테디 엄마는 그런 끔찍한 일은 생각도 하고 싶지 않았다.

이른 아침 리키-티키는 테디의 어깨에 올라앉은 채 아침 식사를 하러 테라스로 나왔다. 그들은 리키-티키에게 바나나와 삶은 달걀을 주었다. 그래서 그는 식구들 무릎을 차례로 옮겨 다니며 놀았다. 잘 자란 몽구스들은 모두 다 언젠가 애완용 몽구스가 되어 마음껏 뛰놀 수 있는 방을 갖기 원했고 (이전에 세고올리의 장군 집에서 살았던) 리키-티키 엄마는 혹시라도 백인과 마주치게 되면 어떻게 해야 하는지 아들에게 세심하게 말해주었다.

리키-티키는 정원에 있는 것들을 구경하려고 밖으로 나갔다. 일부만 손질이 된 큰 정원에는 장미, 보리수, 오렌지 나무, 대나무 숲 그리고 키가 큰 잡목이 가득한 마샬 닐의 별장만큼이나 커다란 수풀지대가 있었다. 리키-티키는 입맛을 다셨다. "이곳은 아주 훌륭한 사냥터인걸" 하고 말하자 사냥할 생각에 리키-티키 꼬리가 병을 닦는 솔처럼 곤두섰다. 정원을 위아래로 바쁘게 뛰어다니며 여기저기 냄새를 맡고 있던 리키-티키는 바로 그 순간 가시덤불 속에서 들려오는 아주 슬픈 소리를 들었다.

그것은 재봉새 '다르지'와 그의 아내 목소리였다. 그들은 커다란 잎사귀 두 개를 끌어다가 모서리를 수염뿌리로 엮고 꿰맨 다음 둥지 안 빈자리에 솜과 양털을 깔아놓았다. 다르지와 아내가 둥지 가장자리에 앉아 울자 둥지가 앞뒤로 흔들거렸다.

"무슨 일인가요?" 리키-티키가 물었다.

"우리의 처지가 너무 비참해서 그래." 다르지가 대답했다. "어제 우리 새끼 한 마리가 둥지 밖으로 떨어졌는데 나그가 그걸 잡아먹어 버렸어."

"음! 너무 안됐군요. ― 하지만 나는 이곳이 낯설어요. 그런데 나그가 누구예요?"

다르지와 아내는 아무런 대답도 하지 않고 둥지 안에서 몸을 웅크릴 뿐이었다. 그 이유는 가시덤불 아래 울창한 풀숲에서 나지막하게 '쉬쉬' 하는 소리가 들려왔기 때문이었다. 그 무섭고도 소름이 끼치는 소리를 들은 리키-티키는 펄쩍 뛰어 2피트나 뒤로 물러났다. 그때 풀숲 밖으로 커다랗고 시커먼 코브라 '나그'의 머리와 갈기가 조금씩 모습을 드러냈다. 그놈은 혀에서 꼬리까지 몸 전체 길이가 5피트나 되었다. 삼 분의 일 정도의 몸을 땅 위로 완전히 치켜들고 바람결에 민들레가 균형을 잡고 서 있는 것과 똑같이 몸을 흔들면서도 그는 균형을 잡고는 무슨 생각을 하든 결코 표정을 바꾸는 법이 없는 사악한 눈으로 리키-티키를 뚫어지게 바라보았다.

"나그가 누구냐고? 내가 바로 나그다." 코브라가 말했다. "위대한 브라흐마 신이 주무실 때 태초의 코브라가 갈기를 펼쳐 햇볕을 가려드린 덕분에 신은 우리 코브라 족속에게 징표를 새겨주셨지. 봐라, 겁나지?"

나그는 이전보다 더 힘껏 갈기를 펼쳤다. 리키-티키는 나그의 등에 있는 안경 모양의 표시를 보았다. 그것은 훅 단추 구멍과 모양이 똑같았다. 처음 잠깐은 리키-티키도 겁이 났다. 그러나 잠시라도 두려운 마음을 간직한다는 것은 몽구스로서는 있을 수 없는 일이었다. 비록 살아 있는 코브라를 한 번도 본 적은 없었지만 엄마가 때때로 죽은 코브라를 먹여준 적이 있었고, 성인 몽구스는 평생 뱀과 싸워 그 고기를 먹고 살아야 한다는 걸 리키-티키는 잘 알고 있었다. 나그도 이런 사실을 잘 알기 때문에 싸늘할 정도로 냉정한 그의 가슴 밑바닥에도 두려운 마음이 있었다.

"그래? 징표야 있건 말건, 넌 둥지 밖으로 떨어진 어린 새를 잡아먹는 게 올바른 일이라고 생각하니?" 리키-티키는 이렇게 말하며 꼬리를 다시 위로 치켜들기 시작했다.

나그는 생각에 잠겨 리키-티키 뒤쪽에 있는 풀의 아주 작은 움직임까지도 주시하였다. 정원에 몽구스가 살고 있다는 건 머지않아 자기네 가족이 모두 죽게 된다는 걸 의미하는 것임을 나그는 잘 알고 있었다. 그러나 그는 어떻게 하든 몽구스의 경계심을 약화하려 했다. 그래서 그는 머리를 조금 내리더니 옆으로 기울였다.

"이야기 좀 하자." 나그가 말했다. "너는 달걀을 먹잖아. 그런데 어째서 나는 새를 먹으면 안 된다는 거야?"

"네 뒤를! 뒤를 봐!" 다르지가 소리쳤다.

리키-티키는 뒤를 돌아볼 시간이 없다는 걸 알았다. 가능한 한 그가 몸을 높이 솟구쳐 뛰어올랐을 때 그 아래로 사악한 나그의 아내 '나가이나'의 머리가 쉭 하고 스쳐 가는 소리가 들렸다. 나가이나는 리키-티키가 나그와 이야기를 하는 동안 공격하려고 리키-티키의 등 뒤로 살며시 기어온 것이었다. 공격이 실패한 후 나가이나의 쉭 하는 흉측한 소리가 들렸고 리키-티키는 뛰어올랐다가 나가이나의 등에 내려앉을 뻔했다. 만일 리키-티키가 노련한 몽구스였다면 그 순간이 바로 단 한 번에 나가이나의 등을 물어뜯을 수 있는 아주 좋은 기회였음을 알았을 것이다. 그렇지만 그는 코브라가 격렬하게 달려들어 반격해올 것을 두려워하고 있었다. 사실 물기는 물었는데 충분히 오랫동안 물지를 못했다. 나가이나의 잽싸게 흔드는 꼬리를 벗어나 그가 점프하자 나가이나는 상처를 입고 분통을 터뜨렸다.

"이 사악한 다르지!" 하고 나그는 말하면서 가시나무 숲에 있는 다르지의 둥지를 향해 가능한 데까지 몸을 힘껏 치켜세웠다. 다르지는 뱀이 미칠 수 없는 곳에 둥지를 만들어 놓았기에 둥지는 단지 앞뒤로 흔들릴 뿐이었다.

리키-티키는 눈이 빨갛게 충혈되고 몸에 열이 나는 걸 느꼈다(몽구스는 화가 나면 눈이 빨갛게 충혈된다). 그는 마치 작은 캥거루처럼 꼬리와 뒷다리로 서서 주위를 샅샅이 둘러보다가 화가 잔뜩 나서는 꽥꽥 소리를 질러댔다. 그러나 나그와 나가이나는 이미 풀숲으로 몸을 피해버린 뒤였다. 뱀은 공격에 실패했을 경우, 그다음에는 어떤 짓을 할지에 대해 무슨 말을 하거나 어떤 암시를 절대로 주지 않는다. 리키-티키는 두 마리 코브라를 대적할 수 있을지 자신이 없어서 나그와 나가이나를 따라가고 싶지 않았다. 그래서 리키-티키는 그 대신 종종걸음으로 집 근처 자갈길로 빠져나와 생각에 잠겼다. 이번 일은 그에게 아주 심각한 문제였다.

만일 여러분이 예부터 내려오는 자연사에 관한 책을 읽었다면, 몽구스가 뱀과 싸우다가 물리면 얼른 달려가 독을 치료해줄 약초를 먹는다는 걸 알 것이다. 그러나 이 말은 사실이 아니다. 승리는 눈매와 발의 빠르기 문제라 몽구스가 얼마나 빨리 점프하는가 또는 뱀이 얼마나 빨리 공격하는가에 달려 있다. 뱀이 공격할 때의 머리 동작은 어떤 눈도 따라잡을 수 없으므로 눈과 발의 빠르기는 어떤 마술적 약초보다도 사태 해결에 훨씬 더 필요한 것이다. 리키-티키는 아직은 어린 몽구스였기에 뒤에서 공격해 온 코브라를 그럭저럭 피했다고 생각하니 더욱더 기분이 좋아졌고 자신감으로 충만해졌다. 테디가 집에서 달려 나왔을 때 리키-티키는 부드러운 손길을 받을 준비가 되어 있었다.

그러나 테디가 리키-티키를 들려고 몸을 굽히는 순간 무언가 흙먼지 속에서 꿈틀거리는 게 있었다. 그와 동시에 아주 자그마한 음성이 들렸다. "조심해. 나는 죽음이란다!" 그것은 티끌 같은 흙 속을 골라 사는 작은 갈색 뱀 '카레이트'였다. 카레이트에게 물리게 되면 코브라에게 물린 것만큼이나 위험했다. 그러나 카레이트는 너무 작은 뱀이라 사람들은 거의 신경을 쓰지 않았기 때문에 한층 더 큰 해를 입게 된다.

리키-티키의 눈이 다시 빨갛게 충혈되었다. 그는 자기 선조들에게 물려받은 특유의 흔들거리는 동작으로 춤추듯 카레이트에게 다가갔다. 그것은 매우 웃기는 동작이었지만 원하는 각도에서 공격할 수 있도록 완벽하게 균형이 유지되는 동작이었다. 특히 뱀을 대적할 때 이 동작은 이점이 많다. 사실 카레이트는 몸집이 아주 작고 몸을 재빨리 돌려 방향을 틀 수 있어서 리키-티키가 녀석의 뒤통수 쪽을 물지 못한다면 눈이나 입술에 역습을 받을 수가 있으므로 나그와 싸울 때보다도 훨씬 더 위험한 일이었다. 그러나 리키-티키는 이 사실을 알지 못했다. 완전히 새빨갛게 충혈된 눈으로 리키-티키는 몸을 흔들며 공격할 좋은 부위를 찾고 있었다. 그때 카레이트가 공격을 가해왔다. 리키-티키는 몸을 옆으로 점프하면서 공격해 들어가고자 했으나 자그마한 갈색 머리 녀석이 또다시 사악하게 공격을 가해와 리키-티키의 어깻죽지를 물려고 시도했다. 리키-티키가 이를 피해 카레이트의 몸 위로 점프했을 때 하마터면 발뒤꿈치를 물릴 뻔했다.

이때 테디가 집 쪽을 향해 소리쳤다. "오! 여기 보세요! 우리 몽구스가 뱀을 죽이고 있어요." 그러자 테디 엄마의 비명이 들렸다. 테디 아빠가 막대기를 들고 밖으로 뛰쳐나왔지만, 아빠가 그곳에 다다랐을 때는 카레이트가 벌써 격렬하게 공격을 당한 후였다. 리키-티키는 솟아올라 뱀의 등을 타고 앉아 앞발 사이에 머리를 파묻고 등을 최대한 높이 물은 다음 굴렀다. 리키-티키한테 물린 카레이트는 몸이 마비되었다. 리키-티키는 자기 집안의 저녁 식사 관습에 따라 카레이트를 꼬리부터 모두 먹어치우려고 마음먹고 있었다. 바로 그 순간 몽구스는 많이 먹게 되면 행동이 느리고 굼떠진다는 걸 기억해 냈다. 힘세고 민첩한 몽구스가 되려면 날씬한 몸매를 유지해야만 한 다.

테디 아빠가 이미 죽은 카레이트를 막대기로 때리는 동안 리키-티키는 흙 목욕을 하러 피마자 숲으로 갔다. "왜 자꾸 막대기로 때리지? 내가 이미 해결했는데 말이야." 리키-티키가 중얼거렸다. 그러자 테디 엄마가 리키-티키를 흙먼지에서 들어 올려 안아주면서 몽구스가 테디의 생명을 구해주었다고 외쳤다. 테디 아빠는 리키-티키를 자기 집에 보내 준 건 신의 섭리였다고 말했다. 테디는 겁에 질린 눈을 크게 뜨고 리키-티키를 올려다보았다. 리키-티키는 이런 소동이 무척 재미있었지만, 그 이유를 이해할 수는 없었다. 테디 엄마는 진흙 속에서 놀고 있는 테디를 그냥 쓰다듬어 주기만 해도 될 텐데. 리키-티키는 신이 나서 마음껏 즐기고 있었다.

그날 밤 저녁 식사 때 리키-티키는 식탁 위에 놓여 있는 포도주잔 사이를 이리저리 왔다 갔다 하면서 맛있는 음식들을 마음껏 먹을 수 있었다. 그러나 리키-티키는 나그와 나가이나가 생각났다. 그리고 테디 엄마가 계속 쓰다듬어 주는 것과 테디의 어깨 위에 걸터앉는 것이 무척 좋았는데도 눈빛이 간혹 빨간색으로 변하면서 "릭-틱-티키-칙" 하고 기다란 함성을 터뜨렸다.

리키-티키를 데리고 자기 침대로 들어간 테디는 리키-티키를 자신의 턱 밑에다 재우려고 했다. 리키-티키는 훈련을 너무나 잘 받아서 물거나 할퀴지는 않았지만, 테디가 잠이 들자마자 집 주변을 야간 산책하기 위해 밖으로 나왔다. 어둠 속에서 리키-티키는 벽을 따라 살금살금 기어 다니는 사향쥐 추춘드라와 대면하게 되었다. 추춘드라는 실의에 빠진 자그마한 쥐였다. 그는 방 한복판까지 진출해보고야 말겠다고 다짐하며 밤새도록 찍찍 우는 소리를 냈지만 한 번도 한복판까지 나가보지 못했다.

"나를 죽이지 말아요. 리키-티키, 나를 죽이지 말아요." 추춘드라가 말했다.

"너는 뱀 사냥꾼인 내가 사향쥐나 죽일 거로 생각하니?" 리키-티키가 경멸하듯 말했다.

"뱀 사냥을 하는 자는 뱀한테 죽임당해요." 추춘드라는 전보다 더 슬픈 음성으로 말했다. "그리고 나그가 어느 캄캄한 밤에 나를 당신으로 잘못 볼 수도 있잖아요?"

"위험할 건 하나도 없어. 나그는 정원에 있는데 너는 그곳에 가지 않잖아." 리키-티키가 말했다.

"내 사촌인 사향쥐 추아가 해준 말인데 —." 추춘드라가 말을 하다가 갑자기 멈추었다.

"뭐라고 했는데?"

"쉿! 나그는 어디에나 숨어 있대요. 리키-티키! 당신이 정원에서 추아를 만나봐야 하는데."

"만나지 못했으니 네가 얘기해주면 되잖아. 얼른 말해! 추춘드라, 말하지 않으면 내가 너를 물 테다!"

추춘드라가 바닥에 주저앉아 큰 소리로 우는 바람에 눈물이 수염을 타고 떨어졌다. "나는 아주 가련한 놈이에요. 아직 한 번도 방 한복판까지 갈 용기도 내지 못했어요. 쉿! 지금은 한마디도 하지 않는 게 좋겠어요. 무슨 소리가 들리지 않아요?"

리키-티키는 귀를 기울였다. 집안은 아주 고요하기만 했다. 그러나 아주 조그맣게 긁적거리는 소리가 나는 것 같았다. 그것은 말벌이 유리창 위를 걷는 소리처럼 아주 미미하게 들렸지만, 뱀 비늘이 스치는 마른 소리 같았다.

"저건, 나그 아니면 나가이나인 게 분명해." 리키-티키가 중얼거렸다. "놈은 지금 목욕탕 배수구로 기어들어 가고 있는 거야. 네 말이 맞아, 추춘드라. 추아와 얘기해야 했던 건데."

리키-티키는 남몰래 테디 욕실에 가보았지만, 거기엔 아무것도 없어서 엄마 욕실로 갔다. 부드러운 석회 바닥에 배수구를 위해 벽돌을 뽑아놓은 구멍이 있었다. 리키-티키가 욕조가 놓여 있는 벽돌 치장 옆으로 살며시 다가가자 바깥에서 달빛을 받으며 나그와 나가이나가 속삭이는 소리가 들려왔다.

"집이 비게 되면, 그 몽구스 놈도 떠날 거야. 그렇게 되면 정원은 다시 우리만의 것이 되겠지. 조용히 안으로 들어가 봐요. 카레이트를 죽인 커다란 남자를 제일 먼저 물어야 한다는 걸 잊지 말고. 그런 다음 꼭 나와서 말해줘야 해. 그 후엔 나와 함께 리키-티키를 사냥해요." 나가이나가 나그에게 말했다.

"그런데 정말로 우리가 사람들을 죽여서 얻게 될 이득이 있을 것 같아?" 나그가 말했다.

"모든 걸 얻겠죠. 이 집에 사람이 없게 되면 몽구스가 이 정원에 있겠어요? 이 집이 텅 비게 되면 우리가 정원의 왕과 왕비가 되는 거잖아. 그리고 멜론밭에서 우리 알들이 부화하게 되면 우리 아이들도 조용한 곳이 필요하잖아. 어쩌면 우리 아이들이 내일이라도 알에서 깨어날 수도 있잖아."

"거기까지는 미처 생각을 못 했네." 나그가 말했다. "내가 가리다. 그렇지만 리키-티키를 꼭 죽여야 할 필요는 없을 거요. 내가 덩치 큰 남자와 아내 그리고 가능하면 아이까지 죽이고 조용히 밖으로 나올게. 그렇게 되면 이 집은 비게 될 거고 결국에는 그 몽구스 놈도 떠날 것 아니겠소."

이 말을 듣고 리키-티키는 분노와 증오로 온몸을 떨었다. 그러자 나그의 머리가 배수구를 통해 안으로 쑥 들어오고, 그 뒤로 5피트짜리 차디찬 몸뚱이가 따라 들어왔다. 리키-티키는 화가 났지만, 그 커다란 코브라의 크기를 보고는 덜컥 겁을 집어먹었다. 나그는 몸을 고리 모양으로 말더니 고개를 쳐들고 어둠 속에서 목욕탕 안을 들여다보았다. 리키-티키는 나그의 눈이 번뜩이는 걸 볼 수 있었다.

"내가 여기서 저놈을 죽인다면, 나가이나가 알게 될 테지. 하지만 노출된 바닥에서 놈과 싸우면 승산은 저놈에게 있을 텐데, 이제 어떻게 하지?" 리키-티키는 마음속으로 궁리를 했다.

나그가 몸을 이리저리 흔들면서 움직였다. 그러고 나서 리키-티키는 나그가 욕조를 채우는데 쓰는 제일 큰 물통의 물을 마시는 소리를 들었다. "물맛이 좋군. 카레이트가 죽었을 때 큰 남자에게는 막대기가 있었지. 그 남자는 아직도 그 막대기를 갖고 있을지 몰라. 그렇지만 아침에 욕실에 들어올 때 막대기를 들고 오지는 않겠지. 그때까지 기다려야겠군. 나가이나, 내 말 들려? 날이 밝을 때까지 난 여기 시원한 곳에서 기다리겠소."

밖에서는 아무런 대답도 없었다. 그래서 리키-티키는 나가이나가 가버렸다는 걸 알았다. 나그는 물통의 불룩 나온 부분을 몸으로 칭칭 감았고 리키-티키는 마치 죽은 것처럼 꼼짝 않고 있었다. 한 시간이 지난 후 리키-티키는 근육을 하나하나 사용하여 물통 쪽으로 움직이기 시작했다. 나그는 잠들어 있었다. 리키-티키는 어느 부위를 물면 가장 좋을지 생각하면서 나그의 커다란 등허리를 유심히 바라보았다. "만약 내가 첫 번째 돌진으로 저놈의 등을 부러뜨리지 못한다면 아마 저놈은 계속해서 싸울 수 있겠지. 그리고 만약 저놈이 싸움을 시작해온다면 ─ 오, 리키-티키!" 리키-티키는 나그의 갈기 아래로 두꺼운 목 부분을 살펴보았다. 그러나 나그의 목은 리키-티키가 물기에 너무나 굵었다. 그렇지만 꼬리 부분을 물면 놈은 더욱더 사나워지기만 할 것이다.

"머리를 공격해야 해. 갈기 위 머리를 공격해야 해. 그리고 일단 물었다 하면 결코 놓아주면 안 되지." 리키-티키는 마침내 어떻게 공격할지 결정했다.

그리고 나서 리키-티키는 점프를 했다. 녀석의 머리가 물통의 곡선 부분 밑에서 살짝 밖으로 나와 있었다. 리키-티키는 이빨로 힘껏 문 다음 나그의 머리를 계속 누르기 위해 붉은 흙으로 구운 물통에 등을 팽팽하게 버티고 서 있었다. 단 한 순간의 기습공격 기회였다! 하지만 마치 개에게 물린 쥐가 바닥에 이리저리 내쳐지는 것처럼 나그 등에 꼭 달라붙은 리키-티키는 바닥 이쪽저쪽 위아래로 큰 원을 그리며 휘둘림을 당했다. 그러나 굵은 채찍질을 당하는 것처럼 몸이 바닥에 내동댕이쳐지고 물그릇, 비눗갑, 때 닦는 솔이 뒤집히고 욕조에 부딪혔지만, 눈이 새빨개진 리키-티키는 찰거머리처럼 달라붙어 나그의 목을 꼭 물고 있었다. 리키-티키는 한층 더 세게 턱을 조이면서 이러다가 자신이 죽을 수도 있다는 생각이 들었지만, 가족의 명예를 위해 죽더라도 이빨을 앙다문 채 버티기로 했다. 리키-티키는 현기증이 나고 온몸이 쑤시며 조각조각 부서지는 것만 같았다. 바로 그 순간 뒤에서 뭔가 벼락 치는 것 같은 소리를 내며 스쳐 지나가는 게 느껴졌다. 뜨거운 열기의 충격으로 리키-티키는 정신을 잃었고 그 빨간 불꽃에 털이 그슬었다. 목욕실에서 들려오는 소리로 인해 잠에서 깨어난 덩치 큰 남자는 나그의 갈기 바로 뒷부분에다 두 발의 총탄을 발사했다.

리키-티키는 눈을 감은 채 그대로 누워 이제는 자신이 죽었다고 확신했다. 그러나 나그가 머리를 움직이지 않자 덩치 큰 남자가 그를 집어 들며 큰 소리로 말했다. "또 몽구스로군. 여보 앨리스, 이번에는 이 작은 녀석이 우리 가족의 목숨을 구했구려." 곧바로 테디 엄마가 아주 창백한 얼굴로 나타나 나그의 시체를 보았다. 리키-티키는 테디 침실로 자기 몸을 질질 끌고 가 자신이 상상하는 것처럼 자기 몸이 정말로 산산이 부서졌는지 확인해보려고 밤새도록 몸을 부드럽게 흔들었다. 창밖으론 아직도 해가 뜨기 전이었다.

아침이 되자 리키-티키는 몸이 몹시 뻣뻣했지만, 지난밤 자신이 한 일에 대해 기분이 매우 좋았다. "자 이제는 나가이나를 죽이면 돼. 나가이나는 나그 다섯 마리를 상대하는 것보다 어려울 수 있어. 그런데 나가이나가 말한 그 알들이 언제쯤 부화하는지 알 수가 없군, 아이참! 가서 다르지를 만나봐야겠구나."

리키-티키는 아침 식사도 하지 않고 가시덤불 숲으로 갔다. 그곳에서 다르지는 목청껏 승리의 노래를 부르고 있었다. 청소부가 나그의 시체를 쓰레기더미 위에 내버렸기 때문에 그가 죽었다는 소식이 정원 전체로 퍼져나갔다.

"아이고, 저 바보 같은 새 좀 보라지! 지금이 노래 부를 때야?" 리키-티키가 화가 나서 말했다.

"나그가 죽었어. 죽었다, 죽었어!" 하고 다르지가 노래를 불렀다. "용감무쌍한 리키-티키가 나그 머리를 물고 놓아주질 않았어. 덩치 큰 남자가 총을 가져와 '탕' 하고 쏘는 바람에 나그는 두 동강이 났다네. 이제 그놈은 두 번 다시 내 새끼들을 잡아먹을 수 없어."

"모두 맞는 말이야. 그런데 나가이나는 어디로 간 거야?" 주위를 조심스럽게 살펴보며 리키-티키가 말했다.

"나가이나가 욕실 배수구로 가서 남편을 불렀는데 나그는 나무막대기 끝에 걸린 채 밖으로 나왔지. 청소부가 나무막대기 끝부분으로 나그를 집어서 쓰레기더미 위로 던졌어. 이제는 빨간 눈을 지닌 우리의 위대한 리키-티키를 위해 노래 부르자." 다르지가 목소리를 가다듬고 노래를 불렀다.

"내가 네 둥지까지 올라갈 수 있다면 둥지를 흔들어 새끼들을 모두 떨어뜨릴 텐데! 도대체 너는 때와 장소를 가려서 행동할 줄 모르는구나. 너는 거기 네 둥지에 있으면 안전하겠지만, 이 밑에 있는 나는 전쟁 중이란 말이야. 잠시만 노래를 멈춰줘, 다르지." 리키-티키가 말했다.

"위대하고 아름다운 리키-티키를 위해서라면 내 노래를 멈추리라." 다르지가 말했다. "왜 그러시죠, 공포의 나그를 죽이신 분?"

"세 번째로 묻겠다. 나가이나는 어디 있지?"

"외양간 옆 쓰레기더미 위에서 나그 때문에 슬피 울고 있어, 하얀 이빨을 가진 훌륭한 리키-티키."

"내 하얀 이빨 이야기는 제발 그만 좀 해. 나가이나가 알을 어디에 두는지 혹시 들은 적 있어?"

"담장 근처 거의 온종일 볕이 들어오는 멜론밭에 두었을 거야. 3주 전에 거기에다 알을 낳았거든."

"그걸 알면서도 이제야 말해주는 거야? 담장 근처라고 했어?"

"리키-티키, 나가이나 알을 먹으려는 건 아니겠지?"

"아니, 안 먹을 거야. 다르지, 너에게 조금이라도 지략이 있다면 외양간 쪽으로 날아가 날개가 부러진 것처럼 가장해서 나가이나가 네 뒤를 따라 이 가시덤불까지 오도록 유인해줄 수 있어? 그러면 그사이에 나는 나가이나가 알을 숨겨놓은 그 멜론밭으로 갈 수 있을 거야. 지금 무작정 내가 그곳으로 간다면 나가이나가 나를 볼 테니까."

다르지는 머리가 멍청하여 한 번에 한 가지 이상은 절대로 생각할 수 없는 새였다. 게다가 다르지는 나가이나 새끼들도 자기 새끼들처럼 알이 부화하면서 태어난다는 걸 알고 있었기 때문에 처음에는 나가이나 새끼들을 죽이는 게 옳지 못하다고 생각했다. 그러나 다르지 아내는 현명해서 코브라 알에서는 결국 새끼 코브라가 나온다는 사실을 알고 있었다. 그래서 다르지 아내는 둥지를 떠나 그곳으로 날아갔다. 한편 남편 다르지는 새끼들을 따뜻하게 품고 계속해서 나그가 죽었다고 노래했다. 다르지는 때로는 인간 남자처럼 철이 없을 때가 있었다.

다르지 아내는 쓰레기더미 옆에 누워 있는 나가이나 앞에 가서 날개를 퍼덕거리며 소리 질렀다.

"아, 내 날개가 부러졌어! 저 집에 사는 남자애가 내게 돌을 던져 날개를 부러뜨려 놓았어." 그러고는 다르지 아내는 이전보다 더욱 애처롭게 날개를 퍼덕거렸다.

나가이나는 고개를 들더니 쉿 소리를 냈다. "내가 리키-티키를 죽이려고 했을 때, 네가 그놈한테 경고해주었지? 정말이지 넌 날개를 퍼덕거릴 장소를 잘못 선택한 거라고." 나가이나는 먼지 구덩이를 미끄러지듯 빠져나오더니 다르지 아내 쪽으로 다가왔다.

"그 사내 녀석이 돌을 던져 내 날개를 부러뜨렸다니까!" 다르지 아내가 비명을 지르며 말했다.

"그래! 내가 그 녀석에게 원수를 갚으려 한다는 걸 알고 죽으면, 너에게도 조금은 위안이 되지 않을까. 내 남편은 오늘 아침 시체가 되어 쓰레기더미 위에 던져졌어. 하지만 밤이 되기 전에 저 집 남자애도 조용히 죽게 될 거야. 도망가는 게 무슨 소용이 있을까! 나는 너를 잡고 말 텐데. 가련한 것, 나를 똑바로 바라보아라!"

다르지 아내가 한 수 위였다. 만일 새가 뱀의 눈동자를 빤히 쳐다본다면 겁을 먹어 꼼짝도 못 한다는 걸 잘 알고 있었다. 다르지 아내는 땅에서 높이 날아오르지도 않은 채 슬프게 울며 날개만 퍼덕거렸다. 그러자 나가이나는 더욱 속도를 내어 따라왔다.

리키-티키는 그들이 외양간에서 정원 오솔길로 접어드는 소리를 들고는 담장 근처 멜론밭으로 달려갔다. 그곳에서 리키-티키는 멜론 위에 깔아둔 따뜻한 지푸라기 속에 교묘하게 숨겨놓은 스물다섯 개의 코브라 알을 찾아냈다. 알의 크기는 달걀만 했고 딱딱한 껍질 대신에 하얀 피부막으로 덮여 있었다.

"정확하게 날짜를 맞춰 왔군." 리키-티키가 말했다. 피부막 안에서 똬리를 틀고 있는 새끼 코브라들을 볼 수 있었다. 그는 이 녀석들이 부화 되어 나오자마자 인간이든 몽구스든 죽일 수 있다는 것을 알고 있었다. 리키-티키는 재빨리 알의 윗부분을 깨물었다. 새끼 코브라를 정확히 물어 죽이려고 그는 아직 살아 있는 놈이 없는가 확인하기 위해 지푸라기를 뒤집어보았다. 코브라 알이 단 세 개 남았을 때야 리키-티키는 비로소 킬킬대며 웃기 시작했다. 바로 그때 다르지 아내의 비명이 들렸다.

"리키-티키, 나가이나를 집 쪽으로 유인했더니 테라스로 들어가 버렸어. 어서 빨리 와 봐! 사람들을 죽이려나 봐!"

리키-티키는 두 개의 알을 재빨리 깨물어버리고 마지막 남은 알한 개를 입에 문 채 멜론 밭에서 급하게 빠져나와 발이 땅에 닿자마자 최대한 빠른 속도로 테라스로 달려갔다. 테디와 엄마 아빠가 이른 아침 식사를 하려고 테라스에 나와 있었지만, 리키-티키는 그들이 아무것도 먹지 않고 있음을 알았다. 그들은 돌처럼 꼼짝도 하지 않고 앉아 있었으며 얼굴빛은 창백했다. 나가이나는 테디가 앉아 있는 의자 옆 깔개 위에 똬리를 틀고 양말을 신지 않은 테디의 맨다리를 물 수 있는 거리를 유지하며 몸을 가볍게 이리저리 흔들면서 승리의 노래를 부르고 있었다.

"내 남편 나그를 죽인 덩치 큰 남자의 아들." 나가이나가 쉭 하는 소리를 냈다. "꼼짝 말고 있어. 난 아직 준비가 안 됐으니 잠깐만 기다려. 너희 셋 다 가만히 있어! 너희들이 움직이기만 해도 공격할 것이고 움직이지 않아도 공격할 거니까. 아, 내 남편을 죽인 어리석은 것들!"

테디는 시선을 아빠에게 고정한 채 빠히 쳐다보고 있었다. 그러나 테디 아빠가 할 수 있는 일이라고는 "가만히 앉아 있어, 테다. 움직이면 안 돼, 그대로 있어." 하고 작게 말하는 것뿐이었다.

그때 리키-티키가 안으로 뛰어들어오며 소리쳤다. "돌아서, 나가이나! 나와 싸우자!"

"아직 기다려! 다 때가 있는 거야." 시선을 돌리지 않고 나가이나가 말했다. "내가 곧 네놈에게 진 빚을 갚아주마. 너의 친구들 좀 봐라, 리키-티키. 움직이지도 못하고 얼굴빛도 백지장처럼 창백하구나. 겁에 질려있는 꼴 좀 보라니까. 감히 움직이지도 못하는 걸 보라고. 만약 네놈이 한 발짝이라도 다가오면 난 저놈들을 공격할 거다."

"너의 새끼들이나 가서 보시지." 리키-티키가 말했다. "담장 근처 멜론밭으로 가서 네 알을 보란 말이야, 나가이나!"

커다란 뱀이 몸을 반쯤 돌리고 테라스 위에 있는 자기 알을 보았다. "아! 그걸 내게 돌려줘." 어미 코브라 나가이나가 말했다.

리키-티키가 앞발로 코브라 알의 양옆 부분을 감쌌다. 그의 눈은 새빨갛게 변해 있었다. "뱀의 알은 가치가 얼마나 되지? 새끼 코브라는? 킹코브라는? 한 배에서 난 알 가운데 마지막으로 남은 이 한 마리의 가치가 얼마더라? 멜론밭 옆에 떨어진 다른 알들은 개미 떼가 먹고 있겠군!"

나가이나는 마지막 남은 알 하나 때문에 모든 것을 잊은 채 완전히 돌아섰다. 그리고 리키-티키는 테디 아빠가 큰 손을 뻗어 테디의 어깨를 잡아 찻잔이 놓여 있는 작은 탁자 위로 테디를 끌더니 나가이나가 닿을 수 없는 안전한 곳으로 데려가는 걸 보았다.

"속았지, 속았지, 속았지! 릭-틱-틱! 저 아이는 이제 안전해. 어젯밤 욕실에서 나그의 갈기를 잡은 건 바로 나였단 말이야." 리키-티키가 낄낄대고 웃었다. 그리고 나서 그는 바닥에 머리를 낮게 수그린 다음 네 다리를 모으고 위아래로 껑충껑충 뛰었다. "그 녀석이 나를 이리저리 정신없이 내동댕이쳤지만 나를 떼어놓을 수는 없었지. 나그는 덩치 큰 남자가 총으로 두 동강 내기 전에 이미 죽어 있었던 거야. 내가 그 녀석을 해치웠거든, 리키-티키-칙-칙! 자, 그럼 덤벼 봐, 나가이나. 이리 와서 나하고 한번 붙어보자. 너를 그냥 과부로 오래 살게 내버려두지 않을 테니까."

나가이나는 테디를 죽일 기회를 놓쳤다는 걸 알았다. 그리고 지금 마지막으로 남은 나가이나의 알은 리키-티키의 앞발 사이에 놓여 있다. "내 알을 돌려줘, 리키-티키. 나의 마지막 알을 돌려 달라니까. 그러면 여기를 떠나 두 번 다시 돌아오지 않을게." 나가이나는 갈기를 누그러뜨리며 말했다.

"그래, 너는 멀리 떠나 두 번 다시 돌아오지 못할 거야. 남편 나그와 함께 너를 쓰레기더미로 보낼 테니까. 덤벼라, 이 과부 코브라야! 덩치 큰 남자가 총을 가지러 갔어! 덤벼 봐!"

나가이나가 공격할 수 있는 거리를 살짝 벗어난 리키-티키는 나가이나의 주위를 맴돌며 펄쩍펄쩍 뛰었다. 리키-티키의 작은 눈은 마치 빨갛게 타고 있는 석탄 덩이 같았다. 나가이나는 몸을 잔뜩 웅크렸다 펴면서 리키-티키를 공격했다. 리키-티키는 몸을 점프해서 뒤로 물러났다. 나가이나가 계속해서 공격을 가했지만, 그때마다 그녀는 테라스 바닥에 머리를 찧어댔고 온몸을 시계태엽처럼 감아 웅크렸다. 뒤쪽에서 나가이나에게 달려들기 위해 리키-티키는 원을 그리며 춤을 추었다. 나가이나가 또다시 리키-티키의 얼굴을 마주 보려고 몸을 돌릴 때마다 깔개 위를 스치는 꼬리 소리는 바람에 날리는 낙엽 소리와도 같았다.

리키-티키는 코브라 알에 대해서는 까맣게 잊고 있었다. 그 알은 아직도 베란다에 놓여 있었고 나가이나는 알 쪽을 향해 점점 더 가까이 다가갔다. 리키-티키가 숨을 고르는 동안 나가이나는 마침내 알을 입에 물고는 베란다 계단 쪽으로 몸을 돌려 리키-티키를 뒤로 한 채 오솔길을 따라 쏜살같이 달아나버렸다. 목숨을 내놓고 달리는 코브라는 목에 채찍질을 받는 말만큼이나 잽싸고 빨랐다.

리키-티키는 반드시 나가이나를 잡아야 한다는 걸 알았다. 그렇지 않으면 또다시 문젯거리가 생길 것이기 때문이다. 나가이나는 가시덩굴 숲 근처에 키가 커다란 풀숲을 향해 똑바로 달려갔다. 리키-티키는 나가이나의 뒤를 쫓아 달리면서 다르지가 아직도 그 바보 같은 승리의 노래를 부르는 소리를 들었다. 그러나 다르지 아내는 남편보다 현명하여 나가이나가 도망갈 때 둥지에서 날아올라 나가이나 머리 위에서 날개를 세차게 퍼덕거렸다. 만약 남편 다르지도 함께 날개를 퍼덕거렸다면 나가이나를 돌려세울 수도 있었을 것이다.

그러나 나가이나는 갈기를 낮출 뿐 그대로 계속해서 도망쳤다. 그래도 다르지 아내의 순간적 방해 때문에 리키-티키는 나가이나를 따라잡을 수 있었다. 나가이나가 남편과 함께 살던 쥐구멍으로 들어가려는 순간 리키-티키의 조그맣고 하얀 이빨이 나가이나의 꼬리를 물었다. 그러고는 나가이나와 함께 구멍 속으로 딸려 들어갔다. 지금까지 아무리 노련하고 현명한 몽구스라도 코브라를 따라 기꺼이 구멍으로 들어간 적은 거의 없었다. 구멍 안은 어두웠다. 리키-티키는 언제 구멍이 넓어져 나가이나가 뒤돌아서서 반격해올지 전혀 알 수 없었다. 잔인하게 꼬리를 꽉 문 채 리키-티키는 그 뜨겁고 축축한 어둠의 비탈길에서 미끄러지지 않기 위해 두 발로 버텼다.

구멍 입구 주변의 풀들도 움직이지 않자 다르지가 말했다. "이제 리키-티키도 끝장났구나. 우리는 그의 죽음을 애도하는 노래를 불러야겠네. 용감한 몽구스가 죽었어! 나가이나가 틀림없이 땅속에서 리키-티키를 죽이고 말 거야."

그래서 다르지는 순간적 충동으로 애절한 노래를 불러댔다. 그런데 다르지가 가장 감동적인 부분을 노래하는 순간 풀이 다시 움직이기 시작했다. 그런 다음 곧바로 흙을 뒤집어쓴 리키-티키가 수염을 핥으며 한 발 한 발 구멍 밖으로 힘겹게 빠져나왔다. 다르지는 짧게 외치더니 노래를 멈추었다. 리키-티키는 털에 묻은 흙을 털어내더니 재채기를 하며 말했다. "이제, 다 끝났어. 과부 코브라는 두 번 다시 밖으로 나오지 못할 거야." 그러자 풀뿌리에서 살아가는 불개미 떼가 이 말을 듣고 그게 사실인지 알아보기 위해 대열을 지어 쥐구멍 안으로 내려갔다.

리키-티키는 풀밭에 몸을 웅크린 채 그 자리에서 잠이 들었다. 힘든 하루를 보내고 난 후라 오후 늦게까지 잠을 자고 또 잤다.

"이제 집으로 돌아갈래. 다르지, 대장장이 새에게 말해줘. 그러면 그가 나가이나의 죽음을 정원에 알릴 거야." 잠에서 깨어난 리키-티키가 말했다.

대장장이 새는 구리냄비를 작은 망치로 두드릴 때와 똑같은 소리를 냈다. 대장장이 새가 항상 그런 소리를 내는 이유는 그가 모든 인도 정원에 마을 소식을 전하는 일을 담당하고 있었고 귀담아듣기를 좋아하는 이들에게 모든 소식을 전하기 때문이었다. 리키-티키가 길 위로 접어들었을 때 작은 식탁 종이 울리는 것 같은 대장장이 새의 "경적" 소리를 들었다. "땡땡땡, 코브라 나그가 죽었습니다. 땡땡, 나가이나도 죽었습니다. 땡땡땡!" 이 소식을 들은 정원의 새들이 모두 다 노래를 부르기 시작했고 개구리들도 개골개골 합창을 시작했다. 나그와 나가이나가 어린 새들뿐만 아니라 개구리들도 잡아먹었기 때문이다.

리키-티키가 집으로 돌아왔을 때, 테디와 테디 엄마 (기절했던 그녀의 얼굴은 아직도 창백한 상태였다) 그리고 테디 아빠는 밖으로 나와 리키-티키를 보더니 울음을 터뜨릴 뻔했다. 그날 밤 더는 먹지 못할 때까지 주는 음식을 모두 받아먹은 다음 리키-티키는 테디 어깨에 올라타고 잠을 자러 갔다. 밤늦게 테디 엄마가 잠자리를 살피러 왔다.

"몽구스 리키-티키가 우리와 테디의 목숨을 구해주었어요." 테디 엄마가 남편에게 말했다. "생각해봐요, 몽구스가 우리 모두의 목숨을 구해주었어요."

몽구스는 원래 깊은 잠을 자지 않는 동물이었기에 리키-티키는 벌떡 일어났다.

"아, 당신들이로군요. 무슨 걱정거리라도 있으세요? 코브라는 모두 다 죽었어요. 혹시 그들이 죽지 않았다 해도 제가 여기 있으니 걱정하지 마세요."

리키-티키는 자부심을 가질 만한 충분한 자격이 있었다. 그러나 그는 지나치게 거만하지도 않았다. 리키-티키는 강력한 이빨과 점프력과 활기찬 공격력으로 어떤 코브라도 감히 그 머리를 담장 안으로 들이밀지 못하도록 마땅히 이 정원을 지켰을 뿐이었다.

다르지의 노래
(리키-티키-타비에게 경의를 표하기 위해 부른 노래)

가수이며 재봉사인 나는—
내가 알고 있는 기쁨을 두 배로 늘리고—
하늘을 통해 퍼져나가는 나의 경쾌한 리듬을 자랑하고
내가 바느질한 집을 자랑하네.
위아래로 그렇게 나는 내 노래를 엮는다네—그렇게 나는
집을 바느질로 엮는다네.

귀여운 새끼들에게 노래 부르네.
아, 어머니, 머리를 들어보세요!
우리를 괴롭히던 악이 사라졌어요.
정원에 있던 죽음도 없어졌지요.

장미 속에 숨어 있던 공포도 이제 사라지고 —
죽은 채 거름더미 위로 내던져졌어요.

누가 우리를 해방해주었나요, 누가?
그의 보금자리와 그의 이름을 말해보세요.
리키-티키, 용감한 자, 진실한 자.
티키, 불길 같은 눈알로 지키네요.
릭-티키-티키는 하얀 상아 이빨에 불길 같은
눈알을 지닌 사냥꾼.

그분에게 새들의 감사를 보내드리세.
뒷날개를 활짝 피고 인사드리세!
나이팅게일의 노래로 그분을 칭송하세.
아니, 그 대신 나 그분을 칭송하리라.
들어라! 나는 붉은 눈알의
병 닦는 솔 모양 꼬리를 지닌
리키-티키 당신을 위해
찬양의 노래를 부르리라!

(여기에서 리키-티키가 끼어드는 바람에 중단되어
나머지 노래는 전해지지 않는다.)

오늘 있었던 일을 얼마쯤 기록해 두지 않고는 하루를 마감하고 눈을 감을 수 없다. 하지만 정작 기록하려니 우둔한 언어의 한계를 느낀다. 해 뜰 무렵에 밖을 내다보니 사람의 손바닥만 한 작은 구름[구약 『열왕기 상』 18장 44절 참조]조차 볼 수 없었다. 이슬 위에서 영롱하게 빛나는 신성한 아침에 잎새들은 마치 환희에 겨운 듯이 조용히 떨리고 있었다. 해가 질 무렵 우리 집 위쪽 초원에 서서 자줏빛 저녁 안개 속으로 떨어지고 있는 빨간 해를 지켜보는 동안 등 뒤의 보랏빛 하늘에 동그란 달이 떠올랐다. 해가 떠서 지기까지 해시계의 그림자가 조용히 도는 동안 낮 시간은 형언할 수 없이 아름답고 조용하기만 했다. 생각해보니 일찍이 가을이 느티나무와 너도밤나무에 이처럼 화려한 옷을 입혔던 적이 없었다. 우리 집 벽을 덮고 있는 잎이 이토록 고귀한 진홍색으로 불탔던 적도 없었다. 오늘 같은 날은 반드시 밖에서 방랑하고 다녀야만 하는 것은 아니다. 파란 하늘 혹은 황금빛 하늘 아래서 어디를 보나 아름다운 것만 눈에 띄므로 이런 곳에서는 꿈결 같은 휴식을 하며 자연과 일체가 되기만 해도 족하다. 수확이 끝나 그루터기만 남은 들판에서 까마귀들이 길게 까옥거리는 소리가 들렸고, 이따금 졸음에 겨운 수탉의 울음이 근처에 농가가 있음을 말해주는가 하면, 우리 집 비둘기들은 자기네 집에 앉아 구욱구욱 울고 있었다. 노랑나비 한 마리가 반짝이는 정원에서 미미하게 떨리는 공기에 이리저리 밀리는 듯이 날아다니는 것을 지켜보기 시작한 지가 5분쯤 되었을까 아니면 한 시간이나 되었을까? 해마다 가을이 되면 오늘같이 흠잡을 수 없는 날이 하루쯤은 있다.

— 조지 기싱, 『헨리 라이크로프트의 내밀한 고백』(이상옥 역)

〈차가운 10월〉(1870), 존 에버렛 밀레이(1829~1896, 영국의 화가)

가을

Nathaniel Hawthorne

너새니얼 호손(1804~1864)

　　19세기 미국의 대표적 소설가 호손은 매사추세츠 주 세일럼에서 선장의 아들로 태어났다. 호손의 집안은 독실한 청교도 신자들로 호손의 작품에 깊은 영향을 미쳤다. 1825년 보우든대학교를 졸업한 후 1828년 최초의 소설『판쇼』를 출판했으나 뒤에 미숙한 작품으로 판단해 회수했다. 1837년 단편집『진부한 이야기들』을 발표한 호손은 1850년 대표작『주홍글자』를 발표했다. 이 작품은 당시 영국의 식민지이자 청교도의 본거지 보스턴에서 일어난 간통 사건에 관련된 사람들의 청교도적 엄격함을 교묘하게 묘사하고, 죄인의 심리 추구와 긴밀한 세부 구성, 상징주의로 19세기를 대표하는 미국소설이 되었다. 청교도주의를 비판하면서도 그 전통을 계승한 그는 범죄나 도덕적, 종교적 죄악에 빠진 사람들의 내면생활을 도덕과 종교, 심리의 세 측면에 비추어 엄밀하게 묘사했다. 따라서 호손의 작품은 교훈적 경향이 강하면서도, 상징주의에 의한 철학, 종교, 심리적 세계가 전개되는 면이 있다. 이 밖에 그의 소설로『일곱 박공의 집』과『블라이스테일 로맨스』등이 있다.

웨이크필드

너새니얼 호손

어떤 오래된 잡지였는지 신문이
있었는지 아내와 아주 오랫동안 별거한 웨이크필드라 불리는 한 남자
에 관한 기사를 읽었던 기억이 난다. 그런 사정이 그다지 드문 것도
아니었고 그들 부부가 별거하게 된 배후사정이 조목조목 구체적으
로 기술된 것이 아니라 부적절하거나 터무니없는 짓이었다고 비난
받을 만한 일도 아니었다. 그들 부부의 별거는 결혼생활에서 범할
수 있는 최악의 과실은 결코 아닐지라도 아마도 가장 이상하고 주목
할 만한 의무 태만의 예로, 인간의 모든 기행 목록에 오른 다른 어떤
것 못지않게 별나다고 말할 수 있다. 그 부부는 런던에 살았는데, 남
편이란 자는 어느 날 여행을 가는 척하고 자기 집 바로 옆길에 숙소
를 구해놓고서 그 후 20년 동안 아내와 친구들에게 한 번도 소식을
전하지 않고는 그런 식으로 자신을 스스로 추방한 이유를 아무도 모
르게 혼자서 살았다. 그 기간 남편 웨이크필드는 자기 집을 날마다

주시하였고 종종 외로워하는 자기 부인의 모습도 바라보곤 했다. 시간이 흘러 남편의 죽음을 확신하게 된 부인은 재산을 처분하고 남편의 이름을 기억으로부터 지운 뒤 쓸쓸한 과부의 운명을 오래전부터 받아들이게 되었는데, 웨이크필드는 어느 날 저녁 행복한 결혼생활에 그토록 커다란 공백 기간을 보내놓고도 마치 집을 비운 지 하루만에 돌아오는 사람처럼 아무렇지도 않게 현관문을 들어와 죽을 때까지 다정한 남편으로 살았다는 것이다.

내가 기억하는 것은 이러한 대략적인 개요뿐이다. 이 사건은 아주 독특하고 다른 예를 찾기 불가능하며 결코 다시 반복되지 않을 듯하지만, 많은 사람이 공감할 수 있는 그런 호소력을 지니고 있다고 생각한다. 우리는 우리 자신이 그런 어리석은 과실을 범하지 않으리라는 것을 잘 알지만 다른 몇몇 사람은 그런 충동에 휩싸일 수도 있다고 생각한다. 적어도 나는 이 이야기를 자주 떠올리며 경탄하곤 했다. 그렇지만 이것은 사실임이 틀림없고 웨이크필드라는 자가 어떤 사람인지 알 것도 같았다. 어떤 주제이건 우리의 관심을 강하게 자극한다면 이에 대해 충분히 생각해보는 것은 시간 낭비가 아닐 것이다. 독자들도 나름대로 이 이야기에 대해 생각해볼 수 있겠지만, 20년에 걸친 웨이크필드의 기행을 나와 함께 더듬어보기를 원한다면 대환영이다. 그의 이야기에서 분명 어떤 정신이나 교훈을 찾을 수 있을 것이다. 행여 깔끔하게 정리된 교훈을 찾지 못하더라도 우리가 이에 대해 생각해보았다는 사실 자체가 의미 있는 행위이고 아무리 이상한 사건일지언정 그 나름의 교훈이 있을 것이다.

웨이크필드는 어떤 사람이었나? 이에 대해 우리 마음대로 결론지을 수 있다. 그는 인생의 절정에 도달한 사람으로 부인에 대한 애정은 열정적인 적도 없었지만, 이제는 차분하고 습관적인 것으로 안착하였다. 그는 한결같은 남편이었는데, 이는 일종의 나태함에서 기인하였기에 어떤 경우에도 마음이 동하거나 변심하지 않을 것처럼 보였다. 적당히 지적이었던 이 남편은 그다지 뚜렷한 대상이나 목적도 없이 오랜 시간 나른한 명상에 잠기곤 했지만 그렇다고 생각들이 언어라는 형태로 자리 잡을 정도로 활기차지도 않았다. 상상력이라고는 손톱만큼도 없었으며 비록 냉정하긴 하지만 부도덕하거나 방황하지 않는 사람이라 결코 복잡하거나 독창적인 생각을 한다거나 흥분하는 경우가 없었던 이 친구가 이토록 기상천외한 행동을 하리라 어느 누가 예측할 수 있었겠는가? 만일 그를 아는 사람들에게 런던에 사는 사람 중 내일 기억될 만한 일을 오늘 행하지 않을 가장 분명한 사람이 누구냐고 묻는다면 그들은 웨이크필드를 꼽았을 것이다.

어쩌면 그의 부인은 망설였을지도 모른다. 남편의 성격을 세밀히 분석하지 않고도 부인은 남편에게 나태한 정신 상태로 녹슬어 들어간 소극적인 이기심, 무엇인가 사람을 거북하게 하는 허영심, 폭로할 가치도 없는 사소한 비밀을 불필요하게 숨기는 간교함, 그리고 좋은 사람이기는 하나 때로는 뭔가 이상한 면이 있다는 것에 대해 어느 정도 알고 있었기 때문이다. 웨이크필드의 이러한 이상함은 뭐라고 명확하게 설명할 수 없는, 어쩌면 실재하지 않는 것일지도 몰랐다.

이제 웨이크필드가 아내에게 작별인사를 하는 장면을 상상해보자. 어느 10월 저녁 어둑해질 무렵, 칙칙하고 단조로운 외투에 기름

먹인 천으로 덮은 모자, 긴 부츠 차림에 한 손에는 우산을 다른 한 손에는 조그만 여행 가방, 이것이 그가 지닌 전부였다. 그는 아내에게 야간 마차를 타고 시골에 다녀오겠다고 말했다. 아내는 남편에게 여행 기간과 목적, 그리고 언제쯤 돌아올 예정인지에 관해 묻고 싶었지만, 여운을 남기기 좋아하는 남편의 악의 없는 취향을 존중해서 단지 표정만으로 이 질문들을 던졌다. 남편은 귀경마차로 돌아오지 않을 수도 있고 사나흘 정도 그곳에서 체류하더라도 너무 걱정하지 말고 금요일 저녁 식사 때까지는 돌아올 예정이니 그리 알라고 일렀다. 웨이크필드 자신도 앞으로 그에게 어떤 일이 벌어질지 전혀 의심하지 않았다. 10년을 함께 산 부부에 걸맞게 아내의 손을 잡고 가벼운 키스로 작별인사를 나눈 다음 일주일 정도의 출타로 부인을 놀래주려는 마음으로 중년의 웨이크필드는 집을 나섰다.

　남편이 문을 닫고 나선 후 그녀는 문이 살짝 열린 것을 보았고 그 틈새로 미소를 지은 후 순식간에 사라진 남편의 얼굴을 보았다. 그 순간 남편의 이런 모습은 별생각 없이 금세 잊었지만, 시간이 흘러 한 남자의 부인이던 세월보다 과부였던 시간이 더 길어지자 웨이크필드의 미소 짓던 얼굴이 떠오르곤 했다. 그녀는 그 본래의 미소를 환상 속에서 여러 차례 다시 그려보았는데 그 미소가 이상하고 끔찍한 전조였던 것처럼 생각되었다. 예를 들어 관에 누워 있는 남편의 창백한 얼굴에 이 작별의 미소가 얼어붙은 예도 있었고, 천국에 있는 그의 축복 받은 영혼이 조용하면서도 간교한 미소를 머금고 있을 때도 있었다. 모든 사람이 그가 죽었다고 굳게 믿게 되었을 때도 부인은 이 미소로 인해 자신이 정말 과부라는 사실을 의심하기도 했다.

그러나 우리 관심사는 웨이크필드다. 그가 거대한 런던 거리에서 군중 사이로 사라지기 전에 서둘러 그를 뒤쫓아야 할 것이다. 그곳에서 놓치면 그를 찾으려 하는 것은 허사일 테니까. 그의 뒤를 바짝 뒤쫓아 쓸데없이 구불거리는 모퉁이를 이리저리 돌아가면 앞서 언급했던 작은 아파트 난롯가에 편히 자리 잡고 앉아 있는 웨이크필드를 발견하게 될 것이다. 그의 도착지는 부인과 함께 살던 집의 옆길에 있다. 한번은 런던의 군중 때문에 발걸음이 지체되기도 했고 또 한번은 환하게 켜진 가로등의 불빛을 정면으로 받기도 했으며, 주위의 수많은 발걸음 소리 중에서 분명 자신을 뒤따라오는 듯한 소리를 들었던 것 같기도 했고, 멀리서 자신의 이름을 부르는 듯한 소리를 들은 것 같기도 했으므로, 남편은 어느 사람에게도 들키지 않고 이곳에 무사히 도착한 것이 행운이라 생각했다. 분명 남의 일에 간섭하기 좋아하는 사람들이 자기를 지켜보고 있다가 부인에게 말했을지도 모른다.

불쌍한 웨이크필드, 이 드넓은 세상에서 자네가 얼마나 하찮은 존재인지 아직도 모르다니! 당신의 행방을 추적한 사람은 나뿐인데 그것을 깨닫지 못하는구나. 조용히 잠자리에 드시게, 이 어리석은 사람아. 당신이 만약 현명하다면 내일 착한 부인에게로 돌아가 사실대로 털어놓으시오. 정숙한 그녀의 마음을 차지하고 있는 당신의 자리를 단 일주일이라도 비우지 마시오. 당신이 죽었다거나 영원히 자신에게서 떨어지게 되었다는 생각을 부인이 단 한 순간이라도 하게 되면 그 이후로는 당신을 대하는 아내의 달라진 태도를 비참하게 의식하며 살아가야 할 테니까. 사람 마음에 틈새를 만드는 것은 아주 위험한 일이요. 사람 마음이 길고 넓게 벌어져서가 아니라 아주 재빨리 닫혀버리기 때문이라오!

자신의 행동을 어떻게 표현하건 간에, 자기가 저지른 장난에 대해 조금씩 후회하게 된 웨이크필드는 일찍 잠자리에 들어 익숙지 않은 침대에 혼자 누워 양팔을 넓게 벌리고 이불자락을 바짝 끌어당기며 생각했다. "안 되겠어. 혼자서는 하룻밤도 더 자지 말아야지."

평상시보다 일찍 일어난 웨이크필드는 진정으로 자신이 하려고 했던 일이 무엇인지 곰곰이 생각해보았다. 그가 생각하는 방식은 이렇듯 제멋대로이고 산만해서 목적의식을 갖고 이상한 행동을 취하긴 했지만, 그 목적이 무엇인지 스스로 분명히 밝히지 못했다. 모호한 행동 그리고 이를 실천에 옮긴 필사적인 노력은 바로 어리석은 사람의 특징이라 할 수 있겠다. 그러나 웨이크필드는 아주 세세하게 자기 생각을 저울질해보면서 자신이 집을 비운 동안 집안일이 어떻게 돌아가는지 알아보고 싶은 마음이 드는 것을 깨닫는다. —과연 모범적인 아내는 혼자 지내야만 하는 일주일을 어떻게 보낼 것인가? 그리고 자신이 사라짐으로써 자신이 중심축을 이루고 있는 작은 영역의 사람들과 상황들이 어떤 영향을 받을지 궁금하다. 일종의 병적인 허영심이 그의 행동 저변에 깔려있었다. 하지만 이런 목적을 어떻게 달성할 수 있을 것인가? 집에서 가까운 이 편안한 숙소에 머물면서 달성하기란 불가능할 것이다. 그렇지만 몸은 이곳에 머물고 있으나 그의 처지는 마치 마차를 타고 밤새도록 멀리 달려가 외국에 나간 것이나 다를 바 없다. 그가 다시 나타나면 자신이 계획했던 것은 수포가 되고 마는 셈이다. 이런 딜레마에 빠진 아둔한 웨이크필드는 갈피를 못 잡고 어쩔 줄 몰라 했다. 한참을 고민하던 웨이크필드는 마침내 길을 건너 자신이 떠나온 집을 얼핏 살펴보기로 했다. 습관적으로 살아온 그는 자신도 모르는 사이에 자기 집 대문 앞에 이르러 층계를 오르는 자기의 발소리에 정신이 퍼뜩 들었다. 웨이크필드! 지금 어디로 가고 있는 거야?

바로 그 순간, 그의 운명은 갈림길에 섰다. 그가 디딘 첫 번째 뒷걸음이 어떤 비운을 가져올지 생각지도 못하고 그는 황급히 그곳을 떠났다. 여태껏 경험해보지 못한 마음의 동요로 숨을 쉴 수가 없었고 먼 모퉁이에 이르러서도 감히 고개를 돌리지 못한다. 설마 그를 본 사람이 한 명도 없겠지? 점잖은 자기 아내, 똑똑한 하녀 그리고 지저분한 어린 급사 모두가 도망치는 남편이자 주인인 자신을 런던 거리를 헤치며 쫓아오지는 않겠지? 다행히 그곳에서 무사히 도망쳤구나! 용기를 내어 잠시 멈춰 서서 집이 있는 방향을 뒤돌아본 그는 친숙했던 집이 변한 것 같아 의아해한다. 마치 여러 달 혹은 여러 해를 떨어져 있다가 이전에 익숙했던 언덕이나 호수, 예술품을 보았을 때와 똑같은 기분이었다. 보통은 형언하기 어려운 이런 느낌은 우리의 불완전한 기억을 실제와 비교하고 대조할 때 일어난다. 그러나 웨이크필드의 경우 단 하룻밤에 마술처럼 이런 변화가 일어났다. 그 이유는 짧은 기간이었지만 그의 내부에서 아주 커다란 도덕관의 변화가 일어났기 때문이라 말할 수 있다. 하지만 심지어 웨이크필드 자신도 이런 사실을 깨닫지 못했다. 그 자리를 떠나기 전에 그는 멀리서 창문을 가로지르다 얼굴을 도로 쪽으로 돌리는 아내의 모습을 잠깐 보았다. 이 어리석은 남자는 부인이 분명 수많은 사람 가운데서도 자신을 알아보았을 것이라는 생각에 겁이 나서 줄행랑을 쳤다. 자신의 숙소 난롯가로 돌아왔을 때 비록 머릿속은 약간 혼란스러운 감이 없지 않아 있었지만 그의 마음만은 대단히 즐거웠다.

아주 오랫동안 질질 끈 이 변덕스러운 장난이 어떻게 시작되었는가에 대해서는 이 정도로 마치겠다. 처음 이런 생각을 하게 되고 나태한 사람이 이를 실천에 옮기도록 마음이 동한 후에 그다음 일은 자연스럽게 진행되어갔다. 오랜 숙고 끝에 붉은색 가발을 사고, 헌옷을 파는 유대인의 짐 보따리에서 이전에 입던 갈색 양복과 전혀 다른 잡다한 옷가지를 고르고 있는 웨이크필드의 모습을 상상해볼 수 있다. 그의 변화는 계획대로 진행되었고 이제는 완전히 딴사람이 되었다. 새로운 삶이 확립되어 이제 옛날과 같은 생활로 되돌아간다는 것은 전례 없는 상황에 들어선 발걸음만큼이나 어렵게 되었다. 더욱이 그는 때때로 부루퉁해지며 고집을 피우는 경우가 있는데, 이번에는 부인의 가슴속에 일어난 감정이 충분치 않다고 생각되어 그 섭섭함 때문에 완강해졌다. 부인이 놀라서 죽기 일보 직전까지는 절대로 돌아가지 않으리라 다짐했다. 사실 두어 번 아내가 지나가는 모습을 보았는데, 아내는 그때마다 걸음걸이가 더 무거워지고 뺨은 더 창백해졌으며 이마에는 근심이 더 짙어진 듯했다. 그가 아무 소식도 없이 집을 떠난 지 삼 주째 되던 어느 날, 약제사가 집 안으로 들어가는 불길한 조짐을 목격했다. 그다음 날은 대문의 장식용 쇠붙이로 문을 두드리지 못하도록 아예 막아놓은 것을 보았다. 같은 날 해 질 녘, 큰 가발을 쓴 엄숙한 모습의 의사가 마차를 타고 나타나

대문 앞에서 내려 집 안으로 들어가 한 15분가량 지난 뒤에 장례식을 포고할 것 같은 기색으로 집을 나왔다. 아, 불쌍한 아내! 그녀가 혹시 죽기라도 한다면 어쩌지? 이 순간 웨이크필드의 마음속에 격정 같은 것이 흘렀지만 이토록 중차대한 시기에 부인을 방해하면 안 된다는 이유로 양심에 간청하며 아내의 침대 곁으로 달려가는 것을 꾸물거리며 주저한다. 혹시 다른 이유로 자신이 주저한 것인지는 자신도 모른다. 그 이후로 몇 주일이 지나 아내는 건강을 회복하여 위기는 모면했다. 그녀는 슬퍼할지도 모르지만 아마도 지금쯤이면 마음이 한결 차분해져 남편이 빨리 돌아오든 늦게 돌아오든 다시는 남편에 대한 마음이 열정적으로 되지 못할 것이다. 이런 생각에 사로잡힌 웨이크필드의 뿌연 마음속에서 이전에 살던 집과 지금의 거처 사이에 놓인 넘어설 수 없는 심연을 의식하게 된다. 이따금 그는 혼잣말로 중얼거리기도 한다. "하지만 바로 옆길에 있지 않은가!" 어리석은 멍청이! 그곳은 이제 다른 세상에 속해 있다. 이런 연유로 웨이크필드는 집으로 돌아갈 날을 차일피일 미루었고 정확한 귀가 시간을 정해놓지 않은 채 남겨두었다. 내일은 아냐. ─ 다음 주쯤이 어떨까. ─ 조만간 가야지. 가엾은 인간 같으니! 자신을 스스로 추방한 웨이크필드가 집을 다시 찾아갈 가능성은 죽은 사람이 이승으로 돌아올 가능성만큼이나 희박했다.

웨이크필드에 대해 짧은 글이 아니라 책 한 권을 쓸 수 있다면 얼마나 좋을까! 그러면 우리의 통제를 벗어난 어떤 알 수 없는 영향력이라는 것이 우리의 모든 행동을 완전히 장악하고 그런 행동의 결과를 어떻게 강철같이 단단한 필연으로 엮는지 자세히 설명할 수 있을 텐데. 웨이크필드는 마치 주술에 걸린 사람과도 같다. 십 년 정도 문간에 근접하지도 못한 채 그는 집 주변을 계속 맴돌았으며 아내의 가슴에서는 남편의 모습이 서서히 지워져 가는데 부인에 대한 애정은 여전히 충실하게 간직하고 있다. 여기서 분명히 말해두어야 할 것은 그가 오래전부터 자신의 행동이 이상하다는 것을 망각했다는 점이다.

　이제 이런 장면을 상상해보자! 런던 거리의 군중들 사이에서 이제는 나이가 지긋해진 한 남자를 보게 된다. 무관심한 사람들의 이목을 끌만한 특징을 보이지는 않지만, 그의 특이함을 간파할 수 있는 사람에게는 전혀 평범하지 않은 운명의 기록이 훤히 보인다. 무척 야윈 그의 낮고 좁은 이마에는 주름이 깊게 팼고 조그맣고 광채를 잃은 눈은 무엇인가 불안한 듯 이리저리 주변을 살피지만, 그보다는 자신의 내면을 더 자주 들여다보는 듯하다. 고개를 푹 숙이고 자신의 모습을 정면으로 세상에 내보이는 것을 꺼리는 듯 뭐라 표현하기 어려운 비뚤어진 자세로 움직인다. 지금 묘사한 부분들을 파악할 때까지 그를 주시하면 자연의 평범한 작품을 상황이 어떻게 독특하게 변형시키는지 그 예를 보게 될 것이다. 다음으로는 보도 위를 조심스레 걸어가는 그를 내버려두고 시선을 반대 방향으로 돌려 나이가 지긋해 보이는 풍채 좋은 한 여인이 기도서를 손에 들고 교회로 향하는 모습을 살펴보자. 그녀의 태도에서는 오래된 과부 생활의 차분함이 풍긴다. 남편을 잃은 슬픔은 이미 사라졌거나 아니면 이제 그녀 마음의 일부분이 되어 좀처럼 즐거움으로 변환될 수 없는 것처럼 보인다. 이 두 남녀가 서로를 스쳐 지날 때 어떤 사소한 일이 일어나 직접 접촉하게 된다. 사람들에게 밀려 그들의 손이 서로 닿으며 건장한 여인의 가슴이 그 빈약한 남자의 어깨에 부딪힌다. 그들은 서로 마주 보고 서서 상대방을 응시한다. 서로 떨어져 산 지 십 년이 넘어 웨이크필드와 아내는 그렇게 다시 만난 것이다!

회오리치듯 움직이는 사람들의 무리가 흩어지자 두 사람은 다시 떨어진다. 침착한 과부는 교회를 향해 다시 걸어가다가 입구에 이르러 잠시 멈춰 서서 길을 향해 혼란스러운 시선을 던진다. 그러다가 다시 교회 안으로 들어간 그녀는 성경을 펼친다. 그렇다면 그 남자는 어떻게 되었는가? 너무나도 광기 어린 그의 표정 때문에 바쁘고 자기중심적인 런던 사람들이 가던 길을 멈춰 서서 황급히 그곳을 떠나는 그의 모습을 지켜볼 정도였다. 숙소로 돌아온 웨이크필드는 문을 잠그고 침대 위에 몸을 내던진 뒤 수년 동안 감금해두었던 감정들을 분출한다. 나약했던 그의 정신이 감정에 휩싸여 잠시 깨어나 비정상적이고도 비참한 삶의 현실을 단번에 간파한다. 이를 깨달은 순간 그는 격렬하게 외친다. "웨이크필드! 웨이크필드! 넌 정말로 미쳤어!"

그렇다. 어쩌면 웨이크필드는 미쳤는지도 모른다. 특이한 상황에 익숙해져서 그 상황에 맞춰 행동했을 것이므로 주위의 평범한 사람들의 관점에서 보면 제정신이라고 말할 수 없었을 것이다. 죽은 사람들로부터 자신을 받아주겠다는 허락도 받지 않은 채 세상 사람들과 절연했고 그렇게 함으로써 살아 있는 사람들 사이에서 자기가 누릴 수 있었던 특권을 포기했던 것이었다. 웨이크필드의 운명을 은둔자의 삶과 절대로 비교할 수 없다. 그는 활기 넘치는 도시 가운데 있었으나 사람들은 그를 보지 않은 채 지나쳤고, 그가 혼자 사는 아파트 난롯가에 서 있을 때마다 상징적으로는 아내가 항상 곁에 있었지만, 그녀의 애정이나 난로의 따뜻함은 전혀 느낄 수 없었다. 웨이크필드의 기구한 운명은 바로 인간 고유의 감정을 그대로 지닌 채 여전히 인간사에 매여 있어야 하면서도 그런 것들에 행사할 수 있는 영향력을 상실했다는 점이다. 그런 상황이 그의 마음과 정신에 각각, 그리고 또 함께 어떤 영향을 미쳤는지 추적해보는 것은 아주 흥미로운 일이 될 것이다. 그러나 웨이크필드는 자신이 그토록 변했음에도 불구하고 이런 변화를 의식하지 못했으며 자신이 전과 똑같다고 생각했다. 때때로 진실을 깨닫긴 했지만 그건 한순간에 불과했다. 그래서 "곧 돌아가야겠다"라고 줄곧 다짐하면서도 이 말을 20년 동안 계속해왔다는 사실을 특별히 자각하지 못했다.

돌이켜보면 20년이라는 세월이 웨이크필드가 애초에 떠나 있기로 한 일주일보다 그다지 더 긴 시간처럼 느껴지지 않으리라는 생각이 들기도 한다. 그는 인생사에 있어서 그 사건을 막간의 에피소드로밖에 여기지 않을 것이다. 시간이 좀 더 지난 후에 자신이 거실로 다시 걸어 들어가게 되면 아내가 중년이 된 남편을 보고 손뼉 치며 기뻐할 것으로 생각한 것이다. 오호, 얼마나 큰 실수였던가! 인간이 즐겨하는 어리석은 짓을 마칠 때까지 시간이 기다려준다면 우리 모두 세상이 끝나는 날까지 늘 청년으로 남지 않겠는가?

웨이크필드가 말도 없이 사라진 지 스무 해가 지난 어느 날 저녁, 아직도 자기 집이라 여기는 그 집을 향하여 여느 때와 마찬가지로 산책길에 나섰다. 바람이 아주 거세게 불고 간혹 빗줄기가 보도 위로 쏟아져 우산을 펴들 만하면 다시 멈추는 그런 가을밤이다. 집 근처에 서서 2층 창문을 통해 새어 나오는 아늑한 난롯가의 불그레한 불빛과 파들대는 불꽃을 보았다. 천장에 착한 아내의 그림자가 이상한 형상으로 비치고 있었다. 아내의 모자, 코와 턱, 두툼한 허리가 그럴듯하게 하나의 우스꽝스러운 형상을 이루어 위아래로 오르내리는 불꽃으로 춤을 추는 듯했는데, 나이 든 과부의 그림자라고 하기에는 너무 명랑해 보였다. 바로 그 순간 빗줄기가 버릇없는 바람을 힘입어 웨이크필드의 얼굴과 가슴을 세게 후려갈겼다. 가을비의 한기가 그의 몸을 꿰뚫고 지나가는 느낌이었다. 온몸을 훈훈하게 해줄 따뜻한 난롯가와 침실 옷장에 정성스럽게 보관하고 있을 자신의 회색 코트와 바지를 가져다줄 아내가 있는 집으로 들어갈 수 있는데 웨이크필드는 비에 젖어 떨면서 여기에 계속 서 있을까? 아니다! 웨이크필드는 그런 어리석은 바보가 아니다. 무거운 발걸음으로! — 그는 층계를 오르기 시작한다. 그 층계를 내려온 후 흘러간 20년이란 세월이 그의 다리를 뻣뻣하게 만들었지만, 그는 이를 알지 못한다. 잠깐 기다려보시오, 웨이크필드! 이제 당신에게 남은 유일한 집에 가려는 거요? 그렇다면 무덤으로 들어서는 것과 다름없을 텐데! 문이 열린다. 그가 문을 들어설 때 마지막으로 작별을 고하던 그의 표정이 생각난다. 그리고 아내를 희생시키며 지금까지 계속해온 그 조그만 장난의 전조였던 간교한 미소를 확인한다. 웨이크필드는 그 불쌍한 여인을 얼마나 무자비하게 농락했던가! 여하튼 평안한 밤을 맞이하길 빌겠소, 웨이크필드!

과연 이렇게 부를 수 있을지 모르겠지만, 이 행복한(?) 사건은 단지 전혀 계획되지 않은 순간에 일어났을 수가 있다. 문지방 너머까지 그를 따라가진 않겠지만, 여하튼 이 친구는 우리에게 많은 생각할 거리를 남겨주었다. 그중 일부를 교훈으로 삼을 수 있을 것이다. 혼란스럽고 신비스러운 세상 속에서도 개인은 하나의 체계에 아주 잘 적응하고 각각의 체계들은 서로 그리고 전체 체계에 잘 적응하기 때문에, 한순간이라도 거기서 벗어나면 자신의 자리를 영원히 잃어버릴 수도 있는 위험에 당면하게 된다. 웨이크필드처럼, 어쩌면 전우주의 추방자가 될 수도 있을 것이다.

루이스 캐럴(1832~1898)

　영국 체서 지방 태생으로 어린 시절부터 말장난, 체스 게임 등에 관심이 많았던 루이스 캐럴은 옥스퍼드대학 수학부 교수로 재직하며 평생 독신으로 지냈다. 본명은 찰스 루드위지 도즈슨(Charles Lutwidge Dodgson)이다. 유명한『이상한 나라의 앨리스』를 썼으며, 그 밖에도『겨울나라의 앨리스』「스나크 사냥」「실비와 브루노」 같은 작품을 써서 근대 아동문학을 확립시켰다. 유머와 환상이 가득 찬 작품들을 썼으며 빅토리아 시대의 대표적 기인(奇人)의 한 사람으로 일컬어진다. 난센스 문학의 일인자로 초현실주의와 부조리 문학의 선구자로도 평가되는 캐럴은 1855년 그가 재직하던 대학에 헨리 리들이라는 새로운 학장이 부임하게 되었는데 캐럴은 학장의 어린 딸들과 우정을 쌓게 된다. 그 중 한 명이 바로 앨리스라는 이름을 가졌으며, 앨리스는 누구보다 캐럴의 이야기를 좋아했다고 한다.

가짜 거북이 이야기

루이스 캐럴

"귀여운 것 같으니, 널 다시 보게 되어 내가 얼마나 기쁜지 아마도 넌 짐작도 못 할 거야!" 공작부인은 다정하게 앨리스와 팔짱을 끼면서 이렇게 말했고 두 사람은 함께 그 자리를 떠났다.

앨리스는 공작부인이 이토록 상냥해진 걸 보고 매우 기뻤다. 그리고 부엌에서 만났을 때 공작부인이 그토록 무례하게 행동했던 게 순전히 후추 때문이었을 거라고 마음속으로 생각했다.

"내가 공작부인이 된다면 ―" 앨리스는 속으로 생각했다. (그러나 그다지 기대하는 어투는 아니었다) "부엌에 절대로 후춧가루를 갖다 놓지 않을 테야. 후추를 넣지 않아도 수프는 아주 맛있으니까. ― 어쩌면 사람들이 화를 내는 건 언제나 후춧가루 때문일지도 몰라." 앨리스는 새로운 규칙을 발견한 데 대해 몹시 기뻐하며 계속해서 말했다. "식초는 사람들을 까다롭게 만들고 ― 카모마일 차는 사람들을 모질게 만들고 — 그리고 음 — 그리고 보리 사탕 같은 건 아이들이 말을 잘 듣게 하지. 사람들이 이런 사실을 알면 얼마나 좋을까. 그러면 사탕을 가지고 그토록 인색하진 않을 텐데 — "

이 순간 공작부인의 존재를 새까맣게 잊고 있던 앨리스는 바로 옆에서 부인의 목소리가 들려와 조금 놀랐다. "애야, 넌 지금 뭔가를 골똘히 생각하고 있구나. 말하는 것도 잊어버리다니. 지금 당장은 그와 연관된 교훈이 뭔지 말해줄 수 없지만 조금 있으면 기억해낼 거야."

"어쩌면 하나도 없을지도 모르죠." 앨리스가 조심스럽게 말했다.

"쯧쯧, 애야!" 공작부인이 말했다. "모든 것에는 교훈이 있단다. 찾아내지 못해서 그렇지." 그렇게 말하면서 공작부인은 앨리스에게 몸을 더 바짝 붙였다.

앨리스는 공작부인이 이렇게 가까이 다가오는 게 별로 달갑지 않았다. 첫째는 공작부인이 너무나 못생겼기 때문이고 둘째는 공작부인 키가 앨리스의 어깨에 턱을 얹기에 딱 알맞았는데, 공작부인의 뾰족한 턱은 매우 불편했기 때문이다. 하지만 앨리스는 무례하게 굴고 싶지 않아서 최대한 꾹 참고 있었다.

"게임이 이제 좀 제대로 되어가는 것 같아요." 앨리스는 대화를 조금 더 이으려고 입을 열었다.

"그렇구나." 공작부인이 말했다. "그리고 그 교훈은 — '아, 사랑. 그래 사랑이 있기에 세상이 제대로 돌아간다!' 라는 것이란다."

"어떤 사람이 그러는데요." 앨리스가 속삭였다. "사람들이 다른 사람 일에 참견하지 않고 자기 일에 충실할 때 세상이 제대로 돌아간대요!"

"아, 그래! 그 뜻이 바로 그거란다." 날카롭고 자그마한 턱으로 앨리스의 어깨를 쿡쿡 누르며 공작부인이 덧붙여 말했다. "그리고 그 말이 주는 교훈은 — '요점을 잘 파악하고 있으면 말이 저절로 나올 것이다' 라는 거야."

"이분은 매사에 교훈 찾아내는 걸 어쩜 이리도 좋아할까!" 앨리스는 속으로 생각했다.

"너는 내가 왜 네 허리에 팔을 두르지 않나 하고 궁금해하고 있지?" 잠시 후에 공작부인이 말했다. "그건 네 홍학이 사납게 굴까 봐 그런 거야. 한번 시험해볼까?"

"홍학이 물 수도 있어요." 앨리스는 시험해보고 싶은 마음이 전혀 들지 않아 조심스럽게 말했다.

"그래 맞아." 공작부인이 말했다. "홍학하고 겨자는 둘 다 물지. 그리고 이 말의 교훈은 — '유유상종' 이란 거야."

"하지만 겨자는 새가 아닌걸요." 앨리스가 말했다.

"또 맞았네." 공작부인이 말했다. "정말로 넌 뭐든지 분명하게 표현할 줄 아는구나!"

"그건 미네랄이잖아요." 앨리스가 말했다.

"물론 그렇지." 앨리스가 말하는 건 무조건 동의하려고 작정한 사람처럼 공작부인이 말했다. "이 근처에 커다란 겨자 광산이 있단다. 그리고 그 교훈은 — '내 것이 많아질수록 상대방의 것은 줄어든다' 라는 거지."

"아, 생각났다!" 공작부인의 마지막 말을 귀담아듣지 않던 앨리스가 소리쳤다. "그건 채소예요. 채소처럼 보이지 않지만 채소예요."

"그래 정말 그런 것 같구나." 공작부인이 말했다. "그리고 그 교훈은 말이지 — '되고 싶은 사람이 돼라' 라는 거야 — 아니, 좀 더 단순하게 표현한다면, '예전의 네 모습이나 혹은 네 것으로 보였을 수도 있었을 모습은 너의 진정한 모습이 다른 사람들에게 다르게 비쳤을 수도 있을 거라는 말과 다르지 않다고 생각해서 다른 사람들에게 비치는 모습과 다르게 되지 않겠다고 절대로 꿈꾸지 말라' 는 거란다."

"지금 하신 말씀을 글로 적어놓으면 이해하기가 훨씬 더 쉬울 것 같아요." 앨리스가 아주 공손하게 말했다. "말로만 들어서는 무슨 말인지 모르겠어요."

"마음만 먹으면 그건 아무것도 아니란다." 공작부인이 흐뭇한 어조로 대꾸했다.

"제발 그것보다 더 길게 말씀하시려고 일부러 애쓰지 마세요." 앨리스가 말했다.

"아니, 내가 무슨 애를 쓴다고 그러니!" 공작부인이 말했다. "지금까지 한 말을 모두 다 너에게 선물로 주마."

"저런 시시한 선물을 주다니!" 앨리스는 생각했다. "저런 걸 생일 선물로 주지 않아서 얼마나 다행인지 몰라!" 그렇지만 앨리스는 그런 생각을 감히 큰 소리로 말하지 않았다.

"또 생각하는 거니?" 공작부인은 또다시 뾰족한 턱으로 어깨를 찌르며 물었다.

"나에게도 생각할 권리가 있어요." 앨리스는 다소 성가시게 느껴지기 시작하여 날카롭게 대답했다.

"돼지가 하늘을 날아다닐 권리가 있듯이 너한테도 그 정도의 권리는 있겠지." 공작부인이 말했다. "그리고 그 말의 교 —."

그런데 여기서 그토록 좋아하는 단어인 "교훈"을 말하려는 중인데도 공작부인의 목소리가 잦아들어 앨리스는 상당히 놀랐다. 게다가 자기 팔에 팔짱을 끼고 있는 공작부인의 팔이 부들부들 떨리기 시작하는 걸 느낀 앨리스는 위를 올려다보았다. 그들 앞에는 여왕이 팔짱을 끼고 먹구름 낀 하늘처럼 잔뜩 찌푸린 얼굴로 서 있었다.

"안녕하세요, 폐하!" 공작부인이 기어들어 가는 목소리로 나지막하게 말했다.

"자, 그대에게 분명히 경고하는데," 여왕은 발로 땅을 쿵쿵 치며 소리쳤다. "당장 사라지지 않으면 네 머리가 없어질 줄 알아. 지금 당장 말이다! 네가 선택해!"

이 말을 들은 공작부인은 눈 깜짝할 사이에 사라졌다.

"자, 경기를 계속하자." 여왕이 앨리스에게 말했고 앨리스는 어찌나 무서운지 한마디도 못 한 채 여왕의 뒤를 따라 천천히 크로켓 경기장으로 다시 갔다.

다른 귀빈들은 여왕이 없는 틈을 타 그늘에서 쉬고 있었다. 하지만 여왕이 나타나는 걸 보는 순간 허둥지둥 경기장으로 되돌아왔다. 한편 여왕은 경기가 단 1초라도 지연되면 목이 달아날 거라고 말했을 뿐이다.

경기가 진행되는 동안 여왕은 줄곧 다른 선수들과 끊임없이 다투면서 걸핏하면 "저놈의 목을 베라!"든지 아니면 "저년의 목을 베라!"라고 소리쳤다. 여왕에게 이런 선고를 받은 사람들은 병사들에 의해 감옥으로 끌려갔다. 물론 병사들은 이 일을 하기 위해 아치 모양의 철주문 역할을 중단할 수밖에 없었으므로 반 시간 정도가 지나자 아치는 하나도 남지 않았으며 왕과 여왕 그리고 앨리스를 제외한 선수들이 모두 다 사형선고를 받고 감옥으로 끌려갔다.

그러자 여왕은 경기를 멈췄고 숨이 차서 헉헉거리며 앨리스에게 말했다. "너는 가짜 거북이를 본 적이 있니?"

"아뇨." 앨리스가 말했다. "저는 가짜 거북이가 뭔지도 모르는데요."

"그걸로 가짜 거북이 수프를 만들잖아." 여왕이 말했다.

"한 번도 본 적도 없고 들은 적도 없어요." 앨리스가 대답했다.

"그렇다면 날 따라와." 여왕이 말했다. "그 녀석이 너한테 자기 사연을 말해줄 거다."

두 사람이 함께 걸어가고 있을 때, 앨리스는 왕이 선수들 모두에게 나지막한 소리로 말하는 게 들렸다. "너희들을 모두 다 사면한다." "야, 참으로 다행이다!" 앨리스는 속으로 말했다. 앨리스는 여왕이 처형명령을 어찌나 많이 내리던지 몹시 기분이 나빴다.

그들은 곧바로 뙤약볕에 누워 깊이 잠들어 있는 그리핀 앞에 다다랐다. "일어나, 게으름뱅이야!" 여왕이 말했다. "이 아가씨를 데리고 가서 가짜 거북이를 보여주고 거북이에게 이야기를 들려주라고 해. 난 돌아가서 처형명령이 지켜지고 있는지 살펴봐야겠다." 그리고 나서 여왕은 앨리스를 혼자 그리핀에게 남겨둔 채 그 자리를 떠났다. 앨리스는 그 동물의 모습이 별로 맘에 들지 않았지만, 그것과 함께 남아 있는 게 야만스러운 여왕을 따라가는 것과 비슷할 정도로 안전할 것 같은 생각이 들어 잠자코 기다렸다.

그리핀은 눈을 비비며 일어나더니 여왕이 시야에서 사라질 때까지 뒷모습을 지켜보다가 킥킥대고 웃었다. "정말 웃겨!" 하고 그리핀은 반은 혼잣말로 반은 앨리스에게 말했다.

"뭐가 웃겨?" 앨리스가 물었다.

"아, 여왕 말이야." 그리핀이 말했다. "저건 모두 다 여왕 혼자 상상하는 거야. 지금까지 한 사람도 처형된 적이 없어. 자, 따라와!"

"여기서는 누구나 '자, 따라와!'라고 말하는군." 앨리스는 천천히 그리핀을 따라가며 생각했다. "내 평생 이렇게나 많은 명령을 받아본 적이 한 번도 없었는데, 절대로!"

얼마 가지 않아 저 멀리 튀어나온 작은 바위 위에 홀로 슬프게 앉아 있는 가짜 거북이가 보였다. 조금 더 가까이 다가가자 가짜 거북이의 가슴이 무너지는 것 같은 한숨 소리가 들렸다. 앨리스는 가짜 거북이가 아주 불쌍했다. "무슨 슬픈 일이 있는 거지?" 앨리스가 그리핀에게 물었다. 그러자 그리핀은 아까와 거의 비슷한 말로 대답했다. "저건 모두 다 거북이 혼자 상상하는 거야. 슬퍼할 일은 하나도 없어. 자, 따라와!"

그리하여 그들은 가짜 거북이에게 다가갔다. 가짜 거북이는 커다란 눈에 눈물이 그렁그렁 맺힌 채 아무 말 없이 그들을 바라보았다.

"이 작은 아가씨가 말이지." 그리핀이 말했다. "네 과거에 대해 듣고 싶대. 정말로."

"그럼 말해주지." 가짜 거북이는 깊고 공허한 어조로 말했다. "둘 다 앉아. 그리고 내가 끝마칠 때까지 아무 말도 하지 마."

그래서 그들은 앉았고 한참 동안 아무도 입을 떼지 않았다. 앨리스는 속으로 생각했다. "이렇게 시작도 하지 않는다면 끝이 날 수 있을지 모르겠군." 하지만 앨리스는 참을성 있게 기다렸다.

"한때," 드디어 가짜 거북이가 한숨을 깊이 쉬고 말했다. "난 진짜 거북이였어."

이 말을 하고 나서 한참 동안 침묵이 흘렀다. 단지 그리핀이 이따금 내지르는 "흐즈크르!" 하는 소리와 가짜 거북이가 무겁게 끊임없이 흐느끼는 소리만이 정적을 깰 뿐이었다. 앨리스는 벌떡 일어나 "감사합니다, 당신 얘기 재미있었어요."라고 말하고 싶었지만 분명코 다른 이야기가 더 있을 거란 생각이 들어 가만히 앉아 잠자코 기다렸다.

"어렸을 때는 말이지." 이따금 흐느끼긴 했지만, 가짜 거북이는 마침내 조금 진정되어 이야기를 계속했다. "우리는 바닷속 학교에 다녔어. 선생님은 늙은 바다거북이었는데 ― 우리는 그를 뭍에 사는 거북이라고 불렀어."

"뭍에 사는 거북이도 아닌데 왜 그렇게 불렀어요?" 앨리스가 물었다.

"우리를 가르쳤기 때문에 그렇게 부른 거야." 가짜 거북이가 화를 내며 말했다. "넌 정말 미련하구나!"

"그렇게 단순한 질문을 하다니 창피하지도 않니?" 그리핀이 거들었다. 그런 다음 가짜 거북이와 그리핀은 둘 다 말없이 앉아 땅속으로 사라져버리고 싶은 심정으로 앉아 있는 불쌍한 앨리스를 쳐다보았다. 이윽고 그리핀이 가짜 거북이에게 말했다. "계속해, 이 늙은 친구야! 이러다간 온종일 걸리겠다!" 그러자 가짜 거북이는 계속해서 이렇게 말했다.

"그래, 우리는 바닷속 학교에 다녔어. 믿어지지 않을 수도 있겠지만 말이지—"

"못 믿는다고 말한 적 없는걸요!" 앨리스가 말을 가로막았다.

"그렇게 말했어." 가짜 거북이가 말했다.

"입 좀 다물어!" 앨리스가 다시 말하기도 전에 그리핀이 덧붙였다. 가짜 거북이는 이야기를 계속했다.

"우리는 최고의 교육을 받았단다. 사실 우리는 날마다 학교에 갔거든—"

"나도 주간 학교에 다녔어요." 앨리스가 말했다. "그런 걸 가지고 뭘 그렇게 자랑하는 거예요."

"보충수업도 했어?" 다소 긴장한 가짜 거북이가 물었다.

"그럼요." 앨리스가 말했다. "프랑스어하고 음악을 배웠어요."

"그럼 빨래하는 것도?" 가짜 거북이가 말했다.

"물론 그건 아니죠!" 앨리스는 화를 내며 말했다.

"아! 그럼 네가 다니던 곳은 정말로 좋은 학교는 아니었구나." 가짜 거북이 안심했다는 듯이 말했다. "우리 학교 수업료 고지서 끝부분을 보면 '프랑스어. 음악 그리고 빨래하기—추가'라고 적혀 있었어."

"그런 걸 배울 필요는 없었을 텐데요." 앨리스가 말했다. "바다 밑바닥에서 사는데 말이에요."

"하지만 난 그런 것들을 배울 수가 없었어." 가짜 거북이가 한숨을 내쉬며 말했다. "난 정규수업만 들었거든."

"어떤 것들이었는데요?" 앨리스가 물었다.

"물론 비틀기와 몸부림치기를 배웠고." 가짜 거북이 대답했다. "그다음 산수 과목으로—야망, 주의산만, 추화, 그리고 조롱을 배웠어."

"난 '추화'라는 말은 한 번도 들어본 적이 없는데요." 앨리스가 용기를 내어 물어봤다. "그게 뭐예요?"

그리핀이 깜짝 놀라 앞발을 둘 다 번쩍 쳐들고 외쳤다. "추화를 들어본 적이 없다니! 그럼 넌 미화라는 말은 알고 있니?"

"그럼요." 앨리스가 의심스럽다는 표정으로 대답했다. "그러니까 그 말의 뜻은—어떤 것을—더 아름답게—만든다는 것 아니에요?"

"그렇다면 말이지." 그리핀이 계속해서 말했다. "어떻게 추화한다는 말을 모른다고 해? 정말 넌 바보 아냐?"

앨리스는 그에 대해 더 질문할 용기가 나지 않았다. 그래서 그녀는 가짜 거북이에게 또다시 물었다. "그리고 또 뭘 배웠어요?"

"응, 신비라는 과목도 있었어." 가짜 거북이는 지느러미로 과목들을 하나하나 꼽아가며 대답했다. "고대 신비와 현대 신비, 그리고 해양지리학, 또 느리게 말하기가 있었어. 느리게 말하기 선생님은 늙은 붕장어였는데 일주일에 한 번씩 오셔서 우리에게 느리게 말하기, 기지개 켜기, 몸을 돌돌 감고 기절하기 같은 걸 가르치셨어."

"그게 어떤 건데요?" 앨리스가 물었다.

"글쎄, 이제 난 시범을 보여줄 수가 없어." 가짜 거북이가 말했다.

"난 너무 뻣뻣하거든. 그리고 그리핀은 그걸 배워본 적이 한 번도 없고 말이야."

"그럴 시간이 없었지." 그리핀이 말했다. "그렇지만 나는 고전의 대가한테 배웠어. 그는 늙은 게였지. 그래 맞아."

"난 그 선생한테는 배운 적이 없어." 한숨을 쉬며 가짜 거북이가 말했다. "그분은 웃음과 슬픔을 가르쳤다고들 하더군."

"그랬어, 정말로 그랬어." 이번에는 그리핀이 한숨을 쉬며 말했다. 그러더니 둘 다 모두 앞발로 얼굴을 가렸다.

"그럼 수업을 하루에 몇 시간씩 했어요?" 앨리스가 주제를 바꿔보려고 얼른 말했다.

"첫날은 열 시간." 가짜 거북이 말했다. "이튿날에 아홉 시간, 뭐 그런 식이었지."

"참 이상한 시간표네요!" 앨리스가 외쳤다.

"그러니까 그걸 수업이라고 부르는 거야." 그리핀이 말했다. "날마다 줄어들잖아." ['lesson'(수업)을 비슷한 발음의 'lessen'(줄이다)과 바꾸어 말장난한 것임]

앨리스에게는 아주 생소한 내용이었기 때문에 잠시 생각해보고 이렇게 말했다. "그럼 열한 번째 날은 휴일이었겠네요?"

"물론, 그랬지." 가짜 거북이가 말했다.

"그럼 열두 번째 날은 어떻게 했어요?" 앨리스가 계속해서 진지하게 물었다.

"이제 수업 이야기는 그만해." 그리핀이 아주 단호한 어조로 끼어들었다. "이제는 이 아이에게 게임에 대해 말해줘."

Arthur Conan Doyle

아서 코난 도일(1859~1930)

　　영국의 탐정 추리 소설가 도일의 선조는 14세기에 노르망디 혈통을 가진 아일랜드 계로 스코틀랜드의 에든버러에서 태어났다. 1876년에서 1881년까지 에든버러대학교에서 의학을 공부했는데 재학 중 미국작가 에드거 알렌 포우 등의 작품들을 탐독했다. 그는 그곳에서 "진단에는 눈과 귀와 손과 머리를 쓰지 않으면 안된다"라고 가르치던 은사 조셉 벨 교수를 만났고, 바로 이 교수가 나중에 명탐정 홈스의 모델이 되었다고 알려졌다. 도일은 몇 군데 병원을 개업했으나 성공하지 못하고 글쓰기를 전업으로 택했다. 도일은 1986년 사립탐정 셜록 홈스와 그의 절친한 친구이자 조수인 왓슨이 등장하는 홈스 이야기의 첫 번째 작품 『주홍색 연구』를 시작으로 『네 개의 서명』, 『셜록 홈스의 모험』, 『바스커빌 가문의 사냥개』, 『공포의 계곡』 등 많은 추리 소설을 남겼다. 홈스는 명탐정의 대명사로 전세계 독자들과 친해졌고, 홈스 이야기는 추리소설을 널리 보급하는데 한 몫을 한 주요한 작품으로 평가받고 있다. 또한, 도일은 역사에도 많은 관심을 두고 『남아프리카 전쟁: 원인과 행위』와 영국과 프랑스의 백년전쟁을 소재로 한 역사소설 『흰색 회사』 등을 남기기도 했다. 만년에는 전세계로 순회강연에 나서기도 했다.

소어 다리 사건

아서 코난 도일

채링 크로스에 있는 콕스 은행의 지하 금고에는 오래 써서 낡고 잔뜩 찌그러진 양철 공문서 발송함 하나가 보관되어 있는데, 뚜껑에는 내 이름 '의학박사 존 H. 왓슨, 인도 육군 제대'라는 글자가 쓰여 있다. 상자에는 셜록 홈스가 그동안 수사해온 기묘한 사건들의 기록물이 가득 들어 있다. 그중 몇몇 사건은 완전 실패로 마무리되었는데, 이 사건들은 그다지 흥미롭지 않을 뿐만 아니라 진상도 밝혀지지 않을 것이므로 언급할 가치조차 없다. 미해결 사건은 공부하는 학생들의 호기심을 자극할지는 모르지만, 일반 독자들에게는 단지 짜증만 유발할 수 있다. 수수께끼로 남아 있는 사건 중에는 제임스 필리모어 씨의 이야기도 포함되어 있는데, 그는 집으로 우산을 가지러 갔다가 행방불명되었다. 또 하나 기괴한 사건은 작은 범선 '알리시아 호'가 어느 봄날 아침 안개 자욱한 바다로 출범했다가 범선도 승무원도 모두 실종된 일이다. 세 번째로 주목할 만한 사건은 유명한 기자이자 결투사인 이사도라 페르사노 이야기다. 어느 날 그는 완전히 정신 나간 모습으로 발견되었는데, 그 사람 앞에 과학계에 아직 알려지지 않은 이상한 벌레가 든 성냥갑이 놓여 있었다고 한다. 해결되지 못한 이런 사건들 외에도 세상에 알려지면 고위층 가문의 비밀이 폭로되어 대경실색하게 만들 수 있는 사건들도 있었다. 굳이 말할 필요가 없겠지만 나는 이런 신뢰를 저버릴 생각은 추호도 없고, 내 친구 홈스가 이에 대해 정력을 소비할 시간이 생겼으니 이런 기록들을 따로 분류해서 완전히 없애버릴 예정이다. 그렇지만 그의 업적이 너무나도 많이 노출되는 바람에 행여 누구보다 내가 존경하는 홈스의 명예가 훼손될 게 걱정되지 않았다면 이미 편집해버렸을 흥미로운 사건들이 아직도 많이 남아 있다. 내가 직접 수사에 밀접하게 관여했던 사건도 있었지만 내가 참여하지 않았거나 참여했더라도 아주 미미하게 관여하여 단지 제삼자의 관점에서 기록한 사건도 있었다. 다음 이야기는 내가 직접 경험한 사건에 속한다.

10월 어느 날 바람이 몹시 부는 아침이었다. 나는 옷을 입으며 우리 집 뒤뜰에 외로이 서 있는 플라타너스의 마지막 잎사귀들이 거센 바람에 휘날려 떨어지는 모습을 바라보았다. 아침 식사를 하러 아래층으로 내려가며 홈스가 오늘은 우울할 거로 생각했다. 모든 위대한 예술가들이 그러하듯, 홈스도 주위 환경에 쉽사리 영향을 받는 성격이었기 때문이다. 그러나 뜻밖에도 그의 기분이 명랑하고 즐거워 보였으며 식사도 거의 마친 상태였다. 게다가 특히나 기분 좋을 때 그에게서 나타나는 특유의 사악한 쾌활함이 살짝 엿보이기까지 했다.

"홈스, 누가 사건을 의뢰했나 보지?" 내가 물었다.

"내 추리력이 옳기라도 했나 보군, 왓슨, 내 비밀을 자네가 꼭 집어내니 말일세. 그래, 사건 의뢰가 들어왔어. 한 달 동안 사소한 일로 소일하느라 기분이 침체하였었는데 이제 다시 슬슬 일을 시작해야 하지 않겠나?"

"무슨 사건인지 얘기해줄 수 있나?"

"아직 해줄 만한 이야기는 별로 없지만, 새로 온 요리사가 준비한 팍팍하게 삶은 달걀 두 개로 자네가 아침 식사를 마치고 나면 그때 얘기하세. 어쩌면 달걀이 팍팍해진 건 어제 내가 식탁 위에서 발견한 『패밀리 헤럴드』지와 관련이 있다고 할 수 있을지도 모르겠네. 달걀 삶는 일이 아주 사소한 일이긴 하지만, 알맞게 익히기 위해서는 시간에 신경 쓰며 정성 들여 요리해야 하잖는가. 이런 일은 훌륭한 일간지에 실린 로맨스 기사와는 잘 맞지 않는다고 할 수 있지."

15분쯤 지나 식탁이 치워진 뒤 우리는 얼굴을 마주 보고 앉았고 홈스는 주머니에서 편지를 꺼냈다.

"자네, 황금 왕이라 불리는 닐 깁슨에 대해 들어본 적 있나?" 그가 물었다.

"미국 상원의원 말인가?"

"글쎄, 미국 서부에 있는 어떤 주의 상원의원으로 당선된 적이 있었지. 그렇지만 그 사람은 세계에서 제일가는 금 채광 일인자로 더 유명하거든."

"그래, 들어본 적 있는 것 같아. 영국에서 몇 년째 살고 있다지, 아마. 그 사람 이름이 제법 익숙한 걸 보니 말일세."

"그는 5년 전쯤 햄프셔에 꽤 넓은 사유지를 사들였어. 자네는 그 사람 아내의 비극적 죽음에 대해 들었을지 모르겠군."

"안 그래도 방금 그 생각을 했네. 그래서 그 이름이 귀에 익숙했군. 그런데 사건의 자세한 내막은 잘 모르겠네."

홈스는 의자에 쌓인 신문지 뭉텅이를 가리켰다.

"내가 이 사건을 맡게 될 줄 알았더라면 미리 기사를 별도로 스크랩해놓았을 텐데. 문제는 말이지, 그 사람 아내의 죽음이 세상을 발칵 뒤집어놓긴 했는데 생각만큼 복잡한 사건은 아니었어. 아주 흥미로운 사람이 피고로 지목되었는데 명백한 증거가 있었거든. 검시 배심원도 형사법원도 그녀의 유죄 판결에 동의했지. 이제 윈체스터 순회재판의 판결만 남아 있을 뿐이야. 어쩌면 보람 없는 사건을 맡은 게 아닌가 싶네. 내가 할 수 있는 건 오로지 사건의 진상을 밝히는 일이지 판결을 바꿀 수 있는 건 아닐 것 같아, 왓슨. 예상치 못했던 완전히 새로운 단서가 발견되지 않는 한 내 의뢰인에게 희망은 없는 듯 보이네."

"자네 의뢰인?"

"아, 깜박 잊고 있었군. 이야기를 거꾸로 하는 게 습관인 자네에게 너무 많은 영향을 받았나 봄세. 왓슨, 먼저 이것을 읽어보게나."

그가 내게 건네준 편지는 대담하고 숙달된 필체로 다음과 같이 쓰여 있었다.

셜록 홈스 씨,
신이 창조한 여성 중 가장 훌륭한 그녀를 최대한도로 구해보려는 노력도 해보지 않고 그냥 죽게 내버려 둘 수는 없습니다. 저는 이 사건에 대해 제대로 설명할 수도 없고 설명하려는 시도조차 할 수 없습니다만, 던바 양의 결백은 믿어 의심치 않습니다. 선생님께서도 아마 이 사건에 대해 알고 있으리라 믿습니다. 세상 모든 사람이 알고 있고 이에 관해 이야기하고 있으니까요. 그러나 그녀 편을 드는 사람은 단 한 명도 없습니다! 이런 부당함 때문에 저는 미칠 지경입니다. 던바 양은 파리 한 마리도 죽이지 못할 정도로 마음이 여린 사람입니다. 내일 오전 11시경에 찾아뵙겠으니 암흑 속에 갇혀 있는 저에게 빛을 비춰주시기 바랍니다. 어쩌면 저는 단서를 갖고 있으면서도 미처 자각하지 못하고 있을지도 모르니까요. 여하튼 제가 아는 모든 것과 제가 가진 모든 걸 선생님 앞에 내놓겠으니 제발 그녀를 도와주십시오. 선생님께서 일생일대의 능력을 발휘하고 싶으시면 제발 이 사건을 맡아주시기 바랍니다.

클래릿지 호텔에서, 10월 3일

J. 닐 깁슨 올림

"자, 이게 다일세." 홈스는 아침 식사 후 피운 파이프의 담뱃재를 털어내고 담배를 다시 천천히 채워 넣으며 말했다. "내가 지금 기다리고 있는 사람이 바로 이 신사일세. 이 신문기사를 다 읽어 볼 시간은 없으니 자네가 이 사건에 대해 제대로 파악하는 걸 돕기 위해 내가 요점만 말해주지. 이 남자는 세계에서 가장 막강한 재력을 가진 사람이라네. 내가 이해한 바로는 아주 난폭하고 위협적인 성격의 사람이야. 이 비극의 희생자인 그의 아내에 대해 알아낼 수 있었던 건 전성기가 지난 여자라는 게 전부였네. 불행하게도 그 집에는 젊고 매력적인 여자 가정교사가 깁슨 씨의 두 아이를 맡아 가르치고 있었거든. 이 세 사람이 이 사건의 중심에 있고 이 일이 영국의 오랜 전통을 자랑하는 한 주의 웅장한 영주의 저택에서 일어났지. 그리고 그 비극적 사건에 대해 말하자면, 부인은 집에서 반 마일 정도 떨어진 곳에서 밤늦게 이브닝드레스 위에 숄을 걸친 채 머리에 권총을 맞고 죽어 있었다네. 그녀 근처에서 무기를 찾을 수 없었고 주변에서 아무런 단서도 찾지 못했지. 왓슨, 그녀 근처에 무기가 없었다는 점에 유의하게! 범행은 아마 저녁 늦은 시간에 일어난 듯싶어. 사체는 사냥터 관리인이 11시쯤 발견했고 저택으로 운반되기 전에 경찰과 검시관이 자세히 살펴보았다네. 내가 너무 요약해서 얘기했나? 사건의 줄거리를 대강 따라갈 수 있겠지?"

"아주 명확하게 알아들었네. 그런데 왜 가정교사가 의심을 받는 거지?"

"무엇보다 아주 확실한 증거가 있었기 때문이야. 가정교사 옷장 바닥에서 찾아낸 권총 구경이 부인 시체에서 발견된 탄환 자국과 일치했고 단 한 발만 쏜 사실이 확인되었거든." 그는 시선을 고정한 채 단어 하나하나를 되풀이해서 말했다. "그녀의 — 옷장 — 바닥 — 에서 말이지." 그런 다음 홈스는 입을 다물었다. 어떤 생각이 그의 머리를 스치는 듯했고 나는 이때 감히 그를 방해할 만큼 어리석지 않았다. 갑자기 그는 다시 활기를 띠면서 말했다. "그래 왓슨, 바로 그거야. 총이 발견된 거라고. 정말 그녀에게 불리하지 않나? 여하튼 두 배심원은 그런 판결을 내렸다네. 그리고 죽은 부인은 그 시간에 그곳에서 만나자는 쪽지를 쥐고 있었는데 바로 가정교사가 서명한 것이었지. 어떤가? 마지막으로 동기가 남아 있지. 깁슨 씨는 아주 매력적이고 카리스마 넘치는 사람이야. 부인이 죽으면 이미 고용주의 특별한 관심을 받고 있었던 미모의 가정교사 말고 누가 그 자리를 이어받겠나? 사랑, 재산, 권력, 이 모든 것이 중년 여성의 생명에 달려 있었던 거지. 아주 추악한 일일세, 왓슨— 정말 추악하다고!"

"정말 그렇군, 홈스"

"게다가 가정교사는 알리바이가 없다네. 오히려 그녀는 그 시각에 —비극의 현장인— 소어 다리 근처에 있었다는 사실을 시인했어. 지나가는 마을 사람이 그녀를 그곳에서 보았으니 이를 부인할 수 없었겠지."

"그것이야말로 정말 치명타로군."

"하지만 왓슨, 하지만 말일세! 이 다리는 난간이 있는 좁은 돌다리로 물길이 깊고 갈대로 뒤덮인 소어 연못의 가장 폭이 좁은 지역 위로 지나가고 있다네. 다리 입구에서 부인의 시체가 발견되었지. 이게 이 사건의 기본적인 사실이야. 그나저나 의뢰인이 약속 시각보다 훨씬 일찍 도착했군."

빌리가 문을 열었으나 그가 말한 이름은 전혀 예상치 못한 생소한 이름이었다. 말로우 베이츠 씨는 우리에게 낯선 사람이었다. 그는 초조한 듯 보이는 마른 용모에 겁먹은 눈으로 안절부절못하고 서 있었다. 나의 직업적 소견을 말하자면 그는 신경쇠약으로 쓰러지기 일보 직전인 듯 보였다.

"몹시 흥분하신 것 같으신데, 베이츠 씨, 여기 잠깐 앉으세요. 11시에 다른 약속이 있어서 시간 여유가 그다지 많진 않네요." 홈스가 말했다.

"예, 알고 있습니다. 깁슨 씨가 오시기로 되어 있지요. 그는 제 고용주입니다. 저는 그의 저택을 돌보는 관리인이죠. 홈스 씨, 그는 아주 못된 사람입니다. 아주 극악무도한 자란 말이죠." 베이츠 씨는 숨넘어가는 사람처럼 헐떡이며 말을 짤막하게 끊어 내뱉었다.

"지나친 말씀을 하시는군요, 베이츠 씨."

"시간이 많지 않기 때문에 이렇게 강하게 말할 수밖에 없습니다, 홈스 씨. 제가 이곳에 온 걸 그 사람이 알면 큰일 날 겁니다. 그 작자가 올 시간이 다 되었군요. 하지만 형편상 더 일찍 올 수가 없었습니다. 오늘 아침에서야 그의 비서인 퍼거슨 씨가 당신과의 약속을 제게 일러주었거든요."

"당신은 현재 깁슨 씨 관리인으로 일하고 있다고요?"

"사표를 제출했습니다. 몇 주만 지나면 그 노예 같은 생활에서 벗어날 수 있을 겁니다. 홈스 씨, 그는 아주 잔인한 사람이에요. 주변에 있는 사람들 모두에게 그는 아주 잔인한 사람입니다. 세상에 널리 알려진 그의 자선사업은 사생활에서 저지르는 크나큰 죄악을 감추기 위한 가리개에 불과해요. 그 사람 부인이 가장 큰 희생물이었죠. 그래요, 깁슨 씨는 아내에게 아주 잔인했어요! 부인이 어떻게 해서 죽게 되었는지는 모르겠지만 분명한 건 그가 아내의 인생을 아주 비참하게 만들었다는 겁니다. 아마 선생님도 아시겠지만, 부인은 브라질에서 태어나 열대성 기질을 지닌 분이었어요."

"아니, 처음 듣는데요."

"열대 지방에서 태어나서 그런지 성격 또한 아주 열정적이었어요. 태양과 열정의 자녀였지요. 부인은 모든 열정을 가지고 남편을 사랑했지만, 한때 대단했던 육체적 매력과 아름다움이 시들게 되자 남편을 붙들 수 있는 그 어느 것도 부인에겐 남지 않았죠. 우리 모두가 부인을 좋아했고 그녀가 처한 상황에 대해 동정했으며 그녀를 그토록 푸대접하는 깁슨 씨를 몹시 증오했습니다. 하지만 그는 수단이 좋고 몹시 교활한 사람입니다. 제가 당신께 하고 싶은 말은 이게 전부예요. 그를 겉모습 그대로 받아들이시면 안 됩니다. 그 뒤에 숨어 있는 그의 정체에 주목하셨으면 좋겠어요. 이제 가야 합니다. 안돼요, 안돼, 붙잡지 마세요! 그가 도착할 시간이 거의 다 되었잖아요."

그 기묘한 방문객은 겁먹은 표정으로 시계를 보며 허둥지둥 문으로 달려가 사라져버렸다.

잠시 침묵이 흐른 뒤 홈스가 말문을 열었다. "저런, 저런! 깁슨 씨는 아주 충직한 관리인을 두었군. 하지만 그의 경고는 유용할 거야. 이제 깁슨 씨가 나타나기만을 기다리면 되겠어."

정각 11시가 되자 충계에서 묵직한 발걸음 소리가 들렸고 그 유명한 백만장자가 안내를 받으며 방으로 들어섰다. 그의 모습을 보니 관리인이 왜 그토록 그를 무서워하고 증오하며 또한 그의 사업 경쟁자들이 왜 그를 혐오하는지 알 수 있을 것 같았다. 만약 내가 조각가여서 강철 같은 정신과 가죽같이 질긴 양심을 지닌 사업에 성공한 인물을 조각해야 한다면 나는 틀림없이 닐 깁슨 씨를 모델로 삼았을 거다. 키가 크고 비쩍 말랐으며 험악한 인상의 깁슨은 열망과 탐욕을 발산하였다. 그의 외관은 에이브러햄 링컨과 비슷하였으나 고상하다기보다 저속한 저의를 가진 이를 연상하면 깁슨 씨가 어떤 사람인지 상상할 수 있을 것 같다. 그의 얼굴은 화강암을 조각해놓은 듯 선이 굵직하게 잡혀 있었고 표정이 굳어 있었으며 우락부락하게 생겨 무자비한 인상을 주었다. 산전수전 다 겪은 이의 상처 자국이 얼굴에 선명했다. 짙은 눈썹 아래 빛나는 냉철한 잿빛 눈이 우리에게 번갈아 날카로운 시선을 던졌다. 홈스가 나를 소개하자 그는 형식적으로 내게 인사를 하더니 위풍당당하게 의자를 바짝 끌어다가 홈스와 거의 무릎을 맞대다시피 가까이 앉았다.

"홈스 씨, 제가 이 자리에서 분명히 말하건대 돈은 문제가 아닙니다. 만약 당신이 진실을 밝히는데 돈을 태워 그 길에 빛을 비출 수 있다면 그렇게 하십시오. 지금 돈이 문제겠습니까? 이 여인은 결백합니다. 그러니 그녀는 석방되어야 마땅하고 이 일은 당신에게 달려 있습니다. 보수는 어느 정도면 될까요?"

"제 보수는 고정되어 있습니다. 무보수로 일할 때 이외에는 이 원칙을 지키고 있습니다." 홈스가 차갑게 대답했다.

"만약 돈 때문이 아니라면 명예를 생각해보십시오. 만약 이 일을 성공적으로 마무리 짓는다면 영국과 미국에 있는 모든 신문에 당신 이름이 날 테고 선생의 인기도 급상승하겠지요. 두 대륙에서 당신의 위대한 업적에 관해 이야기하지 않는 사람이 없을 겁니다."

"깁슨 씨, 말씀은 감사합니다만 저는 인기 같은 것에 특별히 관심이 없답니다. 저는 오히려 익명으로 일하기를 원해요. 오로지 이 사건 자체에 흥미를 느껴 맡기로 한 겁니다. 그런데 지금 시간 낭비를 하고 있네요. 이제 본론으로 들어갈까요?"

"이미 사건의 주요 내용은 신문을 통해 알고 계시리라 믿습니다.

제가 도움이 될 만한 내용을 덧붙일 수 있을지 의문이네요. 행여나 궁금한 게 있으시면 주저 말고 물어보시죠. 무엇이든지 대답해드리겠습니다."

"그럼 한 가지만 물어보겠습니다."

"그러시죠."

"던바 양과는 정확히 어떤 관계였습니까?"

황금 왕 깁슨 씨는 흠칫 놀라며 자리에서 벌떡 일어날 기색이었다. 그러나 그는 순간적으로 이성을 되찾고는 자리에 앉아 대답했다.

"당신에게 이런 질문을 할 권리가 있는 것 같군요, 홈스 씨. 어쩌면 당연히 해야 할 의무일 수도 있겠네요."

홈스가 답했다. "여하튼 그렇다고 동의합시다."

"그렇다면 제가 분명히 말씀드리는데 던바 양과 나는 주인과 가정교사 이상의 사이로 만난 적이 절대로 없었고 아이들이 없는 자리에서 개인적으로 만나거나 이야기를 나눈 적도 없습니다."

홈스는 자리에서 벌떡 일어났다.

"깁슨 씨, 전 아주 바쁜 사람입니다. 이런 무의미한 대화로 낭비할 시간도 없고 그러고 싶은 마음도 없습니다. 안녕히 가십시오."

방문객도 따라 일어섰다. 홈스보다 훨씬 키가 큰 그는 분노에 찬 두 눈으로 홈스를 내려다보았다. 짙은 눈썹 밑으로 두 눈이 이글거렸고 창백했던 두 뺨이 벌겋게 달아올랐다.

"홈스 씨, 왜 이러십니까? 이 사건을 맡아주기로 하지 않으셨습니까?"

"깁슨 씨, 이 사건을 맡건 안 맡건 간에 적어도 당신은 돌아가 주셨으면 합니다. 제 말뜻 이해 못 하셨습니까?"

"예, 이해는 했습니다만 저의가 무엇인지 모르겠군요. 의뢰비를 더 받아내려고 그러는 겁니까? 아니면 자신이 없어서 그러는 건가요? 도대체 이유가 뭡니까? 저에게도 명백한 대답을 들을 권리가 있다고 생각되는데요."

"물론입니다. 그럼 한 가지 이유를 말씀드리지요. 거짓 정보가 아니더라도 이 사건은 이미 충분히 복잡합니다." 홈스가 말했다.

"제가 거짓말을 했다 이 말씀이시군요."

"그렇게 직접적인 표현은 피하려 했는데 선생님이 굳이 그런 표현을 쓰기를 원하신다면 부인하지는 않겠습니다."

백만장자의 얼굴이 악마처럼 험악하게 일그러지고 울퉁불퉁 불거진 주먹을 들어 올리는 걸 본 나는 자리에서 벌떡 일어났다. 그러나 홈스는 별다른 반응을 보이지 않고 싱긋 웃으며 손을 내밀어 파이프를 집었다.

"너무 소란 피우지 말아주십시오, 깁슨 씨. 아침 식사 후엔 아무리 사소한 언쟁이라도 기분이 언짢아지거든요. 기분도 전환할 겸 맑은 아침 공기를 마시고 조용히 사색하면서 산책이라도 하시는 건 어떠신지요. 선생께 무척 이로울 것 같은데요."

깁슨은 애써 분노를 억눌렀다. 순간적으로 분노와 격정을 냉정한 무관심과 경멸로 전환한 깁슨 씨의 초인적 자제력에 감탄할 수밖에 없었다.

"홈스 씨의 선택이니 저로서는 더는 어쩔 수 없네요. 홈스 씨 일은 본인이 제일 잘 알아서 하실 테니까요. 억지로 이 사건을 맡게 할 수는 없지 않겠습니까? 오늘 아침 아주 큰 실수를 하신 겁니다, 홈스 씨. 전 선생보다 더 강한 사람도 무너뜨린 적이 있으니까요. 누구도 내 뜻을 거스르고 잘된 사람이 없다는 점을 명심해두시죠."

"예, 선생님과 비슷한 얘기를 했던 사람이 여러 명 있었습니다. 하지만 전 아직도 여기 이렇게 계속 있지 않습니까?" 홈스가 미소를 띠며 말을 이었다. "살펴 가십시오, 깁슨 씨. 아직 배우셔야 할 게 많은 듯싶군요."

방문객은 소란스럽게 방을 나섰다. 그러나 홈스는 꿈을 꾸는 것 같은 시선을 천장에 고정한 채 침착한 침묵 속에서 담배를 피웠다.

"왓슨, 어떻게 생각하나?" 마침내 그가 말문을 열었다.

"홈스, 솔직히 저 사람은 자기 앞에 놓인 방해물은 두 번도 생각지 않고 모조리 부수어버릴 것 같은 사람처럼 보이는걸. 베이츠 씨가 말한 대로 자기 아내도 장애물로 생각했다면 — ."

"바로 그렇네. 나도 같은 생각을 했어."

"그렇다면 저 사람과 가정교사의 관계는 도대체 어떤 것이었나? 그리고 자넨 이에 대해 어떻게 알게 되었지?"

"왓슨, 다 허세였어! 다정다감하고 허례허식도 없고 전혀 사무적이지 않았던 그의 편지와 방금 그가 보인 뭔가 숨기는 듯한 태도를 비교해볼 때, 그는 죽은 부인보다 가정교사에게 깊은 감정을 지니고 있었던 게 틀림없어. 그 세 사람의 관계를 정확히 파악해야만 이 사건의 진실을 밝힐 수 있을 걸세. 내가 전면 공격을 했을 때 그가 얼마나 태연히 내 공격을 받아넘겼는지 자네도 똑똑히 보지 않았나.

사실 난 의심은 했지만 그들의 관계를 확실히 알고 있다는 인상을 주기 위해 그렇게 허세를 부려본 거였네."

"어쩌면 그가 다시 돌아올지도 모를 일 아닌가?"

"그는 분명 돌아올 걸세. 돌아오게 되어 있어. 일을 이대로 내버려 두지 못할 테니까. 보게나! 저기 벨 소리가 들리지 않는가. 그리고 그의 발소리도 들리고. 아 깁슨 씨, 어서 들어오세요. 안 그래도 왓슨 박사한테 선생이 좀 늦으신다고 이야기하고 있었습니다."

황금 왕은 나갈 때보다 더 누그러진 표정으로 들어왔다. 분개한 시선에 아직도 자존심이 잔뜩 상했다는 게 뚜렷이 나타났다. 그러나 목적 달성을 하기 위해서는 굴복해야 한다는 걸 깨닫고 이렇게 다시 찾아온 것이었다.

"홈스 씨, 곰곰이 생각해보니 제가 경솔했던 것 같습니다. 어찌 되었든 홈스 씨는 진실을 모두 다 알아야 할 테니까요. 이런 성실함 때문에 당신을 더 높이 평가하게 되었습니다. 하지만 제가 확신을 하고 말씀드릴 수 있는 건 던바 양과 저의 관계는 이 사건과 무관하다는 사실입니다."

"그건 제가 듣고 판단할 일인 것 같은데요."

"하기야 그럴지도 모르겠군요. 당신은 마치 환자에 대한 진단을 내리기 전에 모든 증세를 알고 싶어 하는 의사 같습니다."

"물론입니다. 적절한 표현이라 생각합니다. 주치의를 속이려는 의도를 가진 환자가 아니고서야 누가 자기 증세를 감추려 하겠습니까?"

"홈스 씨 말에도 일리는 있습니다만, 이 세상 어떤 남자라도 한 여자와의 관계에 대해 노골적인 질문을 받는다면, 특히 그들의 관계가 진지한 사이일수록 이에 대한 답변을 회피하지 않겠습니까? 추측건 대 사람들은 모두 마음 한구석에 외부인의 침입을 환영하지 않는 작은 안식처를 마련해두었다고 생각합니다. 그런데 당신이 갑자기 이 안식처를 침략했거든요. 하지만 그녀를 구하기 위한 거라는 당신의 의도가 정당하니 저도 경계심을 조금 낮추고 다 공개하도록 노력하 겠습니다. 무엇을 아시고 싶으신 겁니까?"

"진실이요."

황금 왕 깁슨 씨는 잠시 생각을 정돈하는 듯 침묵했다. 엄하고 사 나우며 주름이 깊게 잡힌 그의 얼굴은 점점 더 슬프고 장중한 표정 으로 변해갔다.

"정 그렇다면 아주 간단히 말씀드리겠습니다, 홈스 씨." 마침내 그가 말했다. "말하기 어려울 뿐만 아니라 괴로운 것들도 있으니 이 런 부분에 대해서는 필요 이상으로 자세히 말하지 않겠습니다. 아내 는 브라질에서 금광을 찾던 시절에 만났지요. 아내 마리아 핀토는 마나오스 정부의 관리 딸로 정말로 아름다웠어요. 그 시절 저는 젊 었고 지금보다 정열적이었지요. 하지만 이제 좀 더 냉정하고 비판적 인 시각으로 그때를 회상해보더라도 그녀는 정말 보기 드문 절세미 인이었습니다. 열대 기질의 그녀는 정열적이고 뭔가 불균형한 듯해 도 저에게 헌신적인 사랑을 보여주었고 제가 이제껏 알았던 미국 여 자들과는 전혀 다른 매력을 갖추고 있었어요. 어쨌든 전 그녀와 사 랑에 빠지게 되었고 결혼을 했습니다. 안타깝게도 수년간 계속되었 던 사랑의 열기가 식었을 때 전 깨닫게 되었죠. 그녀와 저는 아무런 공통점이 없다는 사실을요. 내 사랑은 점차 식어갔어요. 그녀 사랑도 같이 식어갔더라면 좋았으련만. 여자들이 어떠한지 홈스 씨도 아시지요! 내가 무슨 일을 해도 그녀는 계속해서 저를 사랑해주었습니다. 사람들은 제가 그녀에게 심하게 아니 심지어 잔인하게 굴었다고 하지만 사실 나는 나에 대한 그녀의 사랑을 죽이는 게 훨씬 좋을 걸 알았기 때문에 일부러 그랬던 겁니다. 그녀가 나를 증오하게 되면 그런 편이 우리 두 사람 모두에게 편할 것 같았지요. 하지만 그 무엇도 그녀의 마음을 바꿔놓지 못했습니다. 20년 전 아마존 강둑에서 나를 사랑했던 것과 마찬가지로 그녀는 이 영국의 숲속에서도 나를 열렬히 사랑해주었고, 내가 무슨 짓을 해도 그녀는 한결같이 헌신적이었으니까요."

"그러다가 그레이스 던바 양이 우리 집에 오게 되었어요. 우리 두 아이의 가정교사를 구한다는 구직광고를 보고 찾아오게 된 겁니다. 혹시 신문에서 그녀 사진을 보셨나요? 온 세상 사람들이 그녀를 보고 매우 아름다운 여인이라고 칭찬이 자자했습니다. 전 도덕군자 행세를 하고 싶은 마음은 없습니다. 같은 지붕 아래 그런 여자와 함께 기거하며 날마다 얼굴을 대하게 되자 솟아오르는 연정을 주체할 수 없었어요. 홈스 씨, 그렇다고 제가 비난받아야 하겠습니까?"

"그런 감정이 들었다는 것에 대해 비난할 순 없지만 이를 표현하셨다면 비난받아 마땅하다고 생각합니다. 어쨌건 간에 그녀는 당신 보호 아래 있었으니 말입니다."

홈스의 책망을 듣자 백만장자의 눈에 아까 보였던 분노의 빛이 한순간 드러났지만 그래도 잘 참고 대답했다. "그렇다고 할 수 있겠네요. 전 남들보다 더 도덕적인 척하거나 잘난 체하는 사람이 아닙니다. 사실 평생을 내가 원하는 모든 것을 손아귀에 넣을 수 있었죠. 당시에 저는 그 여인의 사랑과 그녀를 소유하는 것만큼 원했던 건 없었으므로 이런 제 마음을 그녀에게 전했습니다."

"아, 그러셨군요."

홈스는 감동하였을 때 무서운 표정을 짓곤 했다.

"저는 그녀에게 말했지요. 그녀와 할 수만 있다면 결혼하고 싶다고요. 하지만 이는 내 힘으로 할 수 있는 일이 아니라고도 말했죠. 돈은 문제가 아니고 그녀를 편안하고 행복하게 할 수만 있다면 무엇이든 해주겠다고 말했습니다."

"아주 관대하시군요." 홈스가 비꼬는 듯 말했다.

"이것 보세요, 홈스 씨. 전 사건을 의뢰하러 온 거지 당신의 도덕적인 비난을 들으려고 온 게 아닙니다."

"이 사건을 맡은 건 순전히 그 여인을 위해서란 말이오." 홈스가 단호하게 말했다. "그녀의 살인 혐의보다 지금 당신이 시인한 게 훨씬 더 나쁜 일인지도 모릅니다. 당신은 한 지붕 아래 사는 무방비상태의 불쌍한 처녀를 망치려고 했음을 인정한 것과 다름없으니까요. 당신 같은 부자들은 본인이 저지른 죄에 대한 용서를 돈으로 매수할 수 없다는 걸 깨달아야 합니다."

놀랍게도 황금 왕은 홈스의 이러한 비난을 침착하게 받아들였다.

"지금 저도 그렇게 생각하고 있습니다. 제 계획대로 되지 않아 천만다행이지요. 그녀는 제 제의를 거절하고 즉시 집을 나가겠다고 말했습니다."

"그렇다면 왜 그렇게 하지 않았습니까?"

"우선 그녀에게는 부양가족이 있었기에 마음 내키는 대로 할 수 있는 처지가 아니었어요. 무작정 직장을 그만두어 그들을 실망시킬 수 있는 상황이 아니었으니까요. 내가 다시는 그녀를 괴롭히지 않겠다고 맹세하자 그냥 남기로 동의한 겁니다. 하지만 다른 이유가 또 하나 있었죠. 그건 그녀가 내게 영향을 미칠 수가 있고 또 그녀의 영향력이 이 세상 무엇보다도 강하다는 사실을 간파하고 있었던 거예요. 그녀는 이를 좋은 방향으로 사용해보고자 했던 겁니다."

"어떻게 말입니까?"

"그녀는 제 사업에 대해 약간 알고 있었습니다. 홈스 씨, 제 사업 규모는 실로 방대하고 보통 사람이 상상할 수 있는 것보다 훨씬 큽니다. 한 개인뿐만이 아니라, 한 지역 사회, 도시, 심지어 국가를 살릴 수도 있고 파괴할 수도 있다고 해도 과언이 아닐 겁니다. 사업이란 어렵고 비정한 게임과도 같지요. 약자의 파괴는 시간문제라 할 수 있으니까요. 나는 전력을 다해 이 게임을 했습니다. 나는 눈물도 흘리지 않고 남들의 눈물 따위에 대해서도 개의치 않았지요. 하지만 그녀의 생각은 달랐어요. 그녀의 생각이 옳았다고 할 수 있겠지요. 한 사람이 필요 이상으로 많은 부를 축적하기 위해 수많은 다른 사람들의 생활수단을 짓밟아서는 안 된다고 믿었습니다. 그녀는 부 너머에 있는 귀중하고 또 더 영속적인 무엇을 보았고 이를 중시했던 겁니다. 내가 그녀의 말에 귀 기울인다는 사실을 알아차린 그녀는 내게 영향을 미쳐 이 세상에 이바지한다고 믿었어요. 그래서 그녀는 떠나지 않고 머물렀던 겁니다. 그러다가 이런 일이 벌어진 거지요."

"이 사건에 대해서 감이 잡히는 건 없으신가요?"

황금 왕은 두 손으로 머리를 감싸고 깊은 생각에 잠긴 듯 잠시 침묵했다.

"참으로 그녀에게 불리하다는 사실을 부인할 수 없군요. 여자들의 삶이란 아주 내밀한 것이어서 남자들 머리로는 상상조차 할 수 없는 일을 하는 경우가 있습니다. 처음엔 저도 아내의 죽음에 너무 놀란 나머지 전혀 그녀답지 않은 행동을 했다고 믿을 뻔했어요. 그러다가 한 가지 머리에 떠오르는 게 있었죠. 홈스 씨, 이게 지금 와서 무슨 의미가 있을는지 모르겠지만, 한 가지 확실한 건 내 아내가 우리 둘 사이를 몹시 질투했다는 겁니다. 육체적 관계에 대한 질투만큼이나 정신적 관계에 대해서도 광적으로 질투할 수 있어요. 아내는 우리 관계가 육체적이지 않다는 걸 이해했던 것 같습니다. 그리고 이에 대해 염려할 이유가 없었는데도 아내는 이 영국 소녀가 자신과 달리 내 마음과 행동에 얼마나 커다란 영향을 미치는지 깨달았던 겁니다. 선의의 영향력이라는 사실을 그다지 중요시하지 않았어요. 아내는 증오로 반쯤 광란 상태가 되었지요. 그녀의 핏줄에는 언제나 아마존의 뜨거운 피가 흐르고 있었으니까요. 그녀는 어쩌면 던바 양을 살해할 음모를 꾀하고 있었을지도 모릅니다. 아니면 단지 총으로 그녀를 위협하여 우리 집을 떠나게 할 계획이었는지도 몰라요. 어쩌면 두 여자 사이에 몸싸움이 벌어졌을지도 모릅니다. 그러다가 총이 발사되었는데 총을 들고 있던 여자가 맞았을지도 모를 일이지요."

"그 가능성은 이미 저도 생각했던 겁니다. 고의적 살인이 아니었다면 사실 그게 가장 개연성 있는 시나리오니까요." 홈스가 대답했다.

"하지만 그녀는 아주 단호하게 이를 부인하고 있습니다."

"그렇다고 그게 끝은 아니지 않습니까? 그토록 끔찍한 상황에 부닥쳤을 때 그 여성은 겁에 질려 손에 총을 들고 있다는 사실조차 의식하지 못한 채 집으로 달려와 무의식적으로 옷가지 사이에 내던졌을 수도 있으니까요. 총이 발견되었을 때 상황을 설명한다는 게 불가능하니까 완강히 부인하며 변명의 말을 늘어놓을 수도 있었겠지요. 이와 같은 추측을 가능치 않게 하는 것이 무엇입니까?"

"바로 던바 양 자신입니다."

"그렇군요."

홈스는 시계를 들여다보았다. "오늘 아침 면회 허가서를 받아 저녁 기차로 가면 윈체스터에 충분히 도착하겠네요. 그녀를 직접 만나 이야기해보면 당신에게 더 많은 도움을 줄 수 있을지 모르겠습니다. 하지만 당신이 원하는 결론이 아닐지도 모른다는 말은 지금 분명히 해드려야겠군요."

면회 신청서를 발급받는 일이 지연되어 우리는 윈체스터로 가는 대신 햄프셔에 있는 닐 깁슨 씨의 소어 영지로 향했다. 깁슨 씨는 우리와 동행하지 않았지만, 이 사건을 제일 먼저 수사한 그 지역의 코번트리 경사의 주소를 알려주었다. 키가 크고 비쩍 말랐으며 시체처럼 창백했고 아주 비밀스럽고 신비스러운 분위기를 풍기는 경사는 자신이 감히 말할 수 있는 것보다 훨씬 더 많은 것을 알고 있는 것 같은 인상을 주었다. 또한, 그다지 중요한 이야기도 아닌데 무슨 중

대한 이야기인 양 갑자기 음성을 낮추어 소곤거리는 별난 습관을 갖고 있었다. 그러나 알고 보면 경사는 아주 예의가 바르고 정직했으며 자기 힘으로는 도저히 해결할 수 없는 이 사건에 대해 어떤 도움도 기꺼이 받겠다는 겸허한 태도를 지닌 사람이었다.

"여하튼 홈스 씨, 사실 경시청 대신 선생께서 와서 다행입니다. 경시청이 끼어들면 지방 경찰은 사건이 해결되더라도 칭찬도 받지 못하고 사건이 해결되지 못하면 욕만 먹지요. 당신은 공정하게 일을 처리한다는 소문을 들었습니다." 경사가 말했다.

"수사하는데 제가 굳이 주목받을 필요는 없지요." 홈스의 이 한마디에 침울한 경사는 안심하는 듯했다. "내가 해결한 사건이라도 내 이름을 언급해 달라고 부탁하지 않습니다."

"예, 정말로 멋지시군요. 당신의 친구 왓슨 박사도 믿을 만한 분이라는 걸 알고 있습니다. 자 홈스 씨, 사건 장소로 가면서 한 가지 여쭈어볼 게 있습니다. 당신이니까 하는 이야기입니다만." 그는 감히 이 말을 하기가 몹시 괴로운 듯 이리저리 두리번거렸다. "닐 깁슨 씨도 용의자로 볼 수 있지 않을까요?"

"저도 그 생각을 하고 있었습니다."

"던바 양을 아직 만나보지 못하셨지요? 모든 면에서 아주 훌륭한 여자입니다. 어쩌면 깁슨 씨는 부인이 죽기를 바랐을지도 모릅니다. 우리나라 사람들과 달리 미국인들은 항상 총을 지니고 다니지 않습니까. 그러니까 그 권총의 소유자는 깁슨 씨였습니다."

"그게 확실히 증명되었습니까?"

"예, 선생님. 그건 그가 소유한 쌍권총 중 하나였어요."

"두 개 중 하나라, 그럼 나머지 하나는 어디에 있습니까?"

"그러니까 깁슨 씨는 온갖 종류의 총을 갖고 있지요. 그 짝을 아직 찾아내지는 못했지만, 상자를 보니 분명 두 개가 있었던 게 확실합니다."

"그렇다면 어째서 아직 나머지 한 짝을 못 찾은 겁니까?"

"깁슨 씨 총들을 집에 펼쳐놓았으니 같이 가서 보시지요."

"그건 조금 있다가 하기로 하고 일단 함께 가서 현장 검증부터 합시다."

이런 대화를 경찰지서로 사용되는 코번트리 경사의 작고 소박한 시골집 거실에서 나눈 뒤 우리는 반 마일쯤 걸어가야 하는 소어 저택으로 향했다. 황금빛으로 시들어가는 고사리 덤불로 뒤덮인 채 바람에 나부끼는 히스 숲을 건너자 소어 영지로 들어가는 작은 쪽문이 나타났다. 꿩 사육지를 지나 한참을 가니 언덕 위에 반은 튜더 왕조 식이고 반은 조지 왕조 식인 거대한 목조저택의 웅장한 모습이 나타났다. 우리 옆으로 갈대가 무성한 기다란 연못이 있었는데, 가운데 부분은 잘록했고 그 위로 마차가 건너갈 수 있도록 돌다리가 놓여 있었지만, 다리 양옆으로는 연못 폭이 넓어졌다. 우리를 안내하던 코번트리 경사는 다리 입구에서 발걸음을 멈추더니 한 지점을 가리켰다.

"저기 돌로 표시해놓은 부분이 깁슨 부인의 시체가 발견된 곳입니다."

"시체를 옮기기 전에 먼저 조사하셨다고 들었는데요."

"예, 시체를 발견한 즉시 제게 연락이 왔지요."

"누구로부터 연락을 받으셨습니까?"

"깁슨 씨가 직접 하셨어요. 시체가 발견되자마자 저택에서 다른 사람들과 달려 나와 경찰이 도착할 때까지 아무것도 건드려서는 안 된다고 말했다는군요."

"현명하게 처리했군요. 신문기사에 의하면 아주 가까운 거리에서 총을 쏘았다던데요."

"예, 선생님, 아주 가까운 거리였습니다."

"부인의 오른쪽 관자놀이 근처였죠?"

"바로 그 뒤였습니다, 선생님."

"시체는 어떻게 누워 있었습니까?"

"등을 바닥에 댄 채로 누워 있었어요, 선생님. 저항한 흔적도 없고 아무런 표시도 남아 있지 않았지요. 무기도 전혀 발견되지 않았고요. 던바 양에게서 받은 쪽지를 왼손에 움켜쥐고 있습니다."

"움켜쥐고 있었다고요?"

"예, 선생님, 손가락을 펴기가 힘들 정도였으니까요."

"그건 아주 중요한 단서입니다. 그녀가 죽은 다음 잘못된 단서를 심기 위해 그녀 손에 쪽지를 쥐여준 게 아니라는 사실을 확인했으니까요. 저런! 쪽지 내용이 아주 짧았던 것으로 기억되는데요.

'9시에 소어 다리에서 기다리겠습니다.

G. 던바.'

이게 맞지요?"

"예, 선생님."

"던바 양은 자기가 쓴 거라고 시인했습니까?"

"예, 선생님."

"어떻게 설명하던가요?"

"그녀의 변호사들은 순회재판 때 밝히겠다고 그 설명을 아직 보류하고 있습니다. 그녀는 아무런 변명도 하지 않았고요."

"이 문제는 아주 흥미로운 일이로군요. 쪽지 내용도 매우 모호하네요."

"글쎄요, 선생님. 이런 말씀을 감히 드릴 수 있을지 모르겠으나 그게 이 사건에서 유일하게 아주 명확한 단서인 것 같습니다." 코번트리 경사가 답했다.

홈스는 고개를 가로저었다.

"정말로 그 쪽지를 던바 양이 썼다면 아마 두어 시간 전에 전달되었다고 추정할 수 있을 겁니다. 그렇다면 깁슨 부인이 어째서 그때까지 왼손에 움켜쥐고 있었을까요? 그녀는 무슨 이유로 그토록 조심스럽게 쪽지를 손에 쥔 채 다리에 나왔단 말이오? 이미 약속된 만남인데 무슨 필요가 있어서 그 쪽지를 계속 손에 쥐고 있었던 건지 이상하지 않소?"

"그러고 보니 정말 이상하네요, 선생님."

"여기 잠시 조용히 앉아 생각 좀 해봐야겠습니다." 돌다리 난간에 앉더니 홈스는 잿빛 눈을 재빠르게 돌리며 질문을 던지는 듯한 날카로운 시선을 사방으로 보냈다. 갑자기 그는 벌떡 일어나 반대편 난간으로 가더니 주머니에서 돋보기를 꺼내 들고 돌 표면을 자세히 들여다보기 시작했다.

"이거 정말 이상한데?" 그가 말했다.

"예, 선생님, 저희도 난간에 이가 빠진 것을 보았지요. 지나가는 사람이 그랬던 게 아닌가 하는데요."

난간 돌은 회색이었으나 한 지점에 꼭 6펜스 동전 크기만큼 하얗게 벗겨져 있었다. 자세히 들여다보니 표면이 무엇인가에 세게 맞아 조각이 떨어져 나갔음을 알 수 있었다.

"심한 충격을 받지 않고서는 저렇게 되긴 힘들 거요." 홈스가 생각에 잠겨 말했다. 그는 지팡이로 여러 번 난간을 내려쳤으나 자국도 남지 않았다. "그래, 무엇에 심하게 부딪힌 게 확실해요. 아주 이상한 곳에 이가 빠졌잖아요. 보다시피 난간 아래 언저리 조각이 떨어져 나간 거로 보면 위에서 그런 게 아니라 아래에서 충격이 가해진 것 같군요."

"하지만 이 지점은 시체에서 최소한 15피트나 떨어진 곳인데요?"

"예, 물론 그렇긴 해요. 어쩌면 이 사건과 무관한 일일 수도 있으나 일단 주목할 만한 가치가 있는 것 같군요. 여기선 더 조사할 게 없을 것 같습니다. 발자국도 전혀 없었다고 그러셨지요?"

"땅이 단단하게 굳어 있었기 때문에 아무런 흔적도 없었습니다, 선생님."

"그렇다면 이젠 가도 될 것 같소. 우선 저택으로 가서 당신이 아까 언급한 그 무기들을 한번 보도록 합시다. 그런 다음 윈체스터로 가야겠네요. 수사를 더 진행하기 전에 던바 양을 만나보고 싶으니까요."

닐 깁슨 씨는 아직 마을에서 돌아오지 않았지만, 아침에 우리를 찾아왔던 안절부절못하고 불안해하던 베이츠 씨를 집에서 다시 만날 수 있었다. 모험을 좋아하는 깁슨 씨가 일생을 통해 수집한 가지각색 모양과 크기의 총들이 위협적으로 진열된 곳을 베이츠 씨는 사악한 즐거움을 표하며 보여주었다.

"깁슨 씨는 적이 아주 많습니다. 그를 알고 그의 악한 수단을 아는 사람이라면 모두 다 예상할 겁니다. 그분은 침대 옆 서랍 안에 실탄을 장전한 권총을 넣어두고 잡니다. 선생님, 아주 난폭한 분이시라 우리 모두 그분을 두려워할 때가 있습니다. 돌아가신 불쌍한 마님도 틀림없이 두려워하셨을 겁니다."

"깁슨 씨가 아내에게 신체적으로 폭력 행사하는 걸 목격한 적이 있었습니까?"

"아니요. 그런 적은 없었어요. 그렇지만 육체적 폭력만큼이나 상처를 입힐 수 있는 거칠고 냉혹하고 모욕적인 말들을 심지어 하인들 앞에서도 퍼붓곤 했습니다."

기차역으로 걸어가며 홈스가 말했다. "깁슨 씨의 사생활은 그다지 훌륭하지 못했군. 왓슨, 오늘은 수확이 많은 날이었네. 새로운 사실을 몇 가지 알게 되었으니 말일세. 그렇지만 아직도 결론을 내리기에는 미흡한 것 같아. 베이츠 씨가 자기 주인을 싫어하는 건 분명하지만, 그의 증언에 의하면 시체가 발견되었을 때 깁슨 씨는 확실히 서재에 있었다는 거잖아. 저녁 식사는 8시 반경에 마쳤고 시체가 발견되기 전까지 특별한 일은 일어나지 않은 듯하네. 깁슨 부인의 시체가 비록 훨씬 늦은 시간에 발견되었지만 아마도 그 비극은 쪽지에 적힌 시간 즈음에 일어났던 게 틀림없어. 깁슨 씨가 다섯 시에 마을에서 돌아온 뒤 집 밖으로 나간 흔적은 전혀 없네. 반면 던바 양은 내가 알기로는 깁슨 부인을 다리에서 만나기로 약속했다는 사실을 시인했어. 변호사가 이에 대한 해명을 보류하라고 충고했기 때문에 그녀는 이에 대해 함구하고 있는 것 같아. 던바 양에게 몇 가지 중요한 질문을 할 게 있어서 그녀를 만나기 전까진 마음을 놓을 수 없을 것 같아. 한 가지가 아니었더라면 이번 사건은 그녀에게 아주 불리할 뻔했지."

"그게 뭔데, 홈스?"

"그녀의 옷장에서 총이 발견된 사실 말이네."

"저런, 홈스! 난 그게 그녀에게 가장 불리한 결정타라고 생각했는데?" 나는 소리치듯 말했다.

"그렇지 않아, 왓슨. 바로 그 점이 처음부터 마음에 걸렸고 아주 이상하다는 생각이 들었네. 그런데 이 사건에 더 깊이 관여할수록 바로 그 점에 희망을 걸게 된단 말이지. 우리는 모든 사건에서 일관성을 찾아야 하거든. 일관성이 빠진 곳에 반드시 의심할 만한 여지가 있는 법이니까."

"자네가 무슨 말을 하는 건지 도통 모르겠어."

"자 그럼 왓슨, 한번 이렇게 생각해보세. 자네가 아주 냉혹하게 수단 방법 가리지 않고 연적을 제거하려는 여인이라고 상상해보게나. 자네는 음모를 다 꾸몄고 쪽지도 썼지. 상대방이 나타났고 자네는 무기를 준비해두었어. 범죄를 아주 능숙하고 완벽하게 저질렀네. 그런데 자네는 완전범죄를 저지른 후에 증거를 영원히 없애기 위해 총을 옆에 있는 갈대로 뒤덮인 늪에 던지는 걸 잊어버리고 조심스레 이를 집으로 가져가 제일 먼저 수색할 게 뻔한 옷장 속에 넣어두어 죄인이라는 오명을 뒤집어쓸 텐가? 왓슨, 당신과 절친한 사람들은 자네가 전혀 음모를 꾸밀 만한 사람이 아니라고 말하겠지만 여하튼 당신이라도 이런 식의 서투른 행동은 안 하지 않을까?

"글쎄, 순간적으로 흥분에 휩싸이면 —"

"아냐 아냐 왓슨, 그건 말도 안 돼. 그토록 냉정하게 사전에 살인을 계획할 수 있는 사람이라면 이를 은폐하는 방법 역시 냉정하게 계획했을 거야. 그러니까 누군가가 이를 계획할 때 아주 잘못 계산한 거지."

"하지만 아직도 설명해야 할 부분이 많지 않은가?"

"그렇다면 한번 설명해보도록 하세. 일단 보는 시각이 달라지면 가장 불리하다고 생각했던 증거물이 그녀의 무죄를 입증하는 가장 큰 단서가 될 수 있다네. 예를 들어, 총에 관해서는 던바 양은 전혀 모르는 일이라고 부인하고 있지. 우리가 새롭게 내세운 가설에 의하면 그녀는 결코 거짓말을 할 사람이 아니야. 그러니까 누군가가 그녀의 옷장 안에 그 총을 일부러 넣어둔 거로 생각할 수가 있겠지. 그렇다면 누가 그랬을까? 그녀에게 살인죄를 뒤집어씌우고 싶었던 사람이 그랬겠지. 그렇다면 바로 그 사람이 진짜 살인범이란 생각이 들지 않나? 이제 어떤 방향으로 수사가 진척되어야 할지 감이 잡히지 않어?"

여전히 면회 허가서가 처리되지 않아 우리는 그날 밤을 윈체스터에서 묵어야만 했다. 다음 날 아침, 우리는 점차로 명성을 얻고 있는 그녀의 변호사 조이스 커밍스 씨와 함께 독방에 감금된 던바 양을 면회할 수 있었다. 그녀가 아름답다는 사실은 익히 들어 알고 있었지만 던바 양이 우리에게 준 인상은 절대로 잊을 수가 없을 것이다. 심지어 그 오만한 백만장자조차 자기보다 강한 무엇인가를—즉 그 자신을 통제하고 인도할 수 있는 무엇을—그녀의 내부에서 발견해 내어 이에 감동하였다는 사실이 전혀 놀랍지 않았다. 강하고 뚜렷한 이목구비를 갖추었지만 그러면서도 어딘지 섬세한 그녀의 얼굴을 보았을 때, 행여나 성급한 행동을 했을지라도 그녀의 선천적인 고귀함으로 인해 언제나 선한 영향력을 행사할 거라고 믿어 의심치 않게 했다. 검은 머리에 키가 컸고 고상한 용모에 위엄 있는 품위를 지니고 있었지만, 그녀의 검은 눈에는 올가미를 빠져나갈 방도를 알지 못해 쩔쩔매는 덫에 걸린 짐승의 애처로움과 무력함이 배어 있었다. 이제 내 유명한 친구가 자신을 돕고자 자기 앞에 서 있다는 것을 알게 되자 창백했던 그녀의 두 뺨에 홍조가 돌았고 가느다란 희망을 담은 시선으로 우리를 바라보았다.

"닐 깁슨 씨가 저희 사이에 있었던 일을 다 설명하셨겠지요?" 그녀가 동요된 낮은 목소리로 물었다.

"예, 그러니까 굳이 그 부분에 관해 설명하려 애쓰지 않으셔도 됩니다. 당신을 만나보게 되니 깁슨 씨 말대로 던바 양이 그에게 미쳤던 영향력에 대해서도 또 그와의 관계에서도 무고하다는 게 모두 사실인 것을 알겠습니다. 그런데 왜 상황 전모를 법정에서 밝히지 않으셨나요?"

"제 혐의가 풀리지 않고 법정까지 가게 될 줄 몰랐어요. 혹시 참고 기다리면 한 가족의 괴로운 내면을 폭로하지 않아도 모든 일이 잘 해결될 줄 알았거든요. 하지만 갈수록 일이 한층 더 심각해지는 것 같네요."

"던바 양, 이제는 현실을 직시하셔야 해요. 커밍스 씨에게 들어서 아시겠지만 지금 아주 불리한 상황입니다. 우리가 승소하기 위해서는 뭐든지 해야 해요. 당신이 지금 얼마나 위험한 상황에 부닥쳤는지 사실대로 말씀드리지 않는 게 오히려 잔인한 겁니다. 그러니까 진실을 밝히려면 던바 양의 도움이 전적으로 필요합니다."

"숨기지 않고 모든 것을 말씀드릴게요."

"그렇다면 깁슨 부인과의 진정한 관계에 대해 말씀해주시죠."

"홈스 씨, 그녀는 저를 증오했어요. 부인의 핏속에 흐르고 있는 그 뜨거운 열대 기질의 열정으로 저를 무섭게 미워했습니다. 그녀는 무슨 일을 해도 어중간하게 하는 법이 없었어요. 남편을 사랑하는 만큼이나 저를 증오했지요. 아마 그녀는 깁슨 씨와 저의 관계를 오해했던 것 같아요. 그녀에 대해 나쁘게 말하고 싶은 마음은 없지만, 그저 사랑을 육체적으로만 이해했던 그녀는 깁슨 씨와 저의 정신적, 심지어는 영적인 유대 관계를 이해하지 못했을 뿐만 아니라 제가 그 집에 계속해서 머문 유일한 이유는 깁슨 씨가 자신의 힘을 좋은 일에 쓸 수 있도록 인도하기 위해서라는 사실도 보지 못한 것 같아요. 이제야 돌이켜 생각해보니 제가 잘못된 결정을 내렸던 것 같습니다. 제가 불행의 원인이 되는 곳에 계속해서 머무는 게 아니었는데 말이죠. 하지만 분명한 것은 제가 그 집을 떠났더라도 그들은 계속 불행했을 거예요."

"자 던바 양, 그날 저녁 무슨 일이 있었는지 자세히 설명해주시죠." 홈스가 말했다.

"제가 아는 한 진실을 말씀드리겠어요, 홈스 씨. 하지만 전 이를 증명할 아무런 단서도 없고 가장 중요한 증거물에 관해 설명할 수도 없어요. 개연성 있는 설명은 상상할 수조차 없습니다."

"던바 양께서 사실을 제시하시면 다른 사람들이 이를 설명할 수도 있을 겁니다."

"그날 저녁 소어 다리에 나간 이유는 오전에 깁슨 부인에게서 쪽지를 받았기 때문이에요. 쪽지는 아이들 공부방 탁자 위에 놓여 있었는데 어쩌면 부인이 직접 갖다 놓았을지도 모르겠어요. 제발 중요한 이야기가 있으니 저녁 식사 후에 만나달라는 내용이었죠. 우리의 만남에 대해 모두에게 비밀로 하고 싶으니 제 답장은 정원에 있는 해시계에 놓아 달라고 적혀 있었어요. 그렇게 은밀하게 만나야 하는 이유를 알 수 없었지만 나는 만나기로 동의하고 그녀가 부탁한 대로 했어요. 그녀는 자신이 보낸 쪽지를 없애달라고 부탁했기 때문에 이를 공부방 벽난로에서 태웠어요. 그녀는 남편을 매우 두려워했지요. 깁슨 씨는 부인을 아주 거칠게 대했고 저는 이에 대해 그를 종종 책망했습니다. 그래서 난 그녀의 행동을 남편이 알까 두려워서 그러려니 생각했어요."

"그런데 그녀는 당신의 답장을 조심스럽게 갖고 있었어요?"

"예, 사망 당시 부인이 제 쪽지를 손에 쥐고 있었다는 이야기를 듣고 깜짝 놀랐어요."

"그다음에는 어떻게 되었습니까?"

"저는 약속 시각에 맞춰 소어 다리로 내려갔어요. 그곳에 도착하니 그녀는 미리 와서 저를 기다리고 있더군요. 그곳에서 그녀와 대화하기 전까지 저는 불쌍한 깁슨 부인이 그렇게도 끔찍하게 저를 미워하고 있는지 상상도 못 했어요. 부인은 마치 실성한 사람 같았어요. 어쩌면 그녀는 정말로 미쳤을지도 몰라요. 미친 사람들이 남을 기만할 때 지닌 거대한 힘으로 묘하게 미쳤던 것 같아요. 그렇지 않고서야 마음속으로 저를 그토록 미워하면서 어떻게 그런 태연한 얼굴로 날마다 저를 대할 수 있었겠어요? 부인이 제게 퍼부은 말은 여기서 되풀이하지 않겠어요. 깁슨 부인은 타오르는 격정으로 온갖 무서운 욕설을 제게 퍼부었지만, 저는 한 마디도 대꾸하지 않았어요 ― 아니 할 수가 없었습니다. 그녀를 보는 것만도 두려웠으니까요. 저는 두 손으로 귀를 막고 그곳에서 도망쳤어요. 제가 그곳을 떠날 때 부인은 계속 다리 입구에 서서 제게 저주의 말들을 외쳐대고 있었어요."

"그곳이 바로 부인의 시신이 발견된 곳이지요?"

"예, 그 지점에서 조금 떨어진 곳이었어요."

"그렇지만 깁슨 부인이 당신이 떠나고 잠시 후에 총에 맞았다고 가정하고, 던바 양은 총소리를 들으셨나요?"

"아니요, 전 아무 소리도 듣지 못했어요. 하지만 홈스 씨, 그때 저는 그녀가 내뱉은 광란의 말에 마음이 너무나 흥분되고 몹시 두려웠으므로 진정하기 위해 곧장 제 방으로 갔습니다. 그래서 주변에서 무슨 일이 일어나는지 신경 쓸 겨를이 없었어요."

"방으로 되돌아갔다고요. 그럼 이튿날 아침까지 방을 떠난 적이 있었습니까?"

"예, 불쌍한 깁슨 부인이 살해당했다는 소리에 저도 다른 사람들과 함께 밖으로 나갔어요."

"깁슨 씨를 보셨나요?"

"예, 제가 그를 보았을 때 깁슨 씨는 다리에서 막 돌아오는 길이었어요. 그는 곧바로 경찰과 의사를 불렀습니다."

"그때 깁슨 씨는 당황한 듯 보였나요?"

"깁슨 씨는 자제력이 매우 강한 분이시죠. 좀처럼 자기감정을 겉으로 드러내는 분이 아닙니다. 그렇지만 누구보다도 그를 잘 아는 저는 그가 몹시 근심하고 있다는 것을 알아차릴 수 있었어요."

"그렇다면 가장 중요한 점을 물어보겠습니다. 당신 방에서 발견된 총 말인데, 그 총을 전에 본 적이 있습니까?"

"아니요, 맹세코 없습니다."

"권총은 언제 발견되었나요?"

"다음 날 아침이요. 경찰 수색 도중 나왔어요."

"옷가지 속에서요?"

"예, 옷장 바닥 제 드레스 밑에서 발견되었어요."

"그 총이 언제부터 그곳에 있었는지 짐작할 수 있습니까?"

"전날 아침까지만 해도 그곳에 없었어요."

"어떻게 확신할 수 있죠?"

"제가 아침에 옷장 정리를 했거든요."

"알겠습니다. 그렇다면 누군가가 당신에게 혐의를 씌우기 위해 당신 방으로 몰래 들어와 권총을 그곳에 숨긴 것이로군요."

"그런 것 같아요."

"그렇다면 그건 언제 일어난 일 같습니까?"

"단지 식사 시간이었을 수밖에 없어요. 아니면 제가 아이들과 공부방에 있던 때겠죠."

"쪽지를 받았을 때 공부방에 계셨습니까?"

"예, 그때로부터 오전 내내 계속 있었어요."

"감사합니다, 던바 양. 수사에 도움이 될 만한 또 다른 사실이 있습니까?"

"지금은 달리 생각나는 게 없어요."

"다리의 돌난간이 무엇인가에 심하게 부딪혀 깨졌더군요. 시체가 발견된 반대편 난간에서 조각이 얼마 전에 떨어져 나갔어요. 짐작되는 이유가 있으신지요?"

"우연의 일치일 것 같은데요."

"매우 수상하지 않습니까, 던바 양? 왜 하필 비극이 일어난 바로 그 시간, 바로 그 장소에 생겼겠습니까?"

"그렇지만 무엇 때문에 생겼을까요? 여간해서는 흠집이 생기지 않을 텐데요."

홈스는 대답하지 않았다. 창백한 그의 얼굴이 열정으로 빛나면서 긴장한 듯 먼 곳을 바라보는 표정이 갑자기 나타났는데 이는 그의 천재적 감각이 발동하기 시작할 때 흔히 볼 수 있었던 표정이었다. 그의 머릿속에 아주 커다란 역동적 힘이 꿈틀거리고 있다는 사실을 간파한 우리들, 그러니까 던바 양, 그녀의 변호사 그리고 나는 감히 입도 뻥긋 못하고 자기 생각에 흠뻑 빠져 침묵을 지키고 있는 홈스를 지켜보며 가만히 앉아 있었다. 갑자기 홈스는 초조한 활기를 내뿜으며 생각을 실행에 옮겨야 한다는 듯 의자에서 벌떡 일어났다.

"이만 가세, 왓슨, 어서!" 그가 마침내 외쳤다.

"무슨 일이세요, 홈스 씨?"

"던바 양, 신경 쓰지 말아요. 커밍스 씨, 조만간 연락드리겠습니다. 공정하신 신의 도움으로 영국 전체를 떠들썩하게 만들 단서를 찾아내겠습니다. 던바 양, 내일까지 연락드리지요. 구름이 걷히고 그 사이로 진실의 빛이 곧 비추리라는 사실을 확신하시기 바랍니다."

윈체스터에서 소어 영지까지 그다지 먼 거리는 아니었지만 초조해진 나에게는 무척이나 길게 느껴졌다. 홈스도 여행을 지루하게 여기는 듯했다. 긴장한 나머지 홈스는 안절부절못하며 가만히 앉아 있지 못하고 마차 안을 왔다 갔다 하거나 옆에 놓인 쿠션을 그의 길고 섬세한 손가락으로 탁탁 쳐댔다. 그렇지만 우리 목적지에 거의 다다르자 갑자기 홈스는 내 반대편에 앉더니 [우리는 일등석에 앉은 유일한 승객이었다] 내 양쪽 무릎에 손을 하나씩 올려놓고 악동 같은 기분이 들 때 보이는 특유의 장난기 가득한 표정으로 내 눈을 빤히 들여다보았다.

"왓슨, 지금도 여느 때와 마찬가지로 권총을 휴대하고 왔나?"

다행히 난 이번에도 권총을 소지하고 있었다. 홈스는 어떤 문제에 빠져들면 자기 안전 따위는 신경도 쓰지 않기 때문에 내 권총이 우리를 여러 차례 구해주었다. 나는 그런 사실을 그에게 상기시켜주었다.

"그래 왓슨, 자네 말이 맞아. 그런 문제에 있어서 난 무심한 게 사실이야. 그런데 지금 권총을 갖고 있나?"

나는 뒷주머니에서 작지만 다루기 쉽고 성능이 좋은 권총을 꺼냈다. 그는 걸쇠를 풀고 탄약통을 뺀 후 조심스러우면서도 꼼꼼하게 총을 검사했다.

"무거워 — 꽤 무겁단 말이야." 그가 말했다.

"그럼 아주 단단하게 만들어졌지."

그는 잠시 생각에 빠졌다.

"왓슨, 자네 총이 우리가 지금 수사하고 있는 이 사건의 실마리를 푸는 데 아주 큰 역할을 할 것 같네."

"홈스, 지금 농담하나?"

"아니야 왓슨, 진지하게 말하는 거야. 먼저 실험을 해봐야 해. 실험이 잘만 되면 모든 게 밝혀질 거야. 그리고 실험의 실패 여부는 다 이 작은 권총에 달렸어. 탄약 한 발은 꺼내고 나머지 다섯 개를 제자리에 넣어두었네. 그리고 안전 걸쇠를 걸어놓겠어. 됐어! 그렇게 하면 무게감을 증가시킬 수 있고 그때 당시의 상황을 재현하기가 더 수월할 거야."

도대체 그가 마음속으로 무슨 생각을 하고 있는지 좀처럼 헤아릴 수가 없었다. 그는 나에게 아무런 설명도 해주지 않은 채 자그마한 햄프셔 역에 도착할 때까지 깊은 생각에 빠져 있었다. 역에서 내려 다시 15분 동안 덜컹거리는 마차를 타고 비밀을 공유하는 사이가 된 경사의 집으로 갔다.

"단서요, 홈스 씨? 그게 뭡니까?"

"왓슨 박사의 권총에 모든 게 달려 있다고 할 수 있지요. 자 여기 있소. 경사님, 10야드 정도 길이의 끈을 구해다 주시겠소?" 홈스가 말했다.

경사는 마을 가게에서 튼튼한 실 한 타래를 사 왔다.

"우리에게 필요한 건 다 준비된 것 같소. 자, 바라건대 우리 여정의 마지막 정착지에서 함께 내립시다." 홈스가 말했다.

석양이 넘실거리는 햄프셔의 초원을 경탄할 만한 가을의 장관으로 바꿔놓고 있었다. 코번트리 경사는 사뭇 비판적이고 회의적인 눈초리로 내 친구의 정신 상태를 의심하는 듯 쳐다보며 우리 옆에서 휘청휘청 걸었다. 범행 현장에 가까워지면서 내 친구는 습관적인 냉정함을 잃지 않았지만 실제로 몹시 초조해하는 듯싶었다.

내가 이를 언급하자 홈스는 대답했다. "그래, 왓슨, 자네는 이전에 내가 아주 크게 실수한 것을 본 적이 있잖아. 비록 이런 일에 직감이 있긴 하지만 내 직감이 가끔 들어맞지 않을 때가 있지. 원체스터 감옥에서 맨 처음 확실하다는 직감이 번뜩 들었지만, 나처럼 활발한 상상력을 가진 사람은 항상 그 대안을 생각해내어 우리가 애초에 내렸던 결론을 거짓된 것으로 만들어버릴 수가 있거든. 하지만 지금 와서 어쩌겠나 왓슨, 한번 시도해보는 수밖에."

걸어가면서 홈스는 총의 손잡이를 끈의 한쪽으로 단단히 묶었다. 비극 현장에 도착하자 홈스는 경사의 도움을 받아 시체가 누워 있던 정확한 지점을 조심스레 표시하고 수풀 속을 뒤져 꽤 묵직한 돌덩어리를 주어왔다. 끈의 다른 한쪽을 돌에다 묶은 다음 다리 난간 위로 늘어뜨려 돌이 수면 위로 매달리게 했다. 그런 다음 그는 다리에서 조금 떨어져 있는 그 운명의 지점으로 가더니 손에 내 총을 들고 총과 돌을 잇는 끈이 팽팽해지도록 잡아당겼다.

"이제 잘 보게나!" 홈스가 외쳤다.

그 말을 하면서 총을 머리 위로 들더니 손을 놓아버렸다. 그 순간 총은 돌의 무게로 인해 돌이 있는 쪽으로 끌려가더니 날카로운 소리를 내며 난간에 부딪힌 다음 물속으로 사라졌다. 총이 사라지기도 전에 홈스는 돌난간에 무릎을 꿇고 앉아 이를 유심히 바라보더니 마침내 자기가 기대한 결과를 발견했는지 기쁨의 환호성을 질렀다.

"이보다 더 정확한 재연을 할 수 있겠어? 보시게, 내가 뭐라고 했나, 왓슨. 자네 권총이 이 사건을 해결해주었단 말일세!" 이렇게 말하며 그는 돌난간 아래에 처음 것과 똑같은 크기와 모양으로 부서진 곳을 가리켰다.

"오늘 밤은 이곳 여관에서 묵어야겠어." 홈스는 이렇게 말하며 일어나 놀란 표정을 짓고 있는 경사를 바라보았다. "경사님께서는 쇠갈고리를 가져와 제 친구 총을 건져내 주십시오. 아마도 왓슨 박사의 총 근처에 자기가 저지른 범죄를 숨기고 대신 무고한 여인에게 살인 혐의를 뒤집어씌우려 했던 질투심 강한 부인이 사용했던 총과 끈, 그리고 돌멩이도 함께 찾아낼 수 있을 겁니다. 깁슨 씨에게 내일 아침 던바 양의 결백을 입증할 절차를 밟기 위해 찾아뵙겠다고 전해 주십시오."

그날 저녁 늦게까지 우리는 마을 여관에서 담배를 피우며 앉아 있었다. 홈스는 사건의 전모를 간략하게 설명해주었다.

"왓슨, 아무래도 자네가 여태 보관한 기록부에 소어 다리 사건을 첨가한다 해도 내 명성에 별 도움은 되지 않을 것 같네. 그동안 나태해져 머리가 둔해진 데다 내 직업의 필수라 할 수 있는 현실과 상상력을 기술적으로 조합하는 능력이 부족했었네. 돌다리에 생긴 그 자국이 사건의 실마리를 제시하는 가장 큰 단서였는데도 너무 늦게 이를 깨달았어.

그 불행한 여인의 범행 계획이 너무나도 치밀하고 교묘해서 이를 해결하기란 쉽지 않은 일이었지만 말일세. 이 사건만큼이나 왜곡된 사랑이 어떤 결말을 초래할지 명확히 보여주는 기이한 사건은 아마 없을 것 같네. 던바 양이 깁슨 부인의 눈에 육체적 연적으로 비쳤건 아니면 단지 정신적 연적이었건 간에 똑같이 그녀가 용서할 수 없던 일이었겠지. 의심할 여지 없이 부인의 지나친 애정 공세를 뿌리치기 위해 남편이 부인에게 보인 거친 행동과 냉혹한 말을 죄 없는 가정교사의 탓으로 돌렸을 거야. 그녀가 처음으로 결심한 것은 자살이었어. 두 번째로 결심한 것은 자신의 연적에게 갑작스러운 죽음보다 더한 고통을 겪게 해야겠다는 것이었지."

"한 단계씩 차근차근 추리해볼 때, 계획은 놀라울 정도로 치밀하게 진행되었네. 깁슨 부인이 얼마나 철저했는지 이를 보면 알 수 있을 걸세. 던바 양으로부터 교묘하게 쪽지를 받아내어 그녀가 만남의 장소를 정한 것처럼 보이게 했지. 그렇지만 경찰이 이를 발견하지 못할까 걱정스러웠던 그녀는 죽는 순간까지 쪽지를 손에 꼭 쥐고 있었던 거야. 이 사실 하나만으로도 충분히 의심할 만했지."

"그러고 나서 부인은 남편의 권총 수집품에서 쌍권총을 몰래 꺼내어 하나는 그녀가 사용하기 위해 남겨놓고, 나머지 하나는 한적한 숲속에서 총을 한 방 발사한 뒤 그날 아침 던바 양의 옷장 안에 숨겨 놓았던 것일세. 그러고 나서 다리로 내려가 총을 없애버리기 위한 아주 완벽하게 기발한 방법을 생각해냈던 거지. 던바 양이 나타나자 부인은 마지막 힘을 다하여 그녀에 대한 증오를 퍼붓고 던바 양이 사라지자 자신이 계획한 그 끔찍한 짓을 저지른 걸세. 모든 단서가 이제 연결되어 고리가 완성되었다네. 신문에서는 묻겠지, 왜 애당초 연못을 뒤지지 않았느냐고. 하지만 사건의 전모가 밝혀진 다음에 이런 비난을 하는 건 쉬운 일이지. 여하튼 어떤 물건을 찾는지 또 어느 지점인지 위치도 분명히 모르면서 갈대가 무성한 그 커다란 연못을 뒤진다는 것은 쉬운 일이 아니니까 말일세. 자 왓슨, 우리는 훌륭한 여자와 대단한 남자를 도와준 셈이로군. 장차 두 사람이 힘을 합치게 될 가능성이 없지는 않은 것 같은데, 만약 그렇게 된다면 경제계는 인생의 교훈을 가르치는 비애의 교실에서 닐 깁슨 씨가 아주 많은 것을 깨닫고 배웠다는 걸 알게 될 걸세."

Saki

사키(1870~1916)

영국의 소설가 사키의 본명은 헥터 휴 먼로(Hector Hugh Munro)다. 사키라는 필명은 페르시아의 수학자, 천문학자, 시인인 우마르 하이얌의 4행 시집 『루바이아트』에 나오는 등장인물에서 따온 것으로 날카로운 풍자 글을 썼다. 미얀마 아키아브에서 미얀마 경찰서 관리의 아들로 태어난 사키는 두 살 때 영국 데번 지방으로 이주했다. 사키를 길러준 두 명의 숙모는 선량했지만 엄격하고 혹독하게 그를 키웠는데 이것이 사키의 성격과 작품에 큰 영향을 끼쳤다. 사키는 익스마우스 및 베드포드 그래머스쿨에서 공부한 후에 미얀마 경찰로 일했으나, 건강문제로 곧 언론인으로 전환했다. 1902년 『모닝 포스트』 특파원으로 러시아와 파리에서 일한 사키는 그는 『웨스트민스터 가제트』를 통해 정치적 풍자를 담은 글을 발표해 작가로서 인정받았다. 시대의 모습을 냉소적으로 포착한 그는 짧고 날카롭지만 훌륭하게 다듬어진 글을 썼다. 그의 대표작으로는 『생쥐』, 『평화적 완구』, 『비잔틴풍의 옴렛』 등이 있으며, 단편집으로는 『클로비스 연대기』, 『레즈날드』 등이 있다.

찬가

사키

     친구와 동행하여 증기탕에 간 클로비스는 가장 뜨거운 곳에 조각처럼 가만히 앉아 명상하거나 아니면 공책에다 만년필로 재빠르게 글씨를 휘갈겨 써 내려갔다.

버티 밴 탄이 옆 의자에 활기 없이 걸터앉아 말을 걸 태세를 보이자 그는 버티에게 말했다. "유치하고 쓸데없는 수다로 날 방해하지 마시게. 난 지금 불멸의 시를 쓰고 있으니까."

버티는 그의 말에 관심이 있는 눈치였다.

"자네가 아주 악명 높은 시인이 된다면 초상화가들에게 얼마나 큰 이득이 되겠는가. 혹시 화가들이 '신작을 집필 중인 클로비스 산그릴 님'의 초상화를 왕립 미술원에 걸 수 없다 하더라도 자네 초상화를 누드 스케치나 *제르민 가로 향하는 오르페우스*로 살그머니 끼워 넣을 수 있을지 모르겠는걸. 화가들은 항상 현대식 의상을 방해물로 보니까 지금 자네가 걸치고 있는 수건과 만년필 정도라면 ─"

"팩클타이드 부인의 제안으로 이걸 쓰게 되었네." 유명세로 향하는 지름길에 대해 떠들어대는 버티 밴 탄의 수다를 무시한 채 클로비스가 말했다. "사실 루나 빔버튼이 쓴 대관식 송시가 『뉴 인펀시[새로운 유아기]』지에 실렸거든. 그 신문은 『뉴 에이지[새로운 시대]』지의 아주 구식이고 편협한 면을 부각하려고 창간된 신문인데 팩클타이드 부인이 루나의 송시를 읽고 얼마나 칭찬을 하던지. '당신 참 영리하네요, 루나. 사실 대관식 송시 정도는 누구라도 쓸 수 있는 거지만 아무도 그럴 생각을 못 했잖아요.'라고 말하더군. 그러자 루나는 시작(詩作)이 얼마나 어려운 일인지 아느냐고 격렬히 항변하더니 아주 특출한 재주가 있는 사람이 아니면 그런 시작을 할 수 없다고 단언하던걸. 팩클타이드 부인은 그동안 내게 여러모로 잘해줬지. 그러니까 일종의 금전적 구급차 역할을 해줬다고나 할까. (나한테 종종 일어나는 일이지만) 심하게 타격을 입었을 때 경기장에서 나를 실어 나르는 거지. 사실 난 루나 빔버튼을 그다지 좋아하지 않기 때문에 끼어 들어가 말했지. 마음만 먹으면 나도 언제든지 그런 시를 충분히 지어낼 수 있다고 말이야. 내가 할 수 없을 거라고 루나가 말하기에 우린 내기를 걸었다네. 자네니까 하는 말인데, 그 돈이 내 차지가 될 게 불 보듯 뻔한 일이잖아. 물론 내기의 조건 중 하나는 지역 신문이 아닌 어딘가에 출판되어야 한다는 거라네. 팩클타이드 부인이 사려 깊은 행동으로 『스모키 침니[연기 나는 굴뚝]』지 편집장과 친분을 아주 돈독하게 쌓아둔 터라 요즘 출간되는 송시 수준에만 미칠 정도로 내가 아무거나 적당히 쓰면 될 거야. 현재까지는 제법 글이 잘 써져서 혹시 내가 루나가 말한 특출한 재주를 지닌 부류에 속한 건 아닌가 하는 생각이 든다니까."

"대관식 송시를 쓰기엔 다소 늦은 게 아닐까?" 버티가 물었다.

"물론 그래. 이건 원할 때마다 언제든지 곁에 두고 들을 수 있는 그런 궁정 공식회견의 퇴장 찬가와 같은 시가 되겠지." 클로비스가 답했다.

"이제 자네가 왜 여기서 시를 쓰고 있는지 이해가 가는걸." 버티 밴 탄은 마치 그동안 해결하지 못한 난해한 문제의 답을 드디어 발견한 사람처럼 말했다. "자네는 지역 특유의 기온을 재현하고 싶었구먼."

"정신박약자들의 얼빠진 훼방을 피하려고 이곳에 왔는데, 아마도 내가 운명에 너무 많은 걸 기대한 것 같아." 클로비스가 답했다.

클로비스의 말에 버티 밴 탄은 자신의 수건을 정밀한 무기로 사용할 준비가 되어 있었지만 자신 또한 노출된 부분이 방대한 데다 클로비스는 수건뿐만 아니라 만년필로 무장하고 있었기에 공격하기를 포기하고 평온하게 의자에 깊숙이 앉았다.

"그 불멸의 작품에서 몇 구절만이라도 들을 수 있을까?" 버티가 물었다. "내 약속하겠네. 지금 어떤 걸 듣더라도 『스모키 침니』지를 제때에 빌려 보지 않는 그런 행동 따위는 하지 않겠다고 말일세."

클로비스는 유쾌한 말투로 대답했다. "진주를 돼지 여물통에 던지는 격이겠지만 말이지, 내 조금은 낭송해줄 수 있어. 궁정에 참석한 사람들이 해산하는 장면으로 시작하네."

> 히말라야산맥에 있는 집으로 되돌아가네.
> 커치 베하르 지역의 시들시들하고 창백한 코끼리 떼
> 파도 없는 바다 위 거대한 범선처럼 너울거리네

"커치 베하르 지역이 히말라야 근처에 있지도 않잖아." 버티가 클로비스의 시 낭송을 중단시키며 말했다. "이런 작업을 할 때는 근처

에 지도책을 펴놓고 해야지. 그리고 왜 하필 시들시들하고 창백하다
는 표현을 쓴 거지?"

"물론 밤늦은 시간까지 깨어 있었고 또 흥분감 때문에 그렇지."
클로비스가 대꾸했다. "게다가 난 분명 그들의 집이 히말라야산맥
에 있다고 했잖아. 아일랜드에서 기른 종마들이 영국 애스콧 경마장
에서 달릴 수 있듯이 커치 베하르 지역에서도 히말라야 코끼리를 찾
을 수 있지 않겠어?"

"자넨 코끼리 떼가 히말라야로 되돌아간다고 했잖아." 버티가 반
론을 폈다.

"글쎄, 기운을 되찾기 위해 집으로 돌려보내는 건 당연한 일이잖
아. 여기도 시골에 가면 말들이 맘껏 뛸 수 있도록 잔디밭에 풀어놓
듯이 그곳에서는 언덕 위로 코끼리 떼가 다닐 수 있도록 내버려둔단
말이지."

적어도 클로비스는 거짓으로 가득한 자신의 시가 동양의 무모한
화려함으로 고쳐되었다는 사실에 자만할 수 있었다.

"전체를 무운시(無韻詩)로 쓸 건가?" 버티가 예리하게 물었다.

"물론 아니지. 네 번째 줄 맨 마지막 단어가 '더바르' 거든[궁정 더
바르를 베하르와 운율을 맞추기 위해 사용한다는 말].

"너무 비겁한 짓인 것 같은데. 그렇지만 자네가 무엇 때문에 그토
록 커치 베하르를 고집했는지 이제 그 이유를 알겠네."

"사람들이 일반적으로 아는 것보다 지리적 명칭과 시적 영감 사
이에 더 많은 관계가 있다네. 영어로 쓰인 시 중 러시아를 노래한
위대한 시가 거의 없는 이유도 바로 이걸로 설명할 수 있지. 사실
스몰렌스크나 토볼스크, 민스크 같은 지명과 운율을 맞추기란 불가

능하거든."

클로비스는 이미 시도해본 경험이 있는 것처럼 권위 있게 말했다.

"물론 옴스크와 톰스크[둘 다 러시아에 있는 도시]는 운율을 맞출 수 있지." 클로비스가 계속해서 말했다. "실로 그 둘은 마치 그런 목적을 위해 존재하는 것처럼 보이지만 독자들이 그런 걸 무한정 받아들이겠나?"

"독자들은 자네가 생각하는 것보다 관대해." 버티가 악의를 가지고 지적했다. "그리고 러시아어를 아는 사람은 아주 소수이기 때문에 스몰렌스크의 마지막 세 철자('-nsk')가 발음되지 않는다는 각주를 매번 달아도 아무도 반박하지 않을 거야. 히말라야 평원에 코끼리 떼가 뛰놀도록 내버려둔다는 자네 말만큼이나 신빙성 있는걸."

침착하고도 평온함을 잃지 않은 목소리로 클로비스가 계속해서 시를 낭독했다. "이 구절은 제법 멋질 거야. 초저녁이 밀려드는 밀림 마을의 변두리 풍경을 노래한 부분이야."

　　땅거미 속에서 똬리를 튼 독사는 흡족한 듯 미소를 띠고,
　　먹이 찾아 살금살금 배회하는 흑표범, 경계하는 염소 떼에 몰래 다가가네.

"사실 열대 지방에서는 땅거미가 거의 지지 않아." 버티가 관대한 말투로 또다시 지적했다. "그렇지만 대가답게 독사가 흡족한 듯 미소 띠는 동기를 언급하지 않은 건 마음에 드네. 미지의 것은 속담에서도 말하듯이 불가사의하니까. 독사가 무슨 이유로 미소 짓고 있는지 그 소름 끼치는 불확실함 때문에 밤새도록 침실 불을 끄지 못하고

고민하는『스모키 침니』지의 긴장한 독자들이 눈앞에 그려지는데."

"무슨 소리야. 독사들은 천성적으로 고소한 표정을 짓잖아. 심지어 포식한 다음에도 늑대들이 그저 습관적으로 항상 먹이를 찾아 날뛰는 것과 마찬가지지. 시 후반부에서는 새벽에 브라마푸트라강 위로 동이 트는 광경을 묘사할 때 색채감을 첨가해주었지."

> 황갈색 새벽으로 흠뻑 젖은 동녘이 햇살의 입맞춤으로
> 붉은 살굿빛과 자색으로 물들고,
> 망고나무 빼곡히 들어선 에메랄드빛 과수원 위로
> 우윳빛 도는 자주색 안개가 걸려있네.
> 형형색색 앵무새의 비행이 안개를 가로지르며,
> 담홍색, 푸른색, 황록색 빛을 발하네.

"브라마푸트라강 위로 동이 트는 광경을 본 적이 없어서 제대로 묘사하고 있는지 말할 수는 없지만 마치 보석 강도사건을 장황하게 묘사하는 것 같은걸." 버티가 말했다. "어쨌건 앵무새는 지방색을 나타내는 데 유용한 것 같군. 그런데 호랑이도 등장시켜야 하지 않겠어? 중간에 호랑이 한두 마리가 등장하지 않고 어떻게 인도 풍경을 제대로 묘사했다 말할 수 있겠나?"

"암호랑이에 대한 구절이 시에 들어 있긴 하네." 클로비스가 노트를 뒤적이며 대답했다. "아, 여기 있군."

> 헝클어진 티크 나무 사이로 황갈색 암호랑이 한 마리
> 기뻐 날뛰며 가르랑거리는 새끼 호랑이들 귀에
> 공작새 부리에서 터져 나오는 황량한 죽음의 노래
> 피와 눈물로 가득한 밀림의 자장가를 끌어다 놓네.

드러누워 있던 버티 밴 탄은 서둘러 몸을 일으키더니 옆 칸으로 통하는 유리문을 향해 황급히 걸어갔다.

"자네가 생각하는 밀림에서의 가정생활은 정말로 끔찍스럽군." 버티가 떠나면서 말했다. "독사만으로도 충분히 불길했는데 호랑이 육아방에 즉흥적인 죽음의 자장가가 울려 퍼지다니, 정말로 도가 지나쳤어. 나를 뜨거워졌다 차가워졌다 만드는 게 자네 의도였다면 차라리 한증탕에 들어가는 게 낫겠네."

"이 구절만 마저 듣고 가게나." 클로비스가 말했다. "아주 평범한 시인이라도 이 구절 하나로 유명해질 수 있을 테니까."

> 그리고 머리 위로는
> 참을성 있게 흔들리는 사산한 미풍의 부모 펑카[천정에 달린 큰 부
> 채]가 있네.

"아마 자네 독자들 대부분은 '펑카'를 시원한 음료나 폴로경기의 중간휴식으로 착각할 걸세." 버티는 이렇게 말하더니 증기목욕탕 속으로 사라졌다.

『스모키 침니』지는 제때에 "찬가"를 실었다. 하지만 클로비스의 시는 이 신문의 마지막을 장식한 「백조의 노래」가 되었고, 그 후로 그 신문은 두 번 다시 발간되지 않았다.

루나 빔버튼은 궁정 방문을 포기하고 서섹스 다운즈 지역의 사설 요양원으로 들어갔다. 사람들은 모두 그녀가 특별히 힘겨운 시기를 보낸 후 신경쇠약에 걸린 거로 믿었지만 사실상 브라마푸트라 강 위로 동터오는 새벽으로 인해 루나가 결코 회복되지 못했다는 걸 아는 사람이 서너 명 있다.

북녘 지방의 그 길고도 사나운 겨울이라면 내게 상당한 정신적 시련을 줄 테지만 이곳에서는 가을 뒤에 찾아오는 계절이 안식의 계절이며 한 해에 한 차례씩 자연이 잠을 자는 계절일 뿐이다. 그래서 이 안식으로 가득한 겨울의 영향 속으로 나도 빠져든다. 난롯가에서 그저 졸면서 한 시간씩 보낼 때가 아주 흔하고, 생각에 잠기는 데 만족한 나머지 들고 있던 책을 내려놓을 때도 자주 있다. 하지만 이곳은 겨울에도 해가 비치는 날이 자주 있는 편이며, 다사로운 햇빛은 자연이 꿈을 꾸며 짓는 미소처럼 보인다. 나는 밖으로 나가서 멀리 헤매고 다니기도 한다. 나뭇잎이 모두 떨어지고 나면 풍경이 변한 것을 눈여겨보는 일이 즐겁다. 여름 동안 숨어 있던 시내며 연못이 눈에 들어온다. 내가 즐겨 걷는 오솔길들도 낯선 모습을 드러내므로 나는 그 길들과 더 친숙해질 수 있다. 그리고 옷을 벗어 버린 나무들의 구도(構圖)에는 희귀한 아름다움이 있다. 어쩌다 눈이나 서리가 내려 차분한 하늘을 배경으로 그물처럼 엉겨 있는 나뭇가지들을 은빛으로 장식하면, 아무리 쳐다보아도 싫증나지 않는 경이로운 광경이 된다. …

나 자신은 포효하는 어둠 속에서 안락감까지 느낀다. 왜냐하면 나는 주위를 둘러싸고 있는 튼튼한 벽의 힘을 느낄 수 있고 또 내가 고생하던 시절에 늘 내 뒤를 따라다니던 그 누추하고 위태로운 것들로부터의 안전도 느낄 수 있기 때문이다. "불어라, 불어라, 그대 겨울바람이여!"[셰익스피어의 「마음대로 하세요(As You Like It)」 2막 7장 174] 나의 삶을 안전하게 지켜 주는 내 수수한 재산을 그대가 날려 보내지는 못하리라". 지붕에 떨어지는 빗소리"[테니슨의 시 「록슬리 홀(Locksley Hall)」 78행 참조]도 내 영혼으로 하여금 의문을 품게 하지는 못하리라. 왜냐하면 나의 삶은 내가 일찍이 원하던 모든 것을, 아니 내가 희망하던 것보다도 무한히 더 많은 것을 내게 주었고 그래서 내 마음 어느 구석에도 죽음에 대한 겁쟁이의 두려움은 도사리고 있지 않기 때문이다.

— 조지 기싱, 『헨리 라이크로프트의 내밀한 고백』(이상옥 역)

〈겨울 풍경〉(1790), 조지 몰랜드(1763~1804, 영국의 화가)

겨울

Charles Dickens

찰스 디킨스(1812~1870)

영국 남부 포츠머스에서 태어난 영국의 소설가 시킨스는 의회 출입 기자를 거쳐 작가로 입문하여 당시 사회 문제들을 깊이 있게 해부하는 작품들을 썼다. 당대 최고의 소설가로 "소설의 셰익스피어"라는 평가를 받으며 단편 소설집 『보즈의 스케치』로 등단한 디킨스는 상업적으로도 크게 성공했다. 초기작 『피크윅 문서』, 『올리버 트위스트』, 『니콜라스 니클비』 등에서 보인 대중성과 예술성의 독특한 결합은 『돔비 부자 상사』 이후 더욱 심화되어 『힘든 시절』, 『황폐한 집』, 『두 도시 이야기』, 『데이비드 코퍼필드』, 『위대한 유산』, 『바나비 러지』, 『돔비와 아들』 등의 탁월한 고전으로 이어진다. 특히 『크리스마스 캐럴』은 영국뿐 아니라 미국에서도 선풍적 인기를 얻었다. 어려서 밑바닥 생활을 경험한 디킨스의 작품은 서민의 곤궁한 삶에 대한 공감과 상류사회에 대한 날카로운 비판의식을 담은 것으로도 유명하다. 감상적이고 지나치게 통속적이라는 비판도 받았지만 수많은 역동적 등장인물 묘사가 탁월하다. 만년에는 정신적 문제도 있었지만 사후에 웨스트민스터 교회 시인 구역에 묻히는 영광을 얻었다.

신호원

찰스 디킨스

"어이! 그 밑에 누구 없어요!"

자기에게 소리치는 목소리를 들었을 때 그 남자는 짤따란 막대기에 감긴 깃발을 손에 들고 초소 문 앞에 서 있었다. 그곳 지형을 고려한다면 목소리가 어느 방향에서 들려오는지 두 번 다시 생각할 필요가 없을 것 같은데, 그는 자기 머리 위로 경사가 급격한 낭떠러지 위쪽에 서 있는 나를 올려다보는 대신 놀랍게도 몸을 빙그르르 돌려 철로를 내려다보았다. 그의 이런 행동에는 도저히 뭐라고 형언할 수는 없었지만 뭔가 특이한 점이 있었다. 비록 저 아래 깊은 협곡에 서 있는 그의 형체는 작달막하게 축소되고 그늘에 가려져 있었으나 나의 시선을 사로잡을 만큼 상당히 독특한 행동이었다. 그 남자를 내려다보며 높은 곳에 서 있던 나는 뜨겁게 타오르는 석양에 흠뻑 파묻혀 있었으므로 그를 보려면 손으로 이마에 차양을 만들어야 했다.

"어이! 밑에 있는 당신 말이오!"

철로를 내려다보던 그 남자는 몸을 다시 돌리더니 눈을 들어 멀리 높은 곳에 있는 나를 올려다보았다.

"여기서 거기까지 내려갈 수 있는 길이 있나요? 물어보고 싶은 게 있는데요."

그는 아무런 대답 없이 나를 올려다보았고, 나는 대답을 재촉하고 싶지 않아 말없이 그 남자를 내려다보았다. 바로 그 순간 하늘과 땅을 흔드는 희미한 진동이 느껴지더니, 단번에 아주 격렬한 파동으로 바뀌면서 나에게로 돌진해왔다. 나는 마치 밑으로 끌어당기는 힘을 느낀 사람처럼 깜짝 놀라 재빨리 한 발자국 뒤로 물러섰다. 내가 서 있는 높이까지 솟아올랐던 급행열차가 뿜어낸 연기가 잦아들고 사방으로 퍼지자 나는 다시 그를 내려다보았고, 기차가 지나갈 때 흔들어 신호를 보냈던 깃발을 다시 감고 있는 그의 모습이 보였다.

나는 다시 한번 질문을 반복했다. 그는 아무 말 없이 잠깐 나를 주시하는 것 같더니 말아 올린 깃발로 내가 서 있는 곳에서 200에서 300야드 정도 떨어진 지점을 가리켰다. "알겠습니다!" 나는 그를 향해 소리쳤다. 그가 가리킨 지점으로 다가가 주변을 자세히 살펴보니 거기에는 지그재그로 험준한 길이 나 있었다. 나는 그 길을 따라 아래로 내려갔다.

유난히 가파르고 몹시도 깎아지른 벼랑길이었다. 습한 바위 사이로 난 길은 아래로 내려갈수록 더 질퍽거렸고 축축했다. 이 때문에 내려오는 데 시간이 오래 걸렸고, 그러는 동안 남자가 한참을 주저하다가 마지못해 길을 가르쳐주는 듯한 기이한 인상이 머릿속에서 떠나지 않았다.

구불구불한 길을 따라 한참을 내려와 마침내 나는 그를 다시 볼 수 있었다. 그는 내가 나타나기를 기다리고 있었던 듯한 자세로 방금 기차가 지나간 철로 중간에 서 있었다. 그는 왼손을 턱에 괴고, 오른손은 가슴 쪽으로 뻗어 왼쪽 팔꿈치를 받치고 있었다. 나는 기대감과 경계심이 확연히 드러나는 그의 태도에 의아해하며 발걸음을 잠깐 멈추었다.

계속해서 길을 따라 내려가 철로가 깔린 곳에 다다른 후 그가 있는 곳으로 다가갔다. 거무스름하니 안색이 나쁜 그 남자는 짙은 턱수염과 덥수룩한 눈썹이 두드러졌다. 그의 초소는 지금까지 내가 본 것 중에서 가장 고립되고 음침해 보였다. 양옆으로 물줄기가 주룩주룩 떨어지는 톱날같이 날카로운 바위벽이 버티고 있어 시야에 들어오는 것이라고는 손바닥만 한 하늘뿐이었다. 한쪽 전망은 단지 이 거대한 지하감옥의 꼬불꼬불한 연장선에 불과했고, 다른 방향에는 멀지 않은 곳에 음울한 붉은빛으로 꺼져 들어가는 암흑의 터널로 향하는 음침한 입구가 있었다. 그 육중한 터널은 야만적이고 우중충했으며 왠지 불길해 보였다. 햇빛이 거의 들지 않아 눅눅한 흙냄새와 어딘지 죽음을 연상시키는 악취가 풍겼다. 터널을 통해 찬바람이 어찌나 불어오던지 마치 자연계를 떠난 듯한 냉기마저 느껴졌다.

그가 몸을 움직이기 전에 나는 손을 뻗으면 닿을 만큼 가까이에 서 있었는데, 그는 내게서 시선을 떼지 않은 채 한발 물러서더니 손을 들었다.

"이곳에서 일하시려면 아주 적적하겠어요." 내가 말을 걸었다.
"저 위에서 내려다봤을 때 내 시선을 사로잡더군요. 이곳을 방문하는 사람들은 많지 않을 텐데, 설마 누가 찾아오는 걸 싫어하는 건 아니시겠죠?" 그는 내가 마치 평생을 제한된 공간에 감금되어 있다가 마침내 구속에서 풀려나 이 위대한 건축물을 놀라운 경외심으로 바라보는 사람인 것처럼 보는 것 같았다. 그런 취지로 나는 그에게 말을 걸었지만, 내가 사용한 용어들에 대해 전혀 자신할 수 없었다. 나는 처음 보는 사람과 대화를 시작할 때 항상 서툴 뿐 아니라 그에게는 나를 위압하는 무언가가 있었다.

그는 터널 입구에 있는 적색 신호등 쪽을 참으로 묘한 표정으로 바라보더니, 마치 그곳에서 뭔가 사라진 것을 찾는 사람처럼 그 주변도 둘러보았다. 그런 다음 그는 다시 나를 쳐다보았다.

"저 신호등도 당신이 관리하는 거죠? 아닌가요?"

그는 낮은 목소리로 대답했다. "당연한 것 아니겠소?"

음침한 표정으로 뚫어지게 나를 바라보는 그를 자세히 살펴보던 나는 갑자기 내 앞에 서 있는 게 사람이 아니라 유령일지도 모른다는 무시무시한 생각이 들었다. 나중에 생각한 것이지만, 그 남자의 생각 역시 나로부터 전염되었을지 모르는 일이었다.

이번에는 내가 한 발 뒤로 물러섰다. 그러면서 나는 그의 눈에서 나를 두려워하는 기색을 눈치챘다. 이런 반응을 보자 그가 유령일지도 모른다는 터무니없는 생각은 사라졌다.

"왠지 나를 두려워하는 사람처럼 쳐다보시네요." 나는 억지로 미소를 지으며 말했다.

"전에 당신을 본 적이 있는지 생각하던 중이었소." 그가 대꾸했다.

"어디서요?"

그는 조금 전에 바라보던 적색 신호등을 가리켰다.

"저기요?" 나는 물었다.

그는 아주 골똘히 나를 바라보며 (소리 없이) 대답했다. "그렇소."

"세상에, 내가 저기서 무얼 했겠습니까? 게다가 맹세코 나는 저기에 간 적이 없습니다."

"저기서 보았을지도 모른다는 생각이 듭니다. 맞아요, 확실히 본 것 같아요." 그는 다시 한번 말했다.

나를 대하는 그의 태도가 조금 밝아졌고, 나 또한 그랬다. 그는 내 질문에 기꺼이 그리고 신중하게 대답했다.

"여기서 할 일이 많습니까?"

"예, 그러니까 책임질 일이 많고 정확성과 경계심을 요구하는 일이죠. 그리고 실제적인 일, 그러니까 힘쓰는 일은 거의 없어요. 신호를 바꾸고, 램프 심지를 자르고, 이따금 여기 있는 이 쇠 손잡이를 돌려주는 게 주요업무랍니다."

그런 식으로는 길고 외로운 근무 시간을 주체하지 못할 것이라는 생각이 들었지만, 그는 이미 일상생활의 틀을 그런 식으로 맞춰놓아 익숙해진 지 오래되었다고 말했다. 그는 이 벼랑 아래에서 새로운 언어를 독학으로 공부했다. ─ 단지 눈으로만 알아보고, 이를 어떻게 발음해야 하는지 자신의 미숙한 판단에 따라 적당히 연습하는 것을 어학 공부라고 부를 수 있다면 말이다. 그는 또한 분수와 십진법에 관해서도 공부했고, 대수학 문제를 들여다보기도 했다. 하지만 여전히 그는 어렸을 때와 마찬가지로 산수에는 통 소질이 없었다.

"근무 시간 중에 반드시 이 축축한 공기 통로 같은 데 있어야만 하나요? 저 높은 암벽 사이로 비치는 햇볕을 쬐러 나갈 수는 없습니까?"

"그건 상황과 시간에 달려 있지요. 어떤 날은 철로를 지나가는 기차가 다른 날보다 적을 수도 있고, 마찬가지로 하루 중에 교통량이 더 많거나 더 적은 시간대도 있으니까요."

햇볕이 잘 비치는 날에는 이 낮은 그늘보다 약간 위로 올라갈 때도 있었다. 하지만 언제 전기 벨의 호출을 받을지 모르니까 그럴 때는 귀를 기울여야 하는 불안감이 배나 커져서 생각만큼 햇볕을 즐기지 못한다고 했다.

그는 나를 초소 안으로 초대했다. 초소 안에는 난로와 업무일지가 놓인 책상이 있었고, 다이얼과 문자판, 자침 바늘을 갖춘 전신기, 그리고 아까 대화 중에 언급했던 작은 벨이 있었다. 나는 (무례하지 않게 말하려고 애쓰며) 그에게 고등 교육을 받았는지, 혹시 배운 것에 비교해 지위가 낮은 것은 아닌지 조심스럽게 물었다. 그는 그런 의미에서 어느 정도 부적합한 사례는 어느 무리의 사람들 사이에서나 발견할 수 있다고 답하면서, 빈민수용시설, 경찰서, 심지어는 절망한 사람들이 마지막 대안으로 택하는 군대에서도 이런 경우가 빈번하게 있다는 이야기를 들었다고 했다. 그리고 큰 철도회사 직원들 사이에도 정도 차이만 있을 뿐 사정은 마찬가지라는 것을 안다고도 했다. 그는 젊었을 때 (자신도 때로는 믿기지 않는다며 이 사실이 믿어지냐고 내게 물었다) 자연철학을 공부하였고 대학 강의도 들었지만 제멋대로 방탕한 생활을 하느라 주어진 기회를 허사로 만들었으며, 밑바닥까지 떨어진 다음에는 다시 일어서지 못했다고 했다. 그는 이에 대해 이러쿵저러쿵 말할 불만은 없으며, 자기가 초래한 일이니 기꺼이 받아들인다고 했다. 게다가 다른 일을 시작하기에는 너무 늦어버렸다.

내가 여기에 요약한 내용은 그가 근심 띤 시선으로 나와 난롯불을 번갈아 바라보며 조용히 이야기한 것이다. 그는 말하는 도중 가끔 "선생"이란 호칭으로 나를 불렀고, 특히 자신의 젊은 시절에 관해 이야기할 때 그랬다. ―마치 내게 그를 보이는 그대로 봐주고 이해해 달라고 부탁하듯 말이다. 그 작은 벨 소리가 수차례 우리의 대화를 중단시켰고 그때마다 그는 메시지를 읽고 답신을 보내야 했으며, 한번은 문밖에 서서 기차가 지나가는 동안 깃발을 들고 기관사에게 구두로 메시지를 전달했다. 나는 그가 직무를 수행하는 동안 몹시 정확하고 조심성 있게 행동하고 하던 대화도 중단한 채 맡은 업무가 끝날 때까지 침묵하는 모습을 관찰했다.

다시 말해 그는 이러한 일을 하기에 가장 믿을 만한 사람 중 하나라고 말할 수 있었다. 그렇지만 그는 나에게 이야기를 하던 도중 벨이 울리지 않았는데도 두 번씩이나 얼굴이 창백해져서는 그 작은 벨을 바라보았으며 (건강에 좋을 리 없는 습기가 초소 안에 차지 않도록 굳게 닫아놓은) 초소 문을 열고 터널 입구에 있는 적색 신호등을 내다보았다. 조금 전 멀리서 그를 봤을 때 뭐라고 표현하기는 어렵지만 뭔가 기묘한 구석을 느꼈듯이 그는 두 번 모두 영문을 알 수 없는 태도로 난롯가로 되돌아왔다.

나는 떠나려고 일어서며 말했다. "당신 말을 들어보니 이 생활에 아주 만족하는 것 같군요." (솔직히 나는 그를 유도신문 하는 심정으로 이렇게 말했다.)

"예전엔 그랬지요." 그는 처음에 말했던 것과 같은 낮은 목소리로 답했다. "하지만 지금은 근심스러운 점이 많아요, 선생. 걱정이 많답니다."

그는 방금 자기가 뱉은 말을 취소하고 싶다는 표정을 지었지만 이미 내뱉은 말이었고, 나는 이를 재빨리 받아쳤다.

"무슨 일 때문이죠? 어떤 걱정거리인가요?"

"뭐라고 설명하기가 어려워요, 선생. 이에 관해 이야기하는 건 정말 너무나 어려운 일입니다. 다시 한번 방문하시면 그때는 어떻게든 설명하도록 노력해보지요."

"분명히 다시 방문할 겁니다. 그렇다면 언제가 좋을까요?"

"나는 내일 아침 일찍 퇴근하고 밤 열 시에 근무를 다시 시작합니다, 선생."

"그럼 열한 시에 오겠습니다."

그는 내게 고맙다고 인사하며 문까지 배웅을 나왔다. "올라가는 길을 찾을 때까지 이 백색 등을 비춰드리지요, 선생." 그는 특유의 낮은 목소리로 얘기했다. "길을 찾더라도 소리는 치지 마세요! 꼭대기에 도착해도 절대로 소리치지 마세요!"

그런 그의 태도가 그 장소를 더 오싹한 곳으로 만드는 것 같았지만 나는 "그렇게 하지요,"라고만 대답했다.

"그리고 내일 밤 오실 때도 소리치지 마세요! 떠나기 전에 질문 하나 합시다. 아까 무슨 생각으로 '어이, 그 밑에 누구 없어요?'라고 소리 지른 건가요?"

"글쎄, 그랬던가요. 그 비슷한 소리를 외치긴 했지요 —"

"비슷한 게 아니라 정확히 그렇게 말했어요. 난 그 말을 잘 알고 있습니다."

"예, 인정합니다. 바로 그렇게 소리쳤지요. 아마도 당신이 아래 있는 것을 보고 그렇게 소리쳤던 것 같군요."

"그 이유 말고 다른 이유는 없었나요?"

"다른 이유가 뭐가 있겠습니까?"

"뭔가 초자연적인 방법으로 그 말이 전해진 것 같은 기분이 들지 않나요?"

"전혀요."

그는 잘 가라고 인사하며 등을 들어 비춰주었다. (내 뒤에서 기차가 다가올 것 같은 불길한 기분을 느끼며) 나는 하행선 철로 변을 걸어 아까 그 작은 길로 들어섰다. 내려올 때보다 올라가는 것이 훨씬 더 수월했고 별다른 일 없이 나는 여인숙으로 돌아올 수 있었다.

다음 날 밤 약속 시각을 정확히 지키기 위해 멀리서 열한 시를 알리는 종소리가 땡하고 울리자마자 지그재그로 난 작은 길로 첫걸음을 내디뎠다. 그는 아래에서 백색 등을 비추며 나를 기다리고 있었다. "소리치지 않았어요." 그가 있는 곳에 도착하자 나는 이렇게 말했다. "이제는 말을 해도 되겠습니까?"

"물론이지요, 선생."

"그렇다면 다행이군요. 잘 지내셨죠? 여기 내 손이 있소이다."

"안녕하세요, 선생. 내 손은 여기 있습니다." 악수한 다음 우리는 나란히 그의 초소로 걸어갔고, 들어가자마자 문을 닫고 난롯가에 앉았다.

"난 결심했습니다, 선생." 자리에 앉자마자 그는 몸을 앞으로 숙이더니 속삭이는 것보다 약간 큰 목소리로 이야기했다. "내가 무엇때문에 걱정하는지 다시 물어보실 필요가 없습니다. 어제저녁 나는 당신을 다른 사람으로 착각했거든요. 그것 때문에 불안했던 겁니다."

"착각 때문에요?"

"아니, 그 다른 사람 때문에요."

"그게 누굽니까?"

"모릅니다."

"나와 생김새가 비슷한 사람인가요?"

"잘 모릅니다. 그 사람 얼굴을 한 번도 본 적이 없어요. 왼쪽 팔로 얼굴을 가리고 오른팔은 흔들어대니까요. ― 격렬하게 흔들어댑니다. 이런 식으로요."

나는 그의 행동을 지켜보았다. 그것은 극도로 열정적이고 맹렬한 팔 동작이었다. 마치 "제발, 길에서 비켜요."라고 말하는 듯했다.

그 남자는 말했다. "달빛이 환하게 비추던 어느 날 밤이었어요. 여기에 앉아 있는데 '어이, 그 밑에 누구 없나요!'라고 외치는 소리가 들렸습니다. 깜짝 놀라 일어나 저 문으로 내다보니 누군지 모를 사람이 터널의 적색 신호등 근처에 서서 방금 내가 보여드린 대로 손을 마구 휘젓고 있었습니다. 소리를 질러서 목이 다 쉰 것 같았어요. 그 사람은 '조심하세요, 조심해!'라고 계속해서 외쳐댔지요. 그러더니 또다시 '어이, 그 밑에 누구 없나요? 조심해요!'라고 소리쳤답니다. 나는 램프를 들고 빨간 불을 비추며 그 형체를 향해 달려가며 물었지요. '무슨 일이에요? 뭐가 잘못되었습니까? 어딥니까?' 그 남자는 바로 캄캄한 터널 바깥에 서 있었어요. 그가 왜 계속 소맷자락으로 눈을 가리는지 의아해하며 나는 더 가까이 다가갔지요. 내가 그의 바로 옆까지 달려가 그 소매를 잡아당기려고 손을 뻗은 순간 그는 사라져버렸습니다."

"터널 안으로 말입니까?" 내가 물었다.

"아니요. 나는 터널 안으로 뛰어들어 500야드나 달려갔지요. 그러고는 멈춰 서서 램프를 머리 위로 높이 비춰보니 거리를 측정하는 숫자들과 아치를 타고 뚝뚝 떨어져 벽을 따라 주르륵 흐르는 물 자국이 보였습니다. 나는 터널 안으로 들어갈 때보다 더 빨리 뛰어나왔어요(왜냐하면, 난 그곳을 엄청날 정도로 질색하니까요). 나는 램프를 들고 적색 신호등 주변을 자세히 살펴보았고 철제 사다리를 타고 올라가 그 위에 있는 작은 창고도 살펴보았죠. 다시 내려와 이곳으로 달려왔고 양쪽으로 전신을 보냈습니다. '경고가 울렸는데 이상 없습니까?' 양쪽에서 답신이 왔어요. '이상 없음'이라고요."

차가운 손가락이 등줄기를 천천히 문지르고 가는 듯한 느낌을 애써 참으면서 나는 아마 당신이 잘못 보았던 게 틀림없다고 설명하려 했다. 예민해진 정신이 시신경을 속여 이러한 형체를 보았다고 생각하게 만든 것으로, 이런 증상은 환자들에게 흔히 나타나는 현상이다. 자기 증상의 원인을 파악하게 된 이들 중에서 심지어 자기실험으로 그것을 증명해낸 사람들이 있었다고 이야기해주었다. "당신이 들었다고 상상한 그 외침을 설명하자면, 우리가 아주 낮은 목소리로 말하는 동안 이 기괴하게 퍼지는 계곡의 바람 소리에 한번 귀 기울여 보세요. 전신주를 마치 하프처럼 열광적으로 연주하는 바람 소리가 들리지 않습니까?"

잠시 바깥소리에 귀를 기울인 후 그가 대답했다. 물론 그렇게 생각할 수도 있지만, 이곳에서 그토록 자주 기나긴 겨울밤을 혼자 바깥을 지켜보며 지냈던 그로서는 누구보다도 바람과 전신주에 대해 잘 알고 있다고 말했다. 하지만 그는 아직 이야기가 끝난 것이 아니라고 했다.

내가 미안하다고 말하자 그는 내 팔에 손을 얹고 천천히 다음과 같이 말했다.

"그 남자의 형체가 나타난 지 6시간이 채 지나지 않아서 이 철로에서 잊지 못할 엄청난 사고가 일어났고 10시간도 채 지나지 않아 사상자들은 그 남자가 서 있던 터널 바로 그 지점을 지나 수송되었지요."

불쾌한 전율이 온몸으로 전해졌지만 나는 필사적으로 감정을 억눌렀다. 이 일은 정말 놀라운 우연의 일치이며 그에게 얼마나 강렬한 인상을 남겼을지 이해할 수 있다고 나는 말했다. 하지만 분명한 것은 불가사의한 우연의 일치는 끊임없이 일어나며, 그런 문제를 다룰 때는 그 점을 고려할 필요가 있다는 점에 의문의 여지가 없다고 말했다. (그가 내 말에 반박하려는 기미가 보여) 물론 상식을 지닌 사람들은 대체로 일상생활에서 이런 우연의 일치가 일어날 수 있다는 점을 그다지 생각하지 않는다고 나는 덧붙여 말했다.

자기 이야기가 아직도 끝나지 않았다고 그는 또다시 말했다.

나는 다시 한번 이야기 도중에 말을 잘라서 미안하다고 사과했다.

그는 다시 손을 내 팔에 얹더니 퀭한 눈으로 자기 어깨너머를 흘깃거리며 말했다.

"이건 바로 1년 전에 일어난 일입니다. 그로부터 6, 7개월이 지나서야 나는 그 사건의 충격에서 벗어날 수 있었죠. 그런데 어느 날 아침 해가 뜰 무렵 나는 문 앞에 서서 적색 신호등 쪽을 보다가 그 망령을 또다시 보았어요." 그는 나를 뚫어지라 바라보며 말을 멈췄다.

"이번에도 소리를 지르던가요?"

"아니요. 이번에는 조용히 있었어요."

"이번에도 팔을 휘젓던가요?"

"아니요, 신호등 축대에 기대서서 양손으로 얼굴을 감싸고 있었어요. 이런 식으로요."

다시 한번 나는 그의 동작을 눈으로 따라갔다. 그것은 애도의 표현이었다. 무덤 위에 세워진 석상들이 그런 자세를 취한 것을 본 적이 있었다.

"가까이 가보았습니까?"

"나는 초소 안으로 들어왔어요. 생각을 가다듬고 싶었고, 또 쓰러질 것만 같아 자리에 앉았지요. 문밖으로 다시 나갔을 때는 아침 해가 이미 머리 위로 떠 있었고 그 유령은 사라지고 없었습니다."

"그다음에 무슨 일이 있었나요? 이번에는 아무 일도 벌어지지 않았습니까?"

그는 집게손가락으로 내 팔을 두세 번 두드리며 오싹하게도 매번 고개를 끄덕였다.

"바로 그날 기차가 터널을 통과해 나왔을 때 내가 서 있던 쪽의 객차 창밖으로 여러 개의 손과 머리가 혼란스럽게 모여 있는 것처럼 보였는데, 뭔가가 흔들리고 있었어요. 그것을 보자마자 곧장 기관사에게 기차를 멈추라는 신호를 보냈습니다. 기관사는 증기를 차단하고 제동을 걸었지만, 기차는 이곳을 지나 150야드나 넘게 달리고 나서야 멈췄죠. 나는 기차를 뒤쫓아갔고 그 순간 무시무시한 비명과 고함을 들었답니다. 한 아름다운 아가씨가 객차에서 즉사했더군요. 곧바로 시체를 이곳으로 옮겨와 지금 우리 사이에 있는 이 바닥에 눕혔어요."

그가 가리키는 바닥을 바라보며 나는 엉겁결에 내가 앉아 있던 의자를 뒤로 밀쳤다.

"정말입니다, 선생. 사실이에요. 일어났던 그대로를 말씀드리는 겁니다."

나는 더는 무슨 말을 해야 할지 몰랐고 입안의 침은 말랐다. 바람과 전선은 이 이야기를 듣고 애도라도 하듯 한참 동안 구슬픈 소리를 냈다.

그는 이야기를 계속했다.

"자, 선생, 이 부분을 잘 들어보시고 내가 얼마나 불안에 휩싸여 있는지 생각해보세요. 그 유령이 일주일 전에 다시 나타났어요. 그후 때때로 어느 순간 저곳에 서 있곤 합니다."

"신호등 근처요?"

"저 위험 신호 근처요."

"그게 뭘 하는 것 같던가요?"

가능한 한 한층 더 열정적이고 격정적으로 그는 "제발, 길에서 비켜서요!"라고 말하는 듯한 이전 몸짓을 반복했다.

그런 다음 그는 이야기를 계속했다. "그것 때문에 난 쉴 수도 안정을 찾을 수도 없어요. 그 유령이 나를 불러대는데, 고뇌에 찬 목소리로 한참 동안 계속합니다. '어이, 그 밑에! 조심해요! 조심해!' 그리고는 나에게 손짓을 하지요. 저 작은 벨을 울려대고요 —"

나는 그 말을 듣고 즉시 뭔가가 생각났다. "어제저녁 내가 여기 있을 때 그것이 벨을 울렸나요? 그리고 당신은 문으로 갔고요?"

"그래요, 두 번."

"자, 보세요. 그렇다면 그건 당신의 상상에 불과한 게 틀림없어요! 내 눈이 직접 벨을 보고 있었고 내 귀는 벨 소리에 귀 기울이고 있었지만, 맹세코 두 번 모두 벨은 울리지 않았어요. 다른 경우도 마찬가지고요. 다른 역에서 당신에게 전보를 보냈을 때를 제외하고 그건 한 번도 울린 적이 없었어요."

그는 고개를 흔들었다. "그 문제에 대해서 나는 한 번도 실수한 적이 없습니다. 선생. 나는 사람이 낸 벨 소리와 유령이 낸 벨 소리를 단 한 번도 혼동했던 적이 없어요. 유령이 울리는 벨 소리는 허공에서 울려 퍼지는 이상한 진동을 내지요. 그렇다고 눈으로 벨이 울리는 것을 볼 수 있다는 말은 아닙니다. 당신이 벨 소리를 못 들은 것은 당연한 일이에요. 그렇지만 나에게는 분명히 들렸소."

"그렇다면 당신이 문밖을 내다보았을 때 유령이 그곳에 있었습니까?"

"그래요, 거기 있었어요."

"두 번 다 말입니까?"

그는 확고하게 대답했다. "두 번 다 그랬어요."

"지금도 보이는지 나랑 함께 입구까지 가볼까요?"

그는 다소 내키지 않는 듯 입술을 꾹 깨물었지만 마지못해 일어났다. 나는 문을 열고 계단에 섰고 그는 문가에 서 있었다. 위험 신호가 저 멀리 보였다. 음침한 터널 입구도 보였다. 높고 축축하고 울퉁불퉁한 암벽도 보였다. 하늘에서는 별이 빛나고 있었다.

"보이십니까?" 나는 그의 표정을 유심히 살피며 물었다. 그의 눈은 두드러지게 긴장한 듯 보였으나 어쩌면 내 눈도 같은 지점을 진지하게 바라볼 때는 그랬을지 모른다.

"아니, 거기 없네요." 그가 대답했다.

"예, 나도 안 보입니다." 내가 말했다.

우리는 다시 안으로 들어와 문을 닫고 자리에 앉았다. 이 유리한(?) 상황을 어떻게 이용하는 것이 좋을지 내가 곰곰이 생각하는 동안, 그는 아무렇지도 않게 대화를 이끌어 나갔다. 우리 둘 사이에 더는 이야기의 진위에 관한 의심이 있을 수 없다는 분위기가 감돌았고 나는 상당히 불리한 처지에 놓인 것 같은 기분이 들었다.

"지금쯤이면 충분히 이해하셨을 겁니다, 선생. 내가 그토록 끔찍하게 고민하는 것이 바로 그 문제, 그러니까 그 유령은 도대체 어떤 의미가 있는 걸까? 라는 점을요."

나는 그 질문의 뜻을 잘 이해하지 못하겠다고 대답했다.

"도대체 그 유령은 무엇에 대한 경고를 보내는 걸까요?" 그는 심사숙고하는 듯이 불길을 바라보고 또 때로는 나를 바라보며 물었다. "무슨 위험일까요? 그게 어디서 일어날까요? 이 노선 어딘가에 위험이 도사리고 있습니다. 아주 무시무시한 큰 재난이 일어날 것만 같아요. 이번이 세 번째인데, 앞서 일어난 일을 생각해보면 결코 의심의 여지가 없어요. 그런 데다가 이게 나에게만 이렇게 끔찍하게 붙어 다니니, 도대체 난 어떻게 해야 할까요?"

그는 손수건을 꺼내 열이 나는 이마에 흐르는 땀을 닦아냈다.

"만일 내가 한쪽이나 양쪽에 위험 전신을 보낸다 해도, 왜 위험한지 그 이유를 말할 수가 없어요. 나만 곤란한 처지에 놓일 뿐 아무런 도움이 안 됩니다." 그는 손바닥을 닦아내며 말을 이어갔다. "아마 사람들은 나를 미친놈 취급할 거예요. 아마 이렇게 되겠죠. ― 메시지: '위험! 조심하라!' 답신: '어떤 위험인가? 장소는?' 메시지: '정확히 알 수 없음. 하지만 제발이지 조심하라!' 어쩌면 날 여기서 쫓아낼지도 모르죠. 회사로서는 당연한 것 아니겠어요?"

실로 그의 심적 고통은 보기에 안타까웠다. 그것은 생사와 관련된 난해한 책임감으로 견디기 힘든 중압감을 느끼는 양심적인 사람이 겪는 정신적 고문이었다.

"맨 처음 그 유령이 위험 신호 아래 서 있었을 때," 그는 새까만 머리를 쓸어 올리고 너무 심한 고뇌로 정신이 없는 듯 양손으로 관자놀이를 어루만지며 말했다. "만일 이 사고가 꼭 일어나야 한다면, 왜 어느 지점에서 사고가 일어날지 내게 알려주지 않을까요? 만약에 막을 수 있는 사고라면 무엇 때문에 이렇게 하면 이 사고를 피해 갈 수 있을지 말해주지 않을까요? 두 번째로 나타났을 때 어째서 그는 얼굴을 가리는 대신 '그녀는 죽을 운명이니 그냥 집에 머물러 있도록 하는 게 좋겠어,'라고 말해주지 않았을까요? 만약에 처음 두 번은 단지 그의 경고가 사실이라는 것을 보여주기 위해 나타났던 것이고 세 번째 사고는 대비할 수 있도록 나를 준비시키기 위한 거라면, 왜 지금 나에게 확실하게 경고해주지 않을까요? 제발 신이시여, 나를 도우소서! 나는 이 외로운 초소에서 일하는 힘없는 신호원일 뿐입니다! 사람들이 믿어줄 만한 명성이 있고 이에 대해 조처할 힘을 지닌 사람에게 유령을 보내시면 좋지 않을까요?"

나는 이렇듯 괴로워하는 그 사람을 지켜보면서 단지 대중의 안전만이 아니라 이 불쌍한 남자를 위해서 우선으로 그가 마음의 평정을 찾을 수 있도록 도와야 한다고 생각했다. 그래서 그것이 실제인지 아닌지는 일단 제쳐놓고, 자신의 직무를 완벽하게 수행하는 사람은 누구나 반드시 성공할 것이며, 그가 이 혼란스러운 존재의 출현은 이해하지 못했어도 그의 직무에 관해서는 이해하고 있으므로 적어도 그것은 큰 위안이라고 나는 말해주었다. 이런 접근 방식은 그가 굳게 믿고 있는 신념이 있을 수 없는 일이라는 사실을 이성적으로 설득시키는 것보다 훨씬 더 효과적이었다.

그는 다시 침착해졌다. 밤이 깊어가면서 그가 맡은 직무를 수행하는 일도 점점 더 많은 주의를 필요로 하게 되었다. 새벽 두 시에 나는 그와 헤어졌다. 내가 밤새 같이 있어 주겠다고 제의했지만, 그는 당치 않은 소리라며 거절했다.

작은 길을 따라 올라가면서 몇 번이나 적색 신호등을 뒤돌아본 일이라든지, 나 또한 그 적색 신호등이 싫었으며 만약 저 아래에서 자야 했다면 그날 밤 제대로 잠을 이루지 못했을 것이라는 사실을 굳이 숨길 필요는 없다고 나는 생각했다. 첫 번째 사고와 젊은 여인의 죽음이라는 두 사건이 연속적으로 일어난 것도 끔찍하게 여겨졌고, 이런 느낌 또한 숨길 필요가 전혀 없다고 생각했다.

하지만 내 생각의 대부분은 이런 사실을 알게 된 이상 어떤 조처를 해야 하나? 에 집중되었다. 그 신호원이 현명하고 조심스러우며 매사를 정확하게 처리한다는 것을 알게 되었지만, 현재 그의 정신상태를 고려해볼 때 그가 언제까지 신중함을 유지할 수 있을까? 비록 그는 신호원에 불과하지만, 여전히 신임을 필요로 하는 아주 중요한 위치를 차지하고 있는 상황에서 (예를 들어) 나라면 그가 정확하게 직무 수행을 완수하리라는 가능성에 내 생명을 맡길 수 있을까?

그에게 미리 언질을 주고 이 일을 어떻게 처리할 것인지 먼저 상의하지 않은 채, 그가 내게 들려준 이 괴이한 이야기를 그의 회사 상사들에게 통보한다는 것은 그를 배반하는 일이라는 생각을 뿌리칠 수가 없었다. 그래서 나는 궁극적으로 일단 그 근방에서 가장 현명한 의사를 함께 찾아가 소견을 듣고 그가 치료를 받는 동안 비밀을 지켜주겠다는 제의를 하기로 마음먹었다. 그는 다음 날 밤에 근무 시간이 바뀐다는 사실을 내게 알려주었다. 해가 뜬 후 한두 시간 정도 비번이고 해가 진 후에 근무가 다시 시작된다고 했다. 나는 그 시간에 맞춰 다시 찾아가겠다고 했다.

다음 날 저녁은 느물게 아름다웠고 나는 즐거운 마음으로 산책할 겸 일찍 나왔다. 그 가파른 골짜기 옆 평원에 난 길을 따라 내려갔을 때는 해가 아직 완전히 지지 않은 상태였다. 나는 산책하는 시간을 한 시간 정도 늘리기로 했다. 가는 데 30분 돌아오는 데 30분 걸리면 바로 신호원 초소에 갈 시간이 되겠다고 생각했다.

산책을 시작하기 전 나는 벼랑 위에 서서 그를 처음 보았던 지점에서 아래를 기계적으로 내려다보았다. 그 순간 말할 수 없는 전율이 덮쳐왔는데, 터널 입구 근처에서 왼쪽 소매로 눈을 가린 채 격정적으로 오른팔을 흔들고 있는 사람의 형체를 보았기 때문이다.

그러나 나를 압박했던 형언할 수 없는 공포는 한순간에 사라졌다. 왜냐하면, 이 형체가 실제 사람이라는 사실을 확인했고 남자 여럿이 그 주변에 서 있었으며 그들에게 그 동작을 되풀이해 보여주는 것처럼 보였기 때문이다. 위험 신호는 아직 켜지지 않았다. 축대 옆으로 이전에 본 적이 없는 타르를 칠한 방수 천과 나뭇조각으로 나지막하게 세워놓은 작은 움막이 있었다. 크기는 침대만 했다.

나는 뭔가 잘못되었다는 생각을 떨쳐버릴 수가 없었다. ─그를 감독하거나 그를 대신해서 일을 제대로 처리할 사람을 보내도록 조처하지도 않고 그 남자를 그곳에 혼자 내버려둔 것은 큰 실수였다고 자책하며 불안한 마음으로 ─ 나는 가능한 한 빨리 길을 내려갔다.

"무슨 일입니까?" 나는 사람들에게 물었다.

"오늘 아침에 신호원이 죽었습니다, 선생."

"저 초소에 있었던 사람은 아니겠지요?"

"예, 맞습니다, 선생."

"내가 알고 지내던 그 사람일까요?"

"그를 아신다면 그의 시신을 확인해주실 수 있겠네요, 선생." 다른 사람들을 대신해서 한 남자가 엄숙하게 모자를 벗고 움막 한쪽 끝을 들어 올리며 진지하게 말했다. "그 사람 얼굴은 꽤 평온해 보입니다."

"아, 도대체 이게 어떻게 된 일입니까? 어떻게 이런 일이 일어났나요?" 움막 자락이 다시 그의 얼굴을 가리자 나는 거기 서 있는 이 사람 저 사람에게 돌아가며 물었다.

"기차에 치였어요, 선생. 영국에서 이 사람보다 자기 일을 제대로 하는 사람은 없었는데 말이죠. 웬일인지 그가 철로에서 충분히 떨어지지 않은 곳에 서 있었던 모양입니다. 그것도 환한 대낮에요. 그는 불을 켰고 손에 램프를 들고 있었어요. 기차가 터널에서 나왔을 때 그는 등을 돌리고 있었기 때문에 기차에 치인 것 같습니다. 저 사람이 기관사인데 이 일이 어떻게 벌어졌는지 설명하던 중이었어요. 이 신사분에게 정황을 다시 보여드리게, 톰."

짙은 색의 거친 외투를 입은 남자는 조금 전에 서 있던 터널 입구로 다가갔다.

"저는 터널 안에서 커브를 돌고 있었어요, 선생. 터널 끝에 그 사람이 서 있는 걸 보았는데, 마치 모든 것을 가깝게 보이게 하는 거울로 보는 것 같았죠. 속력을 늦출 시간이 없었던데다 그가 아주 신중하고 조심스럽다는 것을 알고 있었기 때문에 괜찮을 거로 생각했지요. 내가 경적을 울렸는데도 그 사람은 못 들은 것 같았어요. 그 사람한테 가까이 다다랐을 때 경적을 *끄고* 그를 향해 최대한 크게 소리를 질렀지요."

"뭐라고 외치셨나요?"

신호원   227

"'어이, 그 밑에! 조심해요! 조심해! 제발 길에서 비켜요!'라고 외쳤죠."

나는 이 소리를 듣고 깜짝 놀랐다.

"아! 정말 무시무시한 순간이었어요, 선생. 나는 계속해서 소리를 질러댔고 그를 보지 않으려고 이 팔로 눈을 가렸어요. 그리고 비키라고 다른 쪽 팔을 끝까지 휘둘렀지만, 아무 소용이 없었습니다."

*　　*　　*

다른 것보다 이 이야기의 괴상한 상황에 대해 더 길게 얘기할 필요 없이 나는 이야기를 마치면서 다음과 같은 우연의 일치가 있었다는 것을 지적하고자 한다. 그러니까 기관사의 경고에 바로 그 불행한 신호원이 자신을 괴롭히고 있다고 나에게 반복해서 일러주었던 말뿐만 아니라 신호원이 흉내 냈던 그 동작을 보면서 — 그가 아니라 — 나 자신이 밖으로 내뱉지 않고 단지 마음속에서만 덧붙였던 말이 포함되어 있었다는 점을 말이다.

허먼 멜빌(1819~1891)

　호손과 함께 멜빌은 19세기 '미국 르네상스'라 불리는 시기의 대표적 소설가, 시인으로 귀족 가문에 태어났으나 가난하여 대학교육도 제대로 받지 못했다. 20세에 상선 선원이 되었고 그 후 포경선을 타고 남태평양으로 나가 고래사냥을 하였다. 대표작으로는 초기의 해양모험소설 『타이피』, 『오무』, 『마디』, 젊은 귀족 피에르의 방황과 좌절을 그린 장편 『피에르』, 『서기 바틀비』를 비롯한 주옥같은 중·단편들, 미국 사회를 풍자한 장편 『사기꾼』이 있다. 그의 문학은 시종일관 문명에 대해 풍자적이고 비판적이었으며, 민주주의 이상과 미국 현실 정치 사이의 괴리를 철학적으로 깊이 있게 파고들었다. 미국 문학의 최고 대작 『모비 딕』(백경)을 남긴 멜빌의 만년 작품으로는 『사기꾼』, 『베니토 세레노 선장』, 『빌리 버드』와 시집으로 『클라렐』과 『티몰리언』이 있다.

종탑(鐘塔)

허먼 멜빌

남유럽 어느 평원 한가운데에 한때는 전성기 프레스코 화법으로 화려하게 장식된 기둥머리 같았던 게 지금은 축축한 곰팡이로 완전히 부식된 채 서 있는데, 멀리서 보면 이제는 잊힌 시대에 거인족 아낙족과 타이탄족과 함께 쓰러진 광대한 소나무의 검은 이끼가 낀 그루터기인 것 같다.

소나무가 쓰러진 곳을 따라 나무가 부패하면서 이끼로 뒤덮인 작은 둔덕이 생겨났다. 이제 그것은 소멸한 나무 몸통이 마지막으로 드리운 그늘로, 태양의 덧없는 기만에 영향을 받지 않아 더 길어지지도 더 줄어들지도 않으며 쇠퇴에서 생겨나는 진정한 척도이자 변하지 않는 응달이다. 그루터기처럼 보이는 것에서 서쪽으로 흔들림 없는 죽창 모양의 이끼 낀 폐물이 평원 위로 혈관처럼 뻗어 있다.

나무 꼭대기에서 은방울 소리 같은 들새 종소리가 울려 퍼졌었다. 돌로 된 소나무, 그 정수리에 있는 금속 새장인 바로 그 종탑은 위대한 기계공이었지만 축복받지 못한 고아, 반나돈나가 만든 것이었다.

바벨탑처럼 이 종탑의 기반은 암흑시대에 수원(水源)이 고갈되었을 때, 두 번째 대홍수로 초원이 다시 나타나게 되어 대지가 소생하게 된 그런 소중한 순간에 세워졌다. 그토록 오랫동안 깊은 물에 잠겼던 다음에 세워진 터라 노아의 자손들이 그랬던 것처럼 이 종탑에 대한 한 민족의 환희에 찬 기대감은 당연히 시날 평지의 야심으로 높이 치솟았을 것이다.

결단력으로 따지자면 그 시대 유럽의 어느 사람도 반나돈나를 능가할 수 없었다. 레반트 지역 나라들과 무역으로 부를 축적하게 된 그가 살던 도시의 시민들은 투표로 이탈리아에서 가장 웅대한 종탑을 짓기로 했다. 건축가로서 명성이 드높았던 반나돈나에게 종탑 설계가 맡겨졌다.

돌이 하나둘씩 쌓이고 한 달 두 달 시간이 지나자 우뚝 솟은 탑이 모습을 드러냈다. 높이 더 높이, 비록 달팽이처럼 느릿느릿 진행되었지만 이에 대한 자긍심은 광명의 불처럼 빛났다.

날마다 일과를 마치고 석공들이 공사장을 떠나면 반나돈나는 홀로 하루가 다르게 더 높아지는 이 종탑의 정상에 서서 자신이 높은 담들과 큰 나무들을 뛰어넘어 한층 더 높은 곳에 서 있다는 것을 확인했다. 그는 늦게까지 그곳에 머무르며 위용을 자랑하는 다른 건축물을 설계할 계획에 골몰했다. 주일이 되면 이곳으로 많은 사람이 떼를 지어 몰려왔고, 마치 조선소 선원들이나 큰 가지에 모여든 벌레처럼 건축장의 조잡한 가실 기둥에 매달렸다. 이렇게 몰려든 사람들은 석회가루나 먼지, 그리고 떨어지는 돌조각도 아랑곳하지 않고 그에게 경의를 표했으며 이는 반나돈나의 자부심을 더욱 자극했다.

마침내 탑의 축제일이 되었다. 현악기인 비올 소리에 맞춰 정상에 놓일 마지막 돌이 천천히 공중으로 올라갔고 축포가 발사되는 가운데 반나돈나가 직접 이 돌을 제 위치에 놓았다. 그런 다음 그는 홀로 그 위에 올라 팔짱을 끼고 똑바로 서서 평원에서는 보이지 않는 푸른 내륙 알프스산맥의 하얗게 빛나는 산봉우리와 더욱 푸르게 빛나는 해안 너머 알프스산맥의 새하얗게 빛나는 정상을 바라보았다. 아래에서 올려다보는 사람들에게 또 보이지 않는 것은 아래를 향한 반나돈나의 시선이었는데, 관객들이 축포 소리와도 같은 박수갈채를 힘차게 보낼 때마다 그는 내려다보았다.

그곳에 모인 사람들을 그토록 열광하게 만든 것은 지상 300피트 높이에 가로대도 없는 대 위에 서 있는 건축가의 침착한 자태였다. 이는 감히 반나돈나만이 할 수 있는 일이었다. 종탑이 건설되는 단계마다 돌무더기 위에 주기적으로 서 있는 단련을 통해 이런 결과를 가져온 것이었다.

이제 마지막으로 남은 일은 종을 다는 일이었다. 종은 모든 측면을 고려할 때 종루와 조화로워야 했다.

작은 종을 다는 일은 순조롭게 진행되었고 작은 종에 이어 몹시 정교하게 장식된 큰 종을 걸었다. 이 종은 단 하나밖에 없는 희귀한 것으로 이전에는 없던 새로운 방법으로 종탑에 걸 계획이었다. 회전하도록 설계된 이 종은 그 당시에 만들어진 시계장치에 연결되어 있었는데, 이 종의 제작 목적은 나중에 언급하도록 하겠다.

종탑과 시계탑은 단번에 연결되었다. 물론 그 이전에도 그런 구조물은 흔히 별개로 지어졌었다. 예를 들어 교회 건물과 서로 분리되어 세워진 산 마르코 대사원의 시계탑과 깜빠닐레 종탑이 오늘날까지 이러한 경향을 잘 보여준다.

하지만 반나돈나가 그의 참신한 기술을 아낌없이 쏟아부은 것은 바로 이 위대한 종이었다. 반나돈나만큼 의기양양하지 않았던 행정관들은 그에게 종에 대해 충고해주었으나 이는 헛된 일이었다. 그 탑이 진정으로 거대하지만 그래도 여기 매달려 움직이며 울리게 될 종의 무게는 제한하는 게 좋겠다고 그들은 지적했었다. 하지만 반나돈나는 소신대로 일을 추진해나갔고 신화적인 도구들을 사용하여 종의 거대한 주형을 준비했다. 그는 발삼전나무로 불을 지피고 양철과 구리를 녹였으며 공공심이 많은 귀족들이 기부한 판금을 던져 넣고 이를 주형에 가득히 부었다.

속박에서 풀려난 금속이 사냥개들처럼 짖어댔다. 그 소리에 일꾼들은 위축되었다. 그들이 두려운 나머지 움츠러든 와중에도 반나돈나는 종에 치명적인 해를 입힐까 걱정이 되었다. 사드락['당신의 명령'이라는 의미로 다니엘의 세 친구 중 한 사람인 유다 지파 하나냐가 바벨론에 잡혀간 후 그 나라 환관장에게 받은 이름이다. 그는 느부갓네살(신바벨론의 2대 왕)이 세운 금신상 예배를 거부했기 때문에 메삭, 아벳느고와 더불어 극렬히 타는 풀무에 던져졌으나 하나님의 역사로 구원되었다]처럼 두려움이 없던 반나돈나는 시뻘겋게 타오르는 불길을 뚫고 달려가 육중한 쇳물 바가지로 두려움의 주된 원흉을 세게 내리쳤다. 세게 내리친 부분에서부터 갈라진 파편이 펄펄 끓는 덩어리 사이로 내던져지더니 단번에 그 안으로 녹아들었다.

다음 날 이미 작업을 마친 부분부터 조심스럽게 덮개를 치웠다. 모든 것이 다 괜찮아 보였다. 사흘째 되는 날 아침, 역시나 만족스럽게 작업한 부분이 점점 더 아래로 드러났다. 마침내 위대한 테베의 왕처럼 완전히 냉각된 주물을 들춰냈다. 오직 한 부분을 제외하고는 모든 것이 다 괜찮았다. 하지만 그는 자신 외에는 누구도 종을 점검하지 못하도록 했기 때문에 아무도 고안해 내지 못한 방법으로 이 결점을 숨겼다.

이렇듯 거대하게 주물 된 금속 덩어리는 이를 주조한 사람에게 대단한 공적을 안겨주었다. 관료들도 이러한 성공의 기쁨에 전적으로 동참했고 반나돈나의 살인을 눈감아주었다. 그런 행동을 극악무도함 때문이 아니라 갑작스럽게 솟구친 심미적 열정 탓으로 관대하게 이해해주었다. 즉, 아랍에서 온 군마의 발길질처럼 악덕의 징조가 아니라 그의 혈통 때문이라고 치부되었다.

그의 중죄는 판사에게 사면받았고 신부가 면죄하여주었으므로 병든 양심조차 회복되기에 충분했다.

종탑과 이를 건설한 사람에게 영광을 돌리기 위해 또 다른 공휴일이 지정되었고 이 나라에서는 종과 시계장치를 끌어올리며 이전보다 훨씬 화려하고 허식적인 장관을 볼 수 있게 되었다.

그 후 수개월 동안 반나돈나는 평소보다 훨씬 오랫동안 고독한 시간을 보냈다. 사람들은 그가 종실(鐘室)과 관련된 무언가를 준비하고 있다는 사실을 알고 있었다. 대부분 사람은 반나돈나가 지금 작업 중인 것은 이전에 그가 보여주었던 어떤 작품보다도 위대할 것이라 기대했고 그 디자인은 종을 주조하는 방식과 비슷할 거라고 예상했다. 하지만 통찰력이 있다고 자부하는 사람들은 고개를 흔들며 반나돈나가 근거도 없이 비밀스럽게 일을 진행할 까닭은 없다고 지적했다. 반나돈나의 은둔생활로 그가 진행하는 작업에 대한 호기심은 커져만 갔고 그가 하는 일이 어쩌면 금기된 것과 연관되었을지 모른다는 신비스러움에 휩싸이게 되었다.

이윽고 반나돈나는 짙은 색의 자루 혹은 덮개로 감싼 무거운 물체를 종실로 끌어올렸는데, 이런 절차는 아주 정교하게 만들어진 조각물이나 석상을 다룰 때 가끔 사용되는 방법이었다. 이것은 새 건축물의 앞부분을 장식할 목적으로 만든 새로운 조각품이 예정된 위치에 완전히 설치되기 전까지 사람들의 비판적인 시선에 노출되지 않게 하려고 건축가들이 흔히 쓰는 수법이었다. 이번에도 반나돈나는 이런 방식으로 작품을 숨기고 있다는 인상을 남겼다. 하지만 그 물건이 공중에 매달려 종실로 옮겨질 때 그곳에 있던 조각가가 그것을 보았는데, 아니 보았다고 생각했는데 이 물건은 완전히 딱딱한 것이 아니라 어느 정도 유연한 것이었다. 숨겨진 이 물건이 마침내 예정된 높이에 도달하자 아래에서는 희미하게나마 이 물건이 마치 기중기의 도움 없이 스스로 종실로 걸어가는 것처럼 보였다고 했다. 예리하기로 소문난 대장장이 노인은 이것이 살아 있는 사람이라는 추측을 과감하게 내놓았는데, 그곳에 있던 사람들은 대장장이의 주장이 어리석다는 점에 동의하면서도 이 물건에 관한 관심은 계속 늘어만 갔다.

반나돈나의 제지에도 불구하고 그 도시의 주지사가 동료 한 명과 함께 — 둘 다 나이 지긋한 노인들이 — 그 형상을 따라 탑으로 올라왔다. 그러나 종실에 다다른 그들은 탑을 올라온 수고에 보답할 만한 어떠한 것도 찾지 못했다. 예술가에게 부여된 신비감 뒤로 자기 입장을 굳힌 그 제작자는 어떤 설명도 주저하고 있었다. 두 지사는 덮개로 뒤덮인 물건을 힐끗 쳐다보았는데 놀랍게도 이 물건은 이전과 그 모습이 달랐다. 아니면 이전에는 바람에 휘날리는 덮개에 파묻혀 참모습이 숨겨져 있었던 것인지도 모르겠다. 이제 그것은 덮개에 싸여 어떤 틀이나 의자에 앉아 있는 것처럼 보였다. 두 사람은 그 조형물을 가리고 있는 덮개 맨 윗부분에, 실수인지 의도인지 모르겠지만, 직물에 정사각형으로 부분적인 틈이 벌어져 있고 여기저기에 실이 잡아 뜯겨 격자무늬의 구멍이 생긴 것을 보았다. 격자 세공 사이로 몰래 스며들어오는 바람 때문이었는지 아니면 동요된 그들의 상상력 때문이었는지 정확히 알 수는 없지만 두 지사는 그 덮개 속에서 발작적으로 용수철처럼 튀어 오르는 가벼운 동작을 감지했다. 불안해하는 그들의 시선에서 우연한 일이건 대수롭지 않은 일이건 그 어느 것도 벗어날 리 없었다. 그들은 무엇보다도 구석에 놓인 부분적으로 부식되고 무언가로 뒤덮인 도기 컵을 포착하였다. 그러자 한 지사가 다른 지사에게 이 컵은 누군가가 장난삼아 놋쇠로 만든 조각상(아니면 그보다 더한 것)의 입술에 물을 축이기 위해 사용하는 것인가 보다고 속삭였다.

그러나 이에 대해 질문을 받은 반나돈나는 그 컵은 자신의 주조작업에 사용된 것이라고 간단히 대답하고는 그 용도를 설명했다. 간단히 말해서 그 컵은 융합된 금속의 상태를 시험해보기 위한 것이었다. 그 컵이 단지 우연히 종실로 딸려왔다고 그는 덧붙여 말했다.

두 지사는 마치 베네치아의 가장무도회에서 가면으로 신분을 속이고 있는 어떤 수상한 사람을 대하듯 덮개가 씌워진 조형물을 계속 응시했다. 이런저런 막연한 우려가 그들의 마음을 불안하게 만들었다. 심지어는 반나돈나를 그곳에 두고 그들이 종탑을 내려오는 순간 비록 살아 있는 사람은 아니라 해도 그가 그곳에 혼자 남겨져서는 안 될 것 같은 섬뜩한 기분이 들었다.

불안해하는 그들을 바라보며 웃는 척하면서 반나돈나는 지사들과 조각상 사이에 거친 캔버스 천을 잡아당겨서 그들을 안심시키려고 했다.

덮개로 가려진 그 조형물이 눈에서 사라지자 지사들 눈에 주변에 널려 있던 다른 예술품들이 들어오기 시작했다. 여태까지 미완성 상태로만 보였던 경이로운 작품들이었는데, 종을 매단 후 주물공을 제외하고는 아무도 그곳에 들어온 적이 없었기 때문이었다. 아주 사소한 작업조차도 자신이 할 수 있는 일을 남에게 맡기지 않는 것이 반나돈나의 특징 중 하나였다. 만일 시간이 아주 많이 소요되지만 않는다면 그는 스스로 성취감을 맛보고 싶어 했다. 그래서 지난 몇 주 동안 그는 비밀스러운 작업에 쓰이지 않은 나머지 시간에는 종에 새겨진 형상을 더 정교하게 만드는 데 전념했다.

지금은 특히 시계 종이 관심을 끌었다. 이전에 주조과정에서 있었던 그 유감스러운 사고로 드러나지 않았던 종의 화려한 아름다움은 아주 세심하게 작업한 끝의 움직임 덕분에 이제는 수줍은 듯 그 우아하고 아름다운 자태를 드러냈다. 그 종의 둘레에서는 시간을 구체적으로 표현한 12명의 유쾌한 소녀의 형상이 화환을 두르고 손에 손을 잡은 채 일제히 원을 그리며 춤을 추고 있었다.

"반나돈나." 주지사가 입을 열었다. "이 종은 타의 추종을 불허하는군. 더는 손을 대지 않아도 지금 이 상태로도 완벽해!" 그러다 갑자기 무슨 소리를 들은 듯 그가 물었다. "잠깐, 귀를 기울여봐! 이 소리가 바람 소리였소?"

"예, 바람 소리입니다." 반나돈나는 아무렇지 않게 대답했다. "하지만 이 형상들은 아직 여기저기 흠집이 있어서 좀 더 손을 봐야 합니다. 이것들은 손질이 끝나면 저쪽에 놓인 저 덩어리 ― ," 그는 캔버스 스크린을 가리키며 말했다. "제가 장난 삼아 하만[성서 에스더 참조. 페르시아 왕 아하수에로의 재상으로 유대인의 적임]이라 부르는 그, 아니 그것이 저기에 놓이면, 그러니까 우뚝 세워놓은 이 나무 위에 하만을 고정하고 나면, 제가 기꺼이 두 분을 다시 여기로 초대하겠습니다."

그 조각상에 대한 모호한 언급은 두 지사를 또다시 불안하게 만들었다. 그러나 방문객들은 마지 못해 두 번 다시 그 조각상에 대해 언급하지 않았다. 어쩌면 귀족의 차분한 위엄이 서민적인 예술품에 의해 얼마나 쉽게 자극받고 동요되는지 하층민 기계공 반나돈나가 눈치챌까 염려되었는지도 모른다.

"그럼 반나돈나, 시간마다 소리를 들을 수 있게끔 시계장치를 설치할 준비는 언제쯤이면 되겠는가? 물론 작업 자체도 중요하지만 자네에 대해서도 그만큼 염려하고 있으니까 이번 일을 꼭 성공리에 마쳤으면 좋겠네. 시민들도 다 마찬가지 생각일 거야. 자 들어보시게, 지금도 사람들이 이러한 바람을 크게 외치고 있지 않은가. 언제 준비되는지 정확한 시간을 알려주게나." 주지사가 말했다.

"내일이면 준비될 것입니다. 그러니 꼭 귀를 기울여주십시오. 아니, 굳이 그렇게 하시지 않더라도 이상한 음악 소리를 듣게 되실 겁니다. 한 시를 알리는 종소리가 저기 있는 종으로부터 처음 나는 소리가 될 것입니다." 반나돈나는 소녀들과 화환으로 장식된 종을 가리키며 말했다. "그 일격은 바로 여기, 그러니까 첫 번째 소녀가 두 번째 소녀의 손을 잡은 이곳을 치게 됩니다. 그러면 둘이 정답게 꼭 쥐고 있는 손이 떨어지게 되지요. 내일 한 시에 정확히 이곳을 치게 될 것입니다." 반나돈나는 앞으로 걸어가서 손가락으로 두 소녀가 손을 꼭 쥐고 있는 곳을 가리켰다. "그리고 저는 충성스러운 가신으로서 지사님들을 이 보잘것없는 작업장으로 다시 한번 초대하도록 하겠습니다. 그럼 안녕히 가십시오, 저명한 귀인들이시여. 그리고 이 가신의 종소리에 귀를 기울여주십시오."

불카누스[로마신화에 나오는 불과 대장장이의 신]처럼 침착한 얼굴로 괴철로(塊鐵爐)처럼 밝게 타오르는 광채를 숨기고 그는 마치 그들의 퇴장을 호위하듯 지사들에게 과장된 경의를 표하며 석탄 통을 향해 이동했다. 그러나 마음씨 좋은 부지사는 반나돈나의 겸손해 보이는 태도 아래에 숨겨진 냉소와 경멸을 눈치채고 이를 염려했다. 그의 걱정은 자신이 받은 모욕 때문이 아니라 반나돈나를 걱정하는 그리스도인으로서의 진정한 동정심에서 비롯된 것이었다. 한편으로는 주위에 있는 기이한 물건들에서 비롯된 것이기도 했지만 이렇듯 냉소적으로 혼자만의 놀이를 즐기는 건축가의 궁극적 운명이 어떠할지 어렴풋이 추측하면서, 이 선한 지사는 안타까운 눈으로 반나돈나에게 곁눈질을 보냈다. 그러다 어떤 불길함을 예언하기라도 하듯 그는 한 시를 가리키는 첫 번째 소녀의 불변하는 표정을 보고 깜짝 놀랐다.

"반나돈나, 어떻게 된 일인가? 이 첫 번째 소녀는 다른 소녀들과 생김새가 다르군." 그가 낮은 목소리로 물었다.

"대관절 어떻게 된 것인가, 반나돈나." 동료의 말을 듣고 이 형상에 주의를 기울이게 된 주지사가 충동적으로 그들의 대화에 끼어들었다. "이 소녀의 얼굴은 피렌체 사람 델 폰카(Del Fonca)가 그린 예언자 드보라와 매우 흡사해 보이는걸."

"반나돈나, 분명 자네는 열두 명의 소녀들이 똑같이 쾌활하고 자유분방한 표정을 짓게 할 의도가 아니었던가? 그런데 이 첫 번째 소녀의 미소는 왠지 치명적인 것 같은데. 너무 다르군." 너그러운 지사가 조용히 말을 이었다.

그의 너그러운 동료가 이야기하는 동안 주지사는 이런 차이를 어떻게 설명할 것인가 몹시 궁금한지 불안한 듯한 눈초리로 동료와 반나돈나를 번갈아 쳐다보았다. 주지사는 한 발을 석탄 통 가장자리에 올린 채 서 있었다.

반나돈나가 입을 열었다.

"지사님께서 예리한 눈으로 지적해주신 부분을 지금 보니 첫 번째 소녀의 얼굴이 참으로 미세하게 차이가 나는군요. 하지만 종에 새겨진 얼굴을 전부 살펴보시면 완전하게 일치하는 두 얼굴을 찾지 못하실 겁니다. 왜냐하면, 예술에는 한 가지 법칙이 있는데 ―아, 그런데 바람이 점점 더 차가워지는군요. 이 격자창이 막아내기에는 역부

족입니다. 제가 돌아가시는 길을 조금이라도 인도할 수 있게 해주십시오. 공무를 수행하시는 분들의 건강은 더 조심해서 관리해야 하지 않겠습니까."

"첫 번째 소녀의 얼굴에 대해 계속 얘기해보게나, 반나돈나. 어떤 예술적인 법칙이 있다고 말하던 중이었지?" 세 사람이 함께 돌계단을 내려가는 동안 주지사가 물었다. "계속 말해보게나."

"죄송합니다만, 다음에 말씀드리도록 하지요. 종탑이 습기가 차서 매우 축축합니다."

"아니야, 나는 지금 꼭 여기서 듣고 싶네. — 여기 마침 넓은 층계참이 있군. 바람이 가려지는 쪽으로 난 틈으로 불빛도 충분하네. 이제 그 법칙에 관해 대강이라도 얘기해보게나."

"지사님께서 그토록 듣고 싶어 하시니 말씀드리지요. 예술에는 모방을 금지하는 법칙이 있습니다. 기억하실지 모르겠지만 몇 년 전에 제가 공화국의 옥새 제작을 주문받았던 적이 있습니다. 지사님의 선조이시고 이 나라의 혁혁한 설립자의 두상이 새겨진 것이었죠. 짐짝과 소포에다 한꺼번에 도장을 찍어야 하는 세관원의 일을 더 수월하게 하려고 저는 백 개의 도장이 각인된 금속판을 조각했습니다. 물론 제 의도는 그 백 개의 도장을 모두 똑같이 제작하는 것이었어요. 그러나 제가 감히 말씀드리는데 비록 사람들은 그렇게 생각할지 모르겠으나 금속판을 자세히 살펴보면 나란히 조각된 그 백 개의 두상 중 같은 것이 하나도 없다는 사실을 발견하실 겁니다. 모두 엄숙한 자태를 취하고 있지만 조금씩 다릅니다. 어느 것에는 자비로움이 두드러졌고, 어느 것에는 모호함이, 개중 서너 개를 자세히 살펴보면 악의의 씨앗이 보일지도 모릅니다. 단순히 입 주변에 있는 선 하나로 인한 그림자 때문에 생긴 차이지요. 지사님, 그 도장에 나타난 위엄을 이 종에 새겨진 소녀 열두 명의 얼굴에 깃든 기쁜 표정으로 바꿔놓고 보면, 왜 첫 번째 소녀의 표정이 나머지 소녀들과 다른지 설명되지 않겠습니까? 하지만 제 생각에는—"

"들어보게나! 방금 위에서 발소리가 들리지 않았는가?"

"회반죽으로 접합한 부분에서 나는 소리입니다. 돌을 세공할 때 제대로 손질하지 않은 아치형 구조물 부분에서 회반죽이 종탑 바닥으로 떨어질 때 가끔가다 저런 소리가 납니다. 빨리 가서 저 부분을 처리해야겠습니다. 전 지금 지사님께 모방을 금지하는 법칙의 유용성에 대해 말씀드리고 있었는데, 이는 사물에 훌륭한 품격을 부여한다고 생각합니다. 그렇습니다, 지사님께서 지적하신 저 첫 번째 소녀의 이상하고 어딘가 모호해 보이는 미소와 예지력이 있는 듯한 눈빛은 제 마음에 꼭 듭니다."

"들어보게나! 우리가 위에 어떤 사람을 남겨두지 않고 내려온 게 확실한가?"

"아무도 두고 오지 않았습니다, 지사님. 안심하세요, 아무도 없습니다. 그저 회반죽 소리입니다."

"우리가 거기에 있을 때는 떨어진 적이 없었잖나."

"아, 지사님께서 계실 적에는 자기가 지켜야 할 자리를 알았던 것이겠지요." 반나돈나가 차분한 태도로 살짝 절을 하며 말했다.

"하지만 첫 번째 소녀는 자네를 아주 골똘히 바라보고 있는 듯했네." 너그러운 지사가 말했다. "우리 셋 중에서도 자네를 더 유심히 처다보는 것 같더군.”

"만일 그랬다면 아마도 더 섬세한 그녀의 이해력 때문이었을지 모르죠, 지사님.”

"반나돈나, 그게 무슨 소리인가? 자네가 무슨 말을 하는 건지 모르겠군.”

"중요한 얘기는 아니었습니다. 지사님, 틈새로 바람이 방향을 틀어 다시 불어옵니다. 제가 조금 더 바래다 드려도 괜찮을까요? 그다음에는 제 무례함을 용서해주시기 바랍니다. 저는 다시 일하러 돌아가야 해서요.”

"주지사님, 어리석은 이야기인지 모르겠습니다만,” 세 번째 층부터 둘만 남게 되자 관대한 지사가 내려가면서 말했다. "그런데 저 건축가는 제가 보기에 좀 이상한 것 같습니다. 조금 전 아주 거만하게 대답할 때, 그는 마치 델 폰카 그림에 나오는 하나님의 오만한 적, 시스라[구약 사사기 4장 참조]처럼 걷지 않았습니까? 그리고 드보라와 흡사한 모습을 띤 그 형상도 이상합니다. 또 ―”

"쯧쯧, 한순간의 변덕이겠지요. 드보라요? 그렇다면 야엘은 과연 어디에 있죠?” 주지사가 되물었다.

"아, 지사님께서는 두려움을 오한과 암흑과 함께 뒤에 남겨두고 오셨군요. 하지만 저의 두려움은 햇빛이 비치는 여기까지 따라왔습니다. 들어보세요!” 관대한 지사가 이제 잔디를 밟으며 말했다.

그들이 방금 나온 탑의 문 바로 안쪽에서 소리가 들려왔다. 고개를 돌리자 문이 닫힌 것을 볼 수 있었다.

"슬쩍 내려와 우리가 못 들어오게 문을 닫아버렸군.” 주지사가 웃으며 말했다. "반나돈나는 으레 그렇게 해왔지."

다음 날 태양이 정오에서 한 시간 지나 시계가 울리면 ― 기계공의 강인한 예술혼으로 제작한 ― 전례 없이 훌륭한 조각품도 함께 공개될 것이라는 성명서가 발표되었다. 그렇지만 그것이 무엇인지 아직은 아무도 말할 수 없었다. 시민들은 성명서를 듣고 환호를 보냈다.

밤새도록 탑 주변에서 야영한 난봉꾼들은 가장 꼭대기 층의 차일 사이로 새어 나오는 빛을 보았는데 아침 해가 뜨자마자 사라졌다고 말했다. 이상한 소리도 들려왔다고, 아니면 그런 소리를 들은 것 같은 생각이 든다고, 밤새 무슨 일이 벌어질까 몹시 염려하는 마음으로 기다린 탓에 정신 상태가 불안해진 사람들이 말했다. 여하튼 그들의 주장에 따르면, 울리는 기구 소리뿐만 아니라 마치 과로로 혹사당한 어떤 유령의 기계장치에서나 들릴 법한 반쯤 억눌린 듯한 비명과 한탄 소리가 들렸다는 것이었다.

느릿느릿 시간이 가까워지고 있었다. 모여든 사람 중 어떤 이들은 마침내 흐릿해진 거대한 태양이 축구공처럼 평원을 거슬러 굴러갈 때까지 노래와 오락거리로 지루한 시간을 보내고 있었다.

정오가 되자 귀족과 상류층 시민들이 이 기쁜 행사를 한층 더 기념하기 위해 군인들을 대령하고 군악을 울리며 화려한 행렬을 이루어 도시에서 왔다.

이제 한 시간만 더 기다리면 되었다. 그들은 점점 조바심을 냈다. 열광적인 사람들의 손에는 시계가 들려 있었다. 그들은 선 채로 시계의 짧은 바늘을 유심히 응시하다가 마치 귀에 들릴 그 무엇인가를 눈이 미리 예시해주기를 기대하며 고개를 뒤로 젖히고 종탑을 응시했다. 왜냐하면, 종탑에 걸린 시계에는 아직 바늘이 없었기 때문이다.

수천 개에 달하는 시계 시침이 숫자 1로부터 머리카락 두께의 거리만큼 떨어져 있었다. 사람들이 빽빽이 들어선 평원 사이로 실로에 대한 기대감으로 침묵이 널리 퍼졌다. 갑자기 둔탁하고 토막토막 끊기는 소리가 종탑에서 무겁게 떨어졌다. ─종이 울리는 소리가 아니었다. 실제로 바깥쪽에 서 있던 사람들은 아무 소리도 듣지 못했다. ─그 순간 모든 사람이 멍한 표정으로 옆에 있는 사람을 쳐다보았다. 다들 시계를 높이 치켜들었다. 모든 시계의 시침이 숫자 1을 지나쳤다. 그런데 종탑에서는 벨이 울리지 않았다. 동요한 군중은 소란스럽게 떠들기 시작했다.

몇 분 더 기다린 후 주지사는 군중에게 조용히 할 것을 명하고는 종실에서 예기치 못한 어떤 일이 일어났는지 알아보기 위해 종탑 위에 있는 반나돈나를 불렀다.

아무런 응답이 없었다.

그는 또다시 큰 소리로 부르고 또 불렀다.

계속해서 모두 다 침묵을 지켰다.

주지사의 명령에 따라 군인들이 종탑의 문을 부수고 안으로 들어갔다. 파도처럼 밀어닥치는 흥분한 군중으로부터 문을 지키도록 군인들을 배치하고, 전날 밤 동행했던 두 지사가 나선형 계단을 올랐다. 반쯤 올라갔을 때 그들은 멈춰 서서 귀를 기울였다. 아무런 소리도 들려오지 않았다. 두 지사는 더 빨리 계단을 올라가 마침내 종탑에 다다랐다. 하지만 입구에서 그들을 기다리고 있던 광경에 깜짝 놀라고 말았다. 여기까지 몰래 두 지사의 뒤를 쫓아 올라왔던 스패니얼[귀가 축 처지고 털이 긴 애완용 개]은 마치 숲에 사는 어떤 미지의 괴물 앞에 서 있는 듯, 아니면 내세로 이어지는 발자국을 감지한 듯 코를 실룩거리며 무서워 부들부들 떨고 있었다. 반나돈나가 소녀들과 화환으로 장식된 종 밑바닥에 피를 흘리며 쓰러져 있었다. 그는 한 시를 알리는 첫 번째 소녀의 발밑에 엎드려 있었다. 그의 머리는 첫 번째 소녀의 왼손이 두 번째 소녀의 손을 잡은 곳에서 수직선 아래 지점에 놓여 있었다. 마치 시스라 장군이 텐트 안에서 잠들었을 때 장막 말뚝을 그의 관자놀이에 박은 야엘처럼 눈을 아래로 지그시 내리뜬 얼굴이 그를 내려다보고 있었다. 이제 이 형상은 더는 덮개에 싸여 있지 않았다.

그 조각상은 사지가 있었고 딱정벌레처럼 광채가 나는 비늘이 달린 갑옷을 입고 있는 듯했다. 손에는 수갑을 차고 있었고 두꺼운 두 팔을 위로 들고 있었는데, 마치 수갑으로 이미 죽은 자를 한 차례 더 세게 내리치려는 듯 보였다. 앞으로 내디딘 한쪽 발은 마치 반나돈나의 시체에 발길질하듯 그 밑에 들어가 있었다.

그 이후로 무슨 일이 벌어졌는지는 정확히 알려진 바가 없다.

지사들은 당연히 처음에는 자신들이 접한 광경에 움츠러들어 뒷걸음쳤을 것이다. 그들은 한동안 무의식중에 의심과 어쩌면 불안감으로 겁에 질려 가만히 서 있었을 것이다. 분명 종탑 아래로부터 화승총을 대령하였을 것이다. 어떤 이들이 덧붙여 말하기를, 용수철이 갑자기 끊어질 때 나는 윙 하는 맹렬한 소리가 뒤따른 이 총의 포성

소리는 마치 긴 검의 칼날 더미가 길바닥으로 쨍그랑거리며 떨어지는 듯했고, 이처럼 혼합된 소리는 평원으로 울려 펴져 모든 시선이 종탑으로 향하게 되었으며, 총에서 나온 아주 가느다란 연기가 격자창 사이로 소용돌이를 이루며 맴돌아 나가고 있었다고 했다.

어떤 이들은 두려움으로 미쳐버린 스패니얼을 쏜 것이라고 단언했다. 다른 사람들은 이 주장에 대해 반박했지만 사실 그때 이후로 그 개를 본 사람은 아무도 없었다. 아마 어떤 이유에서인지는 몰라도 덮개로 가려졌던 형상과 관련된 매장에 개도 함께 묻혔을 것으로 추정된다. 이전 상황이 어떠했든 간에, 처음에 본능적으로 느꼈던 돌연한 공포감이 가라앉고 두려움을 자극했던 모든 원인이 사라지자 두 지사는 그 조형물을 재빨리 덮개로 다시 가렸다. 바로 그날 밤 비밀리에 그것은 다시 땅으로 내려져 해변으로 몰래 운반되어 바닷속 깊이 가라앉았다. 두 지사는 그 위급한 상황을 모면한 이후로는 심심풀이로라도 종탑에서 벌어진 그 비밀스러운 일에 관해 어느 사람에게도 두 번 다시 언급하지 않았다.

그 사건을 둘러싼 미스터리에 근거하여 건축가 반나돈나의 최후는 초자연적인 힘에 의한 것이라는 의견이 압도적이었다. 과학에 그다지 의존하지 않는 사람들은 이러한 원인 외에 다른 어떠한 가능성을 상상하기는 힘들 것으로 생각했다. 여러 정황으로 추정해본 이 사건의 내막에는 근거가 없거나 결함이 있는 추측도 포함되었을 것이지만 역사적으로 보존된 설명은 이것밖에 남아 있지 않은 데다, 더 개연성 있는 설명이 없는 관계로 여기에서 그것을 밝히도록 하겠다. 하지만 그것에 앞서 우선되어야 할 것은 반나돈나의 비밀스러운 계획의 동기와 방법에 관한 가설과 출처를 함께 제시하는 일일 것이다. 위에서 이미 언급된 사람들은 그 사건뿐만이 아니라 반나돈나의 영혼의 본질까지도 자신들이 꿰뚫었다고 추정했다. 이 사건에 관한 폭로는 당면한 주제에서 벗어난 기묘한 사건들도 간접적으로 언급하게 될 것이다.

그 당시 모든 커다란 종은 현재 사용되는 것과 같은 방법으로 타종하게 만들어졌다. 즉, 종 안에 있는 추를 밧줄로 흔들어 소리를 내거나, 외부에서 어떤 복잡한 기계장치를 이용한다든지 아니면 (종이 종실 안에 비치되어 있는지 아니면 외부에 있는지에 따라) 종실 또는 지붕에 있는 초소에 배치된 충실한 경비원이 무거운 망치로 타격을 가해 소리를 내야만 했다.

사람들은 아마도 반나돈나가 그의 계획을 처음 고안하게 된 이유는 이렇듯 노출된 종과 이를 지키는 경비원을 관찰한 데서 기인한 것으로 추측했다. 뾰족한 기둥이나 첨탑에 서 있는 사람의 모습을 아래에서 보면 그 크기가 매우 축소되어 이목구비의 흔적이 더는 보이지 않고 뭉개진다. 그 형상은 개성을 상실하고 그 동작은 어떠한 자유의지를 표현하기보다 전신기의 기계로 된 팔이 자동으로 움직이는 것과 비슷해 보인다.

이렇듯 푼치넬로[17세기 이탈리아 희극이나 인형극에 나오는 어릿광대]로 축소된 인간 형상에 대해 숙고를 거듭하던 반나돈나는 금속제 대리품을 고안해낼 생각을 하게 된 것이었다. 그 기계적인 손이 살아 있는 손보다 훨씬 더 정확한 시간에 타종할 수 있다고 생각한 것이다. 또한, 지붕에 배치된 살아 있는 경비원이 시간이 되면 초소에서 나와 종을 향해 걸어가 봉을 들어 올려 타종하듯이, 반나돈나는 이동 능력이 있고 최소한의 지성과 의지를 갖춘 것처럼 보이는 발명품을 만들어야겠다고 결심했다.

반나돈나의 의도를 알고 있었다고 주장하는 사람들의 억측이 맞는다면, 그는 매우 진취적인 사람으로 인정받았을 것이다. 하지만 그를 안다는 사람들의 추정은 여기서 멈추지 않았다. 그들은 암시하기를, 비록 반나돈나의 계획이 처음에는 경비원으로부터 영감을 얻었고 그를 대신할 수 있는 발명품을 고안하는 데서 시작되었지만, 야심가들이 늘 그렇듯 반나돈나 역시 상대적으로 작고 실현 가능한 계획에서 시작하여 아주 서서히 점차 거대한 목표를 실행하고자 했다. 그리하여 소박한 초안은 궁극적으로 전대미문의 무모한 계획으로 확대되었다. 반나돈나는 여전히 종실 안에 동력이 있는 사람 형상을 설치할 계획이었으나, 이는 궁극적으로 만들어내려고 했던 것의 불완전한 유형, 즉 둔중한 노예에 불과했다. 그는 이것을 보통 사람은 상상할 수 없는 단계로 개조하여 인류에게 보편적인 편의와 영광을 선사하고 싶었다. 즉, 이 세상에 주 6일제를 보완할 수 있을 정도로 대단한 새로운 하인, 즉 황소보다 더 유용하고 돌고래보다 더 민첩하며 사자보다도 힘이 세고 영장류보다 더 재간 있으며 개미보다 더 부지런하고 뱀보다 더 열정적이지만 나귀처럼 인내심이 큰 하인을 제공하고 싶었을 것이다. 그는 신이 만든 동물 중 인간을 섬기는 것들의 장점을 개선한 다음 이 발명품에 모두 조화롭게 갖추어지도록 할 계획이었다. 만 가지 소양을 갖춘 이 하인의 이름은 탈루스로 정해졌고 무쇠 노예 탈루스는 반나돈나를 섬김으로써 온 인류를 섬기게 될 터였다.

　만일 이 건축가의 비밀스러운 계획에 대한 이 마지막 추측이 사실이라면, 반나돈나의 계획은 그가 살던 시대의 가장 광적인 망상으로부터 가망 없이 전염되었다고 말할 수 있다. 그것은 코르넬리우스 아그리파나 알베르트 마구스의 망상을 능가하는 것이었지만 그 반대가 사실로 확인되었다. 그의 계획이 아무리 기묘하고 훌륭했다 해도, 그리고 분명 인간이 발명할 수 있는 한계뿐만이 아니라 신의 창조 범주까지 넘어섰다 해도, 그의 계획을 실천에 옮기기 위한 수단은 온건한 형식과 냉정한 이성 안에 제한되었다고 단언할 수 있을 것이다. 반나돈나는 무신론자들이 흔히 보이는 냉소적 태도의 경지를 넘어 당대의 허영적 부조리에 상당히 냉담했다고 한다. 예를 들어 그는 사변적인 형이상학자와는 달리 섬세한 기계적 힘과 조잡한 동물적 원기 사이에 일맥상통하는 무언가가 존재하지 않는다고 믿었다. 반나돈나의 계획은 생리학과 화학적 방법으로 생명의 근원에 대한 지식을 얻어 생명을 직접 생산하고 이를 향상시키기 바랐던 자연 철학자들의 기대와는 달랐다. 실험실에서 주술로 어떤 놀라운 생명력을 창조해내려던 연금술사와는 더더구나 공통점이 없었다. 또한, 낙천적 신지론자(神智論者)처럼 조물주에 대한 헌신적 숭배로 인간이 상상할 수 없을 정도의 힘과 능력을 갖출 수 있으리라고 생각하지도 않았다. 실용적 유물론자였던 반나돈나는 자기의 계획을 논리, 용광로, 주술, 마법이나 제단에 대한 숭배가 아니라 오로지 망치와 연장으로 이루어낼 수 있다고 믿었다. 즉, 자연의 신비를 풀고 그 비밀을 교묘하게 손에 넣어 자연의 신비를 능가하는 흥미를 자아내고, 자연의 힘을 대신 통제할 수 있는 다른 누군가를 알선하려 했었다. 그렇다고 이것들 모두가 그의 목표는 아니었다. 그 대신 누구의 도움 없이 스스로 자연과 겨루어 자연을 능가하고, 궁극적으로 자연을 통치하기를 바랐던 그는 목적을 달성하기 위해서라면 어떠한 굴복도 견딜 준비가 되어 있었다. 그에게 상식이란 신이 이룩한 일과 별반 다를 게 없었다. 즉 기계장치가 바로 기적이었고 기계 제작공의 가장 영웅적인 이름은 프로메테우스였으며 반나돈나에게는 인간이 바로 진정한 신이었다.

그런데도 그는 종실에 설치할 기계장치 실험에 관한 한 처음에는 상상력을 발휘했다. 어쩌면 그가 공상이라고 생각한 것은 단지 그의 실용적 야망이 평행으로 확장된 것일 수도 있었다. 종실에 세울 조각물을 형상화할 때, 인간이나 동물의 형상 또는 아주 오래된 신화에서 따온 어떠한 이상적 형체를 구체화한 모습이 아니라 그 제작방법과 마찬가지로 완전히 독창적인 형상이어야 했다. 보기에 무시무시할수록 더 좋다고 생각했다.

그의 계획과 의도에 대한 사람들의 추측은 위와 같았다. 이제는 처음에 예상하지 못했던 큰 재앙이 어떻게 모든 것을 전복시켰는가에 대한 추정을 살펴보자.

반나돈나가 사망하기 하루 전날 방문객들이 떠난 다음 그는 종실에 설치할 형상의 덮개를 걷어서 조정이 필요한 부분을 손질하여 종실 한구석에 있는 일종의 초소에 가져다 둔 것으로 추정된다. 즉, 밤새도록 그리고 다음 날 아침까지 반나돈나는 그 조각품과 관련된 모든 것을 정리하고 설치하느라 무척이나 바쁜 시간을 보냈다. 60분마다 초소에서 나와 철로처럼 생긴 홈을 따라 미끄러지듯 종을 향해 전진하고, 머리 위로 들어 올린 수갑으로 채워진 두 손으로 24개의 손 가운데 12개의 접합점 중 하나를 친 후 방향을 바꿔 회전하여 종을 한 바퀴 돌고 다시 초소로 돌아와 다음 60분 동안 대기했다가 똑같은 절차를 반복하도록 설계되었다. 그 종은 교묘한 기계장치로 인해 세로축으로 돌아 60분이 지나면 하향하는 곤봉이 다음 두 소녀의 형상이 꼭 잡은 손을 칠 수 있도록 조정되어 두 번째, 세 번째에서 열두 번째까지 치도록 조작되어 있었다. 이 시계 종을 주조할 때 (이 주조방법의 비밀은 안타깝게도 반나돈나와 함께 사라졌다) 소녀들이 잡은 손이 떨어질 때마다 12개의 다른 소리가 나도록 금속을 융화시켰다.

하지만 금속으로 주조된 그 신비스러운 형상은 반나돈나의 야심찬 인생이 걸린 그 첫 번째 잡은 손을 떼어놓은 그 한 번의 타종 이후로 두 번 다시 울리지 않았다. 그 괴기스러운 조형물이 한 시까지 나타나지 않도록 초소에다 위치를 조정하고 솜씨 좋게 그것이 미끄러지듯 이동할 홈에 기름칠을 한 후, 반나돈나는 종 쪽으로 서둘러 가서 거기에 새겨진 형상의 마지막 손질을 한 것 같다고 사람들은 추정했다. 진정한 예술가였던 그는 이 작업에 몰두했고, 너무나 열중한 나머지 아마도 첫 번째 소녀의 그 특이한 표정을 고치려고 애썼던 듯하다고 했다. 비록 남들 앞에서는 아무렇지도 않은 것처럼 행동했지만, 비밀스럽게 이에 대해 괴로워했을지도 모르는 일이었다.

그래서 첫 타종 전까지 반나돈나는 이 괴이한 조각품을 잊고 있었던 것 같다. 하지만 그 피조물은 그를 잊고 있지 않았다. 그리고 창조된 대로, 그리고 조심스럽게 배치된 대로 아주 정확한 시간에 자기 자리에서 출발하여 잘 기름칠 된 홈을 따라 조용히 과녁을 향해 미끄러지듯 이동했을 것이다. 한 번의 쨍그랑거리는 소리로 한 시를 알리기 위해 첫 번째 소녀의 손을 겨냥했지만, 그 대신 등을 돌린 채 첫 번째 소녀 앞에 서 있던 반나돈나의 머리를 내리친 것이었다. 그런 다음 그의 머리를 내리친 수갑을 차고 있는 두 손은 즉시 공중에 정지해 있는 상태로 돌아왔다. 반나돈나의 시체가 그 조형물이 이동하는 통로를 막고 있었기 때문에 더는 움직이지 못한 채 그곳에 가만히 서 있게 된 것이었다. 여전히 반나돈나의 시체를 내려다보며 마치 사후의 공포에 대해 속삭이듯 말이다. 반나돈나가 쓰러져 있던 장소 그의 손 옆에 조각칼이 떨어져 있었고 휴대용 석유통이 철로 위에 아무렇게나 놓여 있었다.

비록 불행한 최후를 맞았지만, 반나돈나의 보기 드문 천재성을 인정하여 국가의 포고하에 장엄한 장례식이 거행되었다. 주조 당시 소심했던 비운의 일꾼 때문에 흠이 가게 된 그 커다란 종은 성당으로 들어가는 관대 입구 위에 걸기로 결정되었고, 그 지역의 가장 건장한 사람이 종지기로 공식 임명되었다.

하지만 반나돈나의 관을 운구하는 사람들이 성당 현관에 들어섰을 때, 마치 외로운 알프스 산에서 일어난 산사태에서나 들릴 법한 단속적이고 처참한 소리가 종탑으로부터 울려 퍼졌다. 그리고 나서는 침묵이 흘렀다.

뒤를 돌아보니 사람들은 돔을 이루고 있던 종실이 옆으로 쓰러진 것을 볼 수 있었다. 조사 결과, 종지기로 임명된 힘센 소작농이 찬란한 종의 절정을 단번에 시험해보기 위해 온 힘을 다해 밧줄을 확 끌어당긴 것으로 밝혀졌다. 진동하는 그 거대한 쇳덩어리는 이상하게도 윗부분이 약했던 종탑이 지탱하기에는 너무나도 크고 무거워 종을 탑에 연결하고 있던 걸쇠가 풀리고 옆으로 뜯겨 나가게 된 것이다. 결국, 단번에 떨어진 이 거대한 종은 잔디밭 아래로 3백 피트나 굴러가 반쯤 땅에 박힌 채 모습을 감추고 말았다.

땅에 박힌 종을 파내어 살펴보니 종의 꼭지 부분에서 균열이 생기기 시작했다는 걸 알 수 있었다. 그래서 그 부분을 긁어보니 주조할 때 발생했던 아주 작은 결점이 드러났다. 아마도 이 위에다 반나돈나가 알려지지 않은 어떤 합성물로 덧칠을 했던 것 같았다.

다시 주조한 금속은 수리된 종탑 건물에서 제자리를 찾게 되었다. 1년 동안 금속 새들의 합창 소리가 종실의 조각된 블라인드와 장식 격자창 사이로 울려 퍼졌다. 하지만 그 종탑이 완공되고 첫 번째 기념일─아침 일찍 군중들이 모이기 전에─지진이 일어나더니 쿵하고 무너지는 소리가 들렸다. 노래하는 새들의 은둔처인 돌로 만들어진 소나무 같던 이 종탑은 평원 위에 허물어져 있었다.

이렇게 맹목적인 노예는 그보다 더 무계획적인 주인에게 복종했다. 하지만 그렇게 복종함으로써 주인을 죽이고 말았다. 그러니까 창조자는 자신의 피조물에 의해 살해되었고, 또한 종은 탑이 지탱하기에 너무 무거웠던 것이다. 그러니까 종의 가장 큰 결점은 인간의 피로 손상된 부분이었으니, 다시 말해 교만으로 인해 파멸에 이르게 된 것이었다.

O. Henry

오 헨리(1862~1910)

　미국의 소설가 o.헨리의 본명은 윌리엄 시드니 포터(Willam Sydney Porter)다. 지방신문에 유머러스한 일화를 기고하는 것으로 문필생활을 시작한 오 헨리는 단편집 『서부의 마음』, 『4백만』등을 발표하며 대중적 인기를 얻어 불과 10년 남짓한 활동 기간 동안 300여 편의 단편소설을 썼다. 그의 작품은 미국 남부나 뉴욕 뒷골목에 사는 빈민들의 애환을 따뜻한 유머와 깊은 페이소스, 교묘한 화법으로 다채롭게 그려놓았다. 대표단편으로 「경찰관과 찬송가」 「마지막 잎새」 「운명의 길」 「가구 딸린 방」 「현자의 선물」 「20년 후」와 단편집 『운명의 길』 등이 있으며, 그의 이름을 딴 오 헨리문학상은 미국에서도 권위 있는 문학상이다.

마녀의 빵

오 헨리

마사 미첨은 길모퉁이에 있는 작은 빵 가게, 그러니까 세 계단을 걸어 올라가 문을 열면 작은 종이 딸랑딸랑 울리며 손님을 반기는 바로 그 빵집 주인이랍니다.

마사는 나이가 마흔이 다 된 노처녀인 데다 의치를 두 개나 해 넣었지만, 은행예금이 2천 달러나 되고 아주 인정 많은 분이었죠. 그녀보다 조건이 별로인 사람 중에도 결혼한 사람들은 아주 많았어요.

일주일에 두세 번씩 마사의 빵집에 꼭 들르는 손님이 있었는데 그녀는 그 손님에게 관심을 두게 되었지요. 안경을 쓰고 갈색 턱수염을 깔끔하게 다듬은 그 손님은 중년의 신사였어요.

그 손님은 독일 억양이 강한 영어로 말을 했습니다. 손님의 옷은 낡고, 여기저기 기운 흔적도 보이는 데다 축 늘어지고 구김도 많았지만, 그는 항상 깔끔해 보였고, 예의가 바른 신사였어요.

손님은 항상 딱딱하게 굳은 식빵 두 덩어리를 사 가곤 했답니다.

갓 구운 식빵은 한 덩어리에 5센트지만 하루가 지나 딱딱해진 식빵은 같은 가격에 두 덩어리를 살 수 있었지요. 손님은 묵은 식빵 외에 다른 것을 사 가는 법이 없었습니다.

어느 날 마사는 그의 손가락에 묻은 불그스름한 갈색 물감을 보게 되었는데, 이를 보고는 그가 몹시 가난한 화가일 거라고 확신하게 되었습니다. 분명 그는 다락방에 살면서 그림을 그릴 테고, 그녀의 빵집에서 본 맛있는 빵을 상상하며 딱딱한 식빵으로 끼니를 때우고 있을 게 틀림없다고 말이지요.

식탁에 앉아 고기와 잼을 바른 말랑말랑한 롤빵과 차를 곁들인 저녁 식사를 보면 마사는 한숨이 절로 나왔어요. 그 점잖은 화가가 외풍이 심한 다락방에서 딱딱하게 말라 비틀어진 빵조각이나 먹을 게 아니라 자기와 함께 이 맛있는 음식을 먹을 수 있다면 얼마나 좋을까 하고 상상하곤 했지요. 앞서 말했듯이 마사는 아주 동정심이 많은 착한 분이었거든요.

그의 직업에 대한 짐작이 맞는지 확인해보기 위해 마사는 할인판매 할 때 구매한 그림을 가게로 가져와 식빵을 진열한 카운터 뒤 선반에 세워놓았습니다. 그것은 베네치아의 풍경화였어요. 전경에는 근사한 대리석 궁전(그림에 그렇게 적혀 있었어요)이 있고, 강물에 손을 담그는 아름다운 귀부인을 태운 곤돌라와 구름, 하늘을 명암을 충분히 살려 그린 아주 멋진 그림이었어요. 마사는 이 그림이 분명 화가의 눈에 들어올 것으로 생각했습니다.

이틀쯤 지나 그 손님이 다시 가게를 찾았습니다.

"묵은 빵 두 덩어리 주세요. 아주 훌륭한 그림이네요." 빵을 포장하는 마사에게 손님이 말했습니다.

"그런가요?"

마사는 자신의 잔꾀가 맞아들어가자 속으로 기뻐하며 대답했습니다.

"저는 예술과 그림(아니, 이렇게 빨리 '화가'라고 말해버리면 안 되지)을 무척 좋아한답니다." 그녀는 재빨리 화제를 바꾸었다. "이게 정말 좋은 그림인가요?"

"글쎄요, 궁전은 그다지 잘 그린 것 같지 않군요. 원근법도 잘못되어 있고요. 그럼 저는 이만, 안녕히 계세요."

식빵을 받아든 손님은 머리를 숙여 인사하고 서둘러 나가버렸습니다.

그래, 저이는 화가가 틀림없어. 마사는 그림을 다시 자기 방에 갖다 놓았습니다.

마사를 바라보던 그의 시선이 얼마나 부드럽고 상냥하던지! 안경 너머로 반짝이는 그의 눈은 어쩌면 그토록 친절할까? 훤칠하게 넓은 그의 이마는 또 얼마나 멋지고! 단번에 원근법이 틀린 것을 알아보는구나! 저토록 훌륭한 분이 겨우 굳은 식빵을 살 형편밖에 안 되다니! 하지만 천재들은 대부분 인정받을 때까지는 고생해야 하는 법이지.

만일 저 천재를 2천 달러의 은행예금과 빵 가게, 그리고 인정 많은 마음씨를 가진 그녀가 후원한다면 미술을 위해서나 원근법을 위해서 얼마나 좋은 일일까? 하지만 이건 백일몽에 불과해요, 미스 마사.

이제 손님은 빵을 사러 오면 진열대 너머로 마사와 이런저런 잡담을 나누다가 돌아가는 일이 잦아졌습니다. 그는 마사의 명랑한 수다를 아주 많이 반가워하는 것처럼 보였어요.

손님은 여전히 딱딱한 식빵을 사 갔습니다. 단 한 번도 마사의 맛있는 케이크나 파이를 사는 법이 없었지요.

마사는 그가 차츰 수척해지고 낙담한 듯 힘이 없어 보여 걱정되기 시작했어요. 매번 초라하게 식빵만 사가는 그의 모습을 보며 마음이 아팠던 마사는 맛있는 무언가를 보태주고 싶은 마음이 간절했지만, 막상 용기가 나지 않았어요. 예술가의 자존심이 얼마나 강한지 잘 아는 그녀는 그에게 수치심을 안기고 싶지 않았답니다.

마사는 가게에서 일할 때도 파란색 물방울무늬가 있는 실크 블라우스를 입기 시작했고, 가게 뒷방에서 마르멜로 씨앗과 붕사를 가지고 비밀리에 이상한 혼합물을 만들기도 했습니다. 많은 사람이 이걸 바르고 피부가 좋아졌다는 이야기를 들었기 때문이죠.

어느 날, 그 손님은 여느 때와 마찬가지로 진열장 위에 5센트짜리 동전을 놓고 굳은 빵을 찾았습니다. 마사가 식빵 두 덩어리를 집어 드는 순간, 뚜뚜 딸가당 딸가당 소방차가 요란스러운 굉음을 내며 가게 앞을 지나갔습니다.

누구나 그러하듯이 그 손님도 그 모습을 구경하기 위해 얼른 문가로 다가가 밖을 내다보았어요. 그 순간 묘안이 떠오른 마사는 문득 이번 기회를 놓치면 안 되겠다는 생각이 들었답니다.

카운터 안 맨 아래 선반에는 10분 전 우유 배달부가 놓고 간 신선한 버터 한 덩어리가 있었어요. 마사는 빵칼로 딱딱한 식빵 한가운데를 깊숙하게 자르고 그 속에 버터를 듬뿍 바른 뒤, 다시 빵을 꾹 다물려 놓았습니다.

손님이 식빵을 가지러 카운터로 되돌아왔을 때 마사는 이미 빵을 종이로 싸고 있었습니다.

손님이 여느 때처럼 명랑하게 잡담을 나누다 돌아간 뒤 마사는 혼자서 빙긋이 미소를 지었지만, 가슴이 여간 두근거리는 게 아니었어요.

너무 대담했던 걸까? 행여나 그이가 노여워할까? 설마, 그렇지는 않겠지. 음식에 무슨 말이 따로 필요하겠어. 버터 좀 발라둔 게 숙녀답지 않은 주제넘은 행동은 아니잖아?

마사는 그날 온종일 그 일만 생각했습니다. 그가 마사의 작은 "기만"을 발견했을 때의 광경을 상상해보기도 했지요.

그는 붓과 팔레트를 내려놓겠지. 거기에는 나무랄 데 없는 원근법으로 묘사된 그림을 걸어놓은 이젤이 서 있을 거야. 그는 딱딱한 식빵과 물로 점심 준비를 하며 빵을 얇게 썰겠지. 아! 이게 뭘까?

마사는 그런 생각을 하며 얼굴을 살짝 붉혔습니다. 그분은 빵을 먹으며 그 속에 버터를 넣은 손을 생각해줄까? 그분은 ―

갑자기 입구에 달린 벨이 거칠게 울렸습니다. 누군가가 아주 요란스러운 소리를 내며 들어오고 있었어요.

마사가 부랴부랴 카운터로 나갔더니 두 남자가 서 있었고, 그중한 남자는 담배를 피우고 있었는데 여태까지 한 번도 본 적이 없는 젊은 남자였습니다. 나머지 한 사람은 바로 그 화가였지요.

얼굴이 시뻘겋게 상기된 그 화가가 모자를 뒤로 젖히는데 보니까 머리가 미친 사람처럼 헝클어져 있었어요. 그는 꽉 움켜쥔 두 주먹을 마사를 향해 맹렬히 휘둘러댔습니다. 그래요, 마사를 향해서 말입니다!

"이 바보!" 그 손님은 엄청나게 큰 소리로 외쳤습니다. 그리고 "이 얼빠진 여자 같으니라고!" 라고도 소리쳤어요. 그러더니 이어서 멍청이니 뭐니 하고 독일말로 소리쳐댔지요. 그와 같이 온 젊은 남자가 그를 진정시키면서 데리고 나가려 했습니다.

화가는 잔뜩 화가 나서 말했습니다. "그냥은 못 가겠어! 이 여자한테 한마디 해주기 전에는!"

화가는 마사의 카운터를 마치 북을 치듯이 주먹으로 쾅쾅 내리쳤습니다.

"당신이 날 망쳐놓았어." 화가는 안경 속에서 푸른 눈을 희번덕거리며 소리쳤습니다. "알겠어? 이 주제넘은 고약한 여자야!"

마사는 갑자기 힘이 빠져 진열장에 비실비실 기대어 섰고, 한 손을 파란 물방울무늬 실크 블라우스에 가져다 댔습니다. 함께 온 젊은 청년이 그 화가의 옷깃을 잡았어요.

"자, 그만 가자고, 할 만큼 했잖아." 청년은 성난 화가를 길가로 끌어다 놓고 되돌아왔습니다.

"아무래도 저 사람이 왜 저러는지 말을 해주는 편이 좋겠군요. 아주머니, 어째서 이런 소란이 일어났는지 제대로 아셔야 할 것 같습니다. 방금 나간 저 사람은 블럼버거라고 합니다. 건축사지요. 저는 같은 사무실에서 일하고 있습니다.

블럼버거는 지난 석 달 동안 새 시청의 설계도를 그리는데 몰두해

왔답니다. 현상공모에 응모할 작정으로 말이지요. 그리고 어제서야 간신히 선을 잉크로 그리는 단계까지 완성했습니다. 아시다시피 제도사는 언제나 먼저 연필로 초안을 그리고 그것이 완성되면 딱딱한 식빵 부스러기로 연필 자국을 지워나가지요. 그게 고무 지우개보다 훨씬 잘 지워지거든요.

블럼버거는 여기서 식빵을 사서 쓰고 있었잖아요. 그런데 오늘—이젠 아시겠지만, 아주머니, 그 버터 때문에—블럼버거의 설계도가 아주 엉망이 되어버렸습니다. 이제 설계도는 쓸모가 없어져 역에서 파는 샌드위치처럼 잘게 썰어버리는 수밖에 없어요."

마사는 가게 뒷방으로 들어갔습니다. 푸른 물방울무늬 실크 블라우스를 벗고 언제나 입던 빛바랜 낡은 모직 옷으로 갈아입었어요. 그러고는 마르멜로 씨와 붕사로 만든 얼굴 팩을 창밖 쓰레기통에 쏟아버렸습니다.

H.G. 웰스(1866~1946)

　영국의 대표적 SF(과학소설)작가이며 문명비평가 웰스는 일곱 살 때 발목을
다쳐 오랫동안 누워 있으면서 독서에 빠져들었다. 가난한 집안 형편으로 정규
교육을 제대로 받지 못했지만 17살 때 학교 고용원으로 일하면서 공부를 시작한
웰스는 런던대학의 로열 칼리지에서 생물학을 공부한 후 교사로 취직하고 글을
쓰기 시작했다. 27살 때, 폐결핵에 걸려 요양 생활을 하면서 작품을 발표해 SF작
가로 명성을 쌓았다. 데뷔작 「타임머신」을 비롯해 「모로 박사의 섬」 「투명 인
간」 「우주 전쟁」 「달 세계 최초의 사람」 등을 발표하며 프랑스의 쥘 베른과 함
께 '세계 SF의 아버지'로 추앙받는 웰스는 대저 『세계사 대계』 등 100권이 넘는
작품을 남겼다.

데이비슨의 눈과 관련된 놀라운 사건

H.G. 웰스

I

　　그 자체만으로도 충분히 놀랄 만한 시드니 데이비슨의 일시적 정신이상에 웨이드의 설명을 덧붙이면 한층 더 주목할 만하다. 그런 상황이 되면 사람들은 장차 일어날 아주 특이한 상호통신의 가능성을 꿈꾸게 되어, 세계 반대편에서 윤(閏) 5분을 보낸다든지, 아니면 우리의 가장 은밀한 작업을 뜻밖의 눈이 지켜보고 있을 가능성을 상상하게 된다. 우연하게도 데이비슨의 발작을 아주 가까이서 목격하게 된 나는 자연스럽게 그 목격담을 쓰게 되었다.

　내가 그의 발작을 가까이서 목격했다고 말하는 것은 내가 그 현장에 가장 먼저 도착하게 되었다는 뜻이다. 그 일은 하이게이트 아치웨이 바로 지나서 있는 할로 전문대학에서 발생했다. 그 일이 일어났을 때 그는 내가 보고서를 작성하며 머물던 저울들이 있는 실험실보다 더 커다란 실험실에 혼자 있었다. 그런데 심한 뇌우로 인해 내가 하던 작업은 완전히 차질을 빚게 되었다. 커다란 굉음이 지나간 직후 나는 다른 방에서 유리 깨지는 소리를 들은 것 같았다. 그래서 하던 일을 멈추고 무슨 소린지 파악하기 위해 몸을 돌렸다. 잠시 아무 소리도 듣지 못했다. 우박이 골이 팬 양철지붕을 딱딱 때리고 있었다. 그때 뭔가가 박살 나는 듯한 또 다른 소리가 들렸는데 이번에는 의심의 여지가 없었다. 분명 무거운 뭔가가 의자에서 떨어졌다. 즉시로 나는 벌떡 일어나 커다란 실험실 문을 열었다.

나는 괴기스러운 웃음소리를 듣고 깜짝 놀랐다. 데이비슨이 멍한 얼굴로 방 한가운데에 불안하게 서 있었다. 처음에는 그가 술에 취한 줄 알았다. 나를 알아차리지도 못하며 그는 자기 얼굴 앞에 있는 보이지 않는 뭔가를 움켜쥐려 애쓰고 있었다. 그는 다소 머뭇거리며 천천히 손을 내밀어 뭔가를 움켜쥐려 했지만, 아무것도 없었다.

"이게 무슨 일이지?" 그는 손가락을 쭉 펴고는 두 손을 얼굴 앞으로 쳐들더니 "이런 맙소사!" 하고 내뱉었다. 3, 4년 전 사람들이 이런 식으로 놀라움을 표현하던 시절에 벌어진 일이었다. 그러더니 마치 발이 바닥에 들러붙었다고 생각했는지 어색하게 두 발을 들어 올리기 시작했다.

"데이비슨! 왜 그래?" 내가 소리쳤다. 그는 내 쪽으로 돌아서더니 주위를 둘러보았다. 그는 나를 보고 있다는 기미를 전혀 나타내지 않으면서 내 위쪽과 아래쪽, 그리고 양쪽을 살펴보았다. "파도가 치고 놀랄 만큼 멋진 배가 지나가는군. 분명 저건 벨로의 목소리야." 그러더니 갑자기 그는 "어이!" 하고 목청껏 외쳤다.

나는 그의 장난기가 발동했다고 생각했다. 하지만 바로 그 순간 나는 데이비슨의 발 주위에 우리에게 있는 가장 좋은 전위계가 박살나 흩어져 있는 조각들을 보았다. "이봐, 왜 그래? 전위계가 박살 났잖아!" 내가 말했다.

"또다시 벨로의 목소리로군!" 그가 말했다.

"손은 사라졌지만, 친구들은 남아 있구나. 그래, 전위계. 벨로, 너는 어느 쪽에 있니?" 갑자기 그가 나를 향해 비틀거리며 다가왔다.

"빌어먹을, 이건 버터처럼 쉽게 갈라지는군." 그는 의자에 부딪히고는 뒷걸음질을 쳤다.

"저런, 갈라지지 않잖아!" 이렇게 말하며 그는 비틀거리며 서 있었다.

나는 더럭 겁이 났다. "데이비슨, 대체 왜 그러는 건가?"

그는 사방을 두리번거렸다. "분명 벨로의 목소리였어. 벨로, 남자답게 모습을 드러내 보시게."

불현듯 그의 눈이 멀었을지도 모른다는 생각이 들었다. 나는 테이블 주위를 돌아서 그의 팔에 손을 얹었다. 지금까지 이토록 깜짝 놀라는 남자를 나는 본 적이 없었다. 그는 소스라치듯 나에게서 달아나더니 공포감에 뒤틀린 얼굴로 방어태세를 취했다. "맙소사! 저게 뭐지?" 그는 소리쳤다.

"나야, 벨로. 제기랄, 데이비슨!"

내 말을 들은 그는 벌떡 일어나 (뭐라고 묘사하면 좋을까?) 나를 관통한 지점을 뚫어지라 쳐다보았다. 그는 내가 아니라 자기 자신에게 말하기 시작했다. "여기 이토록 훤한 대낮에 깨끗한 해변이라 숨을 데가 없구나." 그는 미친 사람처럼 두리번거렸다.

"난 도망갈 테다." 그러고는 갑자기 몸을 돌리더니 허둥지둥 커다란 전기판 자석을 향해 돌진했다. 얼마나 과격했던지 나중에 보니 어깨와 턱뼈에 끔찍할 정도로 멍이 들어 있었다. 그런 다음 그는 한 걸음 뒤로 물러섰고 훌쩍훌쩍 소리를 내다시피 울부짖기 시작했다.

"도대체 왜 이런 거지?" 얼굴은 공포로 하얗게 질린 채 몸을 부들부들 떨면서 그는 자석에 부딪힌 왼팔을 오른팔로 움켜쥐고 서 있었다.

그때쯤 나도 흥분하여 안절부절못하고 있었지만 그래도 조심스럽게 말했다. "데이비슨, 두려워하지 말게."

조금 전처럼 과할 정도는 아니었지만 그는 내 목소리를 듣고 깜짝 놀랐다. 나는 가능한 한 분명하고도 단호한 어조로 다시 한번 반복해서 말했다.

"벨로, 자넨가?" 그가 물었다.

"나라는 걸 모르겠어?"

그는 실소했다. "지금 난 나 자신조차 볼 수 없는걸, 도대체 우리가 어디 있는 거지?"

"여기 실험실이잖아."

"실험실!" 그는 당혹스런 어조로 답하더니 손을 이마로 가져갔다. "분명 나는 실험실에 있었어. 그런데 번쩍하고 빛이 들어왔지. 난 절대로 실험실에 있는 게 아닌데. 저건 무슨 배지?"

"무슨 배가 있다고 그래. 제발 정신 좀 차려, 이 친구야." 내가 말했다.

"배는 없다!" 그는 내 말을 따라 하더니 내가 없다고 한 말을 즉시 잊는 것 같았다. 그는 천천히 말했다. "내 생각엔 우리 둘 다 죽은 것 같아. 그런데 이상한 건 말이지, 아직도 나에게 육신이 남아 있는 것 같단 말이야. 단번에 익숙해지지 않나 보군, 아마 실험실이 벼락을 맞은 것 같아. 순식간에 일어난 일이야. 벨로, 안 그래?"

"말도 안 되는 소리 하지 마. 자넨 지금 생생하게 살아 있어. 실험실에서 어정버정 돌아다니고 있단 말이야. 그리고 방금 자넨 새로 산 전위계를 깨뜨렸어. 보이스가 오면 자넨 죽은 목숨이라고."

그의 눈길이 나에게서 빙점 도표로 옮겨갔다. "내 귀가 먹었나 봐. 연기가 피어오르는 걸 보니 총을 쏜 게 분명한데 나는 총소리를 전혀 듣지 못했어." 그가 말했다.

나는 다시 한번 내 손을 그의 팔에 얹었는데 그가 이번에는 이전보다 덜 놀라는 것 같았다. "우리 몸이 투명해졌나 봐." 그가 말했다. "맹세코! 해안의 만을 돌아 배가 들어오고 있어. 결국, 이승과 다를 게 별로 없네. 기후만 달라졌을 뿐이지."

나는 그의 팔을 흔들며 소리쳤다. "데이비슨, 정신 차려!"

II

바로 그때 보이스가 들어왔다. 그가 입을 벌리자마자 데이비슨이 소리쳤다. "보이스 이 친구! 당신도 죽었구려! 거참 재미있네!" 나는 데이비슨이 일종의 몽유병자와도 같은 가수면 상태에 있다고 서둘러 설명했다. 보이스는 이내 그에게 흥미를 보였다. 우리 두 사람은 그 친구를 이 이상 상태에서 벗어나게 하려고 온갖 노력을 시도했다. 그는 우리의 질문에 응답했고 우리에게 궁금한 걸 물어보았다.

하지만 그는 해변과 배에 대한 망상으로 주의가 산만해 보였다. 그는 계속해서 배와 닻을 내리는 쇠기둥 그리고 바람을 받은 돛에 관해 이야기해 댔는데, 어스름한 실험실에서 그런 말을 듣고 있자니 기분이 묘했다.

데이비슨은 앞을 보지 못했고 속수무책이었다. 우리는 양쪽에서 그를 부축한 채 복도를 따라 보이스의 방으로 걸어가야 했다. 보이스가 거기서 데이비슨이 늘어놓는 배에 관한 이야기에 장단을 맞추는 동안, 나는 복도를 지나 나이 많은 웨이드 학장에게로 가서 그를 좀 살펴봐달라고 부탁했다. 학장의 음성은 완전히는 아니지만 데이비슨을 조금은 진정시켰다. 그의 손이 어디 있는지, 왜 걸어 다녀야 했는지 물어본 학장은 이맛살을 찌푸린 채 한참 동안 데이비슨을 응시하며 생각에 잠기더니 그의 손을 가져다 소파를 만져보게 했다.

"그건 소파라네. 보이스 교수 방에 있는 소파란 말이야. 속을 말 털로 채웠지."

데이비슨은 더듬어 만져보면서 잠깐 생각하더니 곧바로 그게 만져지긴 했지만 볼 수는 없다고 말했다.

"그럼 자네 눈에는 뭐가 보이나?" 학장이 물었다. 데이비슨은 모래사장과 부서진 조개껍데기 밖에는 아무것도 보이지 않는다고 말했다. 다른 물건들을 명칭을 알려주고 만져보라고 건네주면서 학장은 그를 유심히 살펴보았다.

"돛대만 보일 정도로 배가 멀어졌네요." 데이비슨은 난데없이 곧바로 그렇게 말했다.

"배는 신경 쓰지 말고 내 말을 잘 듣게나, 데이비슨. 자네 환각 상태가 어떤 건지 아나?"

"조금은 압니다." 데이비슨이 말했다.

"그러니까 자네가 보고 있는 건 모두 다 환영이라네."

"버클리 주교님." 데이비슨이 말했다.

"오해하지 말게. 지금 자넨 살아서 보이스의 방에 있다네. 그런데 자네 눈에 이상이 생겨서 볼 수가 없게 된 거야. 촉각과 청각은 괜찮은데 시각에 문제가 생겼어. 내 말이 무슨 뜻인지 알아듣겠나?"

"제 눈에는 보이는 게 너무 많은 것 같은데요." 데이비슨은 주먹으로 눈을 문질렀다.

"그런데요?" 그가 말했다.

"그뿐이야. 당황하지 말게나. 여기 있는 벨로와 내가 택시로 자네를 집까지 데려다주겠네."

"잠깐만요." 데이비슨은 잠시 생각하더니 곧바로 말을 이었다.

"저 좀 앉혀주세요. 죄송하지만 다시 한번 말씀해주시겠어요?"

학장은 매우 참을성 있게 다시 한번 반복했다. 데이비슨은 눈을 감고 이마를 손으로 문지르고 있었다.

"그래요, 정말 맞아요. 눈을 감으니까 교수님 말씀이 맞는 걸 알겠어요. 벨로, 내 옆 소파에 앉아 있는 게 자네로군. 이제 영국에 다시 돌아왔고 주위는 아주 캄캄하군."

그런 다음 그는 눈을 떴다. "그리고 저기 태양이 방금 떠오르기 시작했고, 조선창과 파도가 밀려드는 바다, 그리고 하늘을 나는 한 쌍의 새가 보이는걸. 이토록 뭔가를 생생하게 본 적이 없었는데. 하지만 난 지금 모래톱에 목까지 잠긴 채 파묻혀 있군."

그는 몸을 앞으로 구부리고 두 손으로 얼굴을 감쌌다. 그런 다음 그는 눈을 다시 떴다.

"성난 바다와 일출! 그런데 난 보이스의 방 소파에 앉아 있구나! ……아, 하나님!"

III

그게 시작이었다. 데이비슨의 눈에 생긴 이 이상한 질병은 3주가 지나도 전혀 차도가 없었다. 눈이 먼 것보다도 훨씬 더 나빴다. 그는 완전히 속수무책이어서 갓 부화한 새처럼 밥도 먹여주고 데리고 다니고 옷도 입혀줘야 했다. 그는 움직이려고 할 때마다 물건들에 걸려 넘어지거나 벽이나 문에 부딪혔다. 하루쯤 지나자 데이비슨은 우리가 보이지 않고 목소리만 들리는 것에 익숙해져 자신이 집에 있으며 웨이드 학장이 말해준 게 옳다는 걸 기꺼이 인정했다. 그와 약혼한 내 여동생이 그를 보러 오겠다고 고집을 부렸고, 날마다 몇 시간씩 옆에 앉아 그가 바닷가에 관해 이야기하는 걸 들어주었다. 데이비슨은 그녀의 손을 잡고 앉아 있으니 상당히 위로되는 듯했다. 우리가 그를 데리고 대학을 나와 차에 태워 햄스테드에 있는 집으로 데려갈 때면 그는 마치 땅 위로 다시 나올 때까지 완전한 암흑세계인 모래언덕을 통과하고 바위와 나무와 단단한 장애물을 지나는 것만 같고 자기 방으로 데려가는 동안 추락할 듯한 공포감으로 현기증이 나고 미칠 것만 같았다고 말했다. 왜냐하면, 위층에 올라가는 것이 그에게는 상상의 바위섬 위 허공으로 30, 40피트 들어 올려지는 것처럼 느껴졌기 때문이다. 그는 계속해서 달걀을 모두 깨뜨려야 한다고 말했으므로 결국에는 그의 아버지 진찰실로 내려와 거기 있는 소파에 뉘어야 했다.

그는 섬에 대해 묘사하기를, 약간의 이탄질 토양을 제외하고는 헐벗은 바위가 많아 대체로 식물도 거의 자라지 않는 황량한 곳이라고 했다. 또 펭귄들로 가득하여 그들 때문에 바위들이 허옇고 보기에도 흉하다고 했다. 바다에는 종종 격랑이 일었는데, 한번은 천둥을 동반한 폭풍우가 쳐서 그는 가만히 누워 소리 없는 섬광을 보며 고함을 쳤다. 한두 번 물개들이 바닷가로 나왔지만 단지 처음 2, 3일만 그랬다. 그는 펭귄들이 자신을 통과하여 뒤뚱뒤뚱 걸어가는 모습이 무척 우스꽝스럽다고 말하며, 자신이 펭귄들 사이에 누워 있어도 전혀 방해되지 않는 것 같다고 말했다.

특이한 일이 한 가지 기억나는데, 그날 그는 담배를 몹시 피우고 싶어 했다. 그의 손에다 파이프를 끼워주었는데 그는 그걸로 눈을 찌를 뻔했다. 담배에 불을 붙여주었지만, 그는 아무 맛도 느끼지 못했다. 이게 일반적 경우인지는 모르겠지만 아무튼 그날 이후로 나 역시 연기가 안 보이면 담배 맛을 전혀 느끼지 못한다는 것을 깨달았다.

그러나 가장 특이한 환각 증세는 신선한 공기를 마시라며 웨이드 학장이 데이비슨을 휠체어에 태워 산책하라고 내보냈을 때 일어났다. 데이비슨의 부모님은 휠체어 하나를 빌려서 귀먹고 고집 센 하인 위저리에게 그 일을 맡겼다. 건강한 산책에 대한 위저리의 생각은 아주 독특했다. 도그스 홈에 있던 내 여동생은 킹스 크로스 방향에 있는 캠든 타운에서 그들과 만났는데, 위저리는 흐뭇하게 총총걸음으로 걸어가고 있었고 데이비슨은 무척 고통스러운 듯 기력 없이 앞이 보이지 않은 채 위저리의 관심을 끌기 위해 애를 쓰더라고 말했다.

여동생이 말을 걸자 데이비슨은 대놓고 엉엉 울부짖었다. "아. 이 끔찍한 암흑에서 나 좀 구해줘!" 더듬더듬 그녀의 손을 잡으며 그가 말했다.

"난 여길 빠져나가야 해. 그러지 않으면 난 죽을 거야." 그는 무엇이 문제인지 설명하지 못했지만, 여동생은 그가 집에 돌아가야 한다고 판단했다. 곧바로 햄스테드로 향하는 언덕을 올라갔는데 그제야 데이비슨의 공포심이 사라지는 듯했다. 그때는 훤한 대낮이었는데도 그는 별을 다시 보게 되어 너무나 좋다고 말했다.

훗날 그는 나에게 이렇게 말했다. "나는 마치 저항할 수 없이 바다로 끌려가는 것 같았다네. 처음에는 전혀 불안하지 않아. 물론 밤이었지, 참 아름다운 밤."

"물론이라고?" 그 말이 이상하게 들려서 되물었다.

"물론, 여기가 낮일 때 거기는 항상 밤이었어……. 글쎄, 여하튼 우리는 달빛을 받아 환히 빛나는 잔잔한 물로 곧바로 들어갔지. 물로 들어가자 커다란 파도가 점점 더 커지고 고르게 넘실거리는 것 같았어. 표면은 마치 피부 껍질과도 같이 번쩍거렸다네. 반대로 말할 수도 있겠지만 아래쪽은 텅 빈 곳일지도 몰라. 물속으로 비스듬히 들어갔기 때문에 아주 천천히 내 눈까지 물이 차올랐어. 그다음 물밑으로 들어가자 피부가 파열하는 듯하더니 다시 메워졌어. 달은 하늘에서 펄쩍 뛰어오르더니 희미한 녹색이 되었고 희미하게 빛을 내는 물고기들이 내 주위에서 헤엄쳤지. 빛을 발하는 유리로 만든 것 같은 물건들도 흘러갔고, 나는 기름진 광택으로 빛나는 헝클어진 해초를 뚫고 지나갔어. 그렇게 나는 바닷속으로 들어갔고, 별들은 하나씩 차례로 사라지고, 달은 점점 푸른빛을 띠면서 어두워졌고, 해초는 반짝반짝 자줏빛이 감도는 빨강이 되었지. 그 모두가 희미하고 신비스러웠고 모든 게 전율하는 것 같았어. 그리고 그동안 내내 나는 삐걱거리는 휠체어의 바퀴 소리, 스쳐 가는 사람들의 발소리, 멀리서 '펠멜' 석간신문을 팔고 있는 남자의 목소리를 들을 수 있었지.

나는 계속해서 물속으로 점점 더 깊이깊이 가라앉고 있었어. 그 암흑 속으로 빛 하나 들어오지 않아 내 주위는 컴컴했고 발광체는 점점 더 밝아졌지. 더 깊숙한 곳에 있는 뱀처럼 꾸불꾸불한 잡초 가지들은 알코올램프의 화염과도 같이 흔들렸다네. 그러나 얼마 후 잡초는 더는 없었고, 나를 쳐다보던 물고기들이 주둥이를 크게 벌리고 다가와 내 옆으로 지나갔어. 이전에는 그런 물고기들을 상상해본 적이 한 번도 없었지. 그들은 형광 연필로 선을 그리기라도 한 것처럼 몸 측면에 빛나는 선들이 있었어. 그리고 구불대는 수많은 팔로 뒤로 수영하는 소름 끼치는 물체도 보였지. 그런 다음 나는 흐릿한 빛 덩어리가 어둠을 뚫고 아주 천천히 나를 향해 다가오는 것을 보았다네. 가까이 다가오면서 그것은 표류하는 무언가와 뒤엉켰는데 그 주위를 맴도는 수많은 물고기 떼라는 것을 알았어. 그것을 향해 똑바로 나아가자 곧바로 소란의 한가운데서 빛을 발하는 물고기들 덕분에 쪼개진 나뭇조각이 불쑥 나타나는 걸 보았고, 기울어진 어두운 선체와 물고기에 물어뜯겨 고통으로 몸부림치는 형광 물체들도 보앓다네. 그래서 나는 위저리의 관심을 끌어보려고 노력했던 거야. 나는 공포심에 사로잡혔어. 윽! 반쯤 먹힌 물체들과 정면으로 충돌할 수밖에 없었을 거야. 네 여동생이 오지 않았더라면 말이지! 벨로, 그들에게는 거대한 구멍이 있었어. 그리고…… 그래, 인제 그만두세. 하지만 그건 아주 무시무시했어!"

IV

3주 동안 데이비슨의 이런 특이한 상태가 지속하였다. 당시 우리는 그가 자기를 둘러싸고 있는 현실은 전혀 보지 못한 채 전적으로 환상의 세계만 보고 있다고 생각했다. 어느 화요일 그를 방문했을 때 나는 복도에서 그의 아버지를 만났다. "이제 그 아이는 엄지손가락을 볼 수 있다네!" 기뻐서 어찌할 줄 몰라 하며 노신사가 말했다. 그는 외투를 입느라 씨름하고 있었다.

"벨로, 이제 그 아이가 엄지손가락을 볼 수 있다니까!" 그는 눈물까지 글썽이며 말했다.

"이제 그 아이는 괜찮아질 거야."

나는 서둘러 데이비슨에게로 갔다. 그는 조그만 책을 얼굴까지 들어 올리고 희미하게 웃으면서 책을 살펴보고 있었다.

"정말로 굉장해." 그가 말했다.

"저기 구멍 같은 게 생겼어." 그가 손가락으로 가리키며 말했다.

"나는 평소처럼 바위 위에 올라앉아 있고, 펭귄들도 평소처럼 퍼덕대거나 뒤뚱뒤뚱 걸어 다니고 있고, 때때로 고래도 나타나곤 해.

그렇지만 이젠 고래를 제대로 보기에는 너무나 캄캄해졌어. 그래도 '저기'에 뭔가를 놓아봐. 지금 보인다니까. 아주 희미하고 여기저기 끊어진 듯하지만 그래도 흐릿한 망령처럼 보여. 오늘 아침 그들이 나에게 옷을 입히는 동안에 그걸 찾아냈지. 지옥 같은 이 유령의 세상에 마치 구멍이 하나 뚫린 것 같아. 내 손 옆에 자네 손을 놓아보게나. 아니, 거기 말고, 아! 그래! 이제 그게 보여, 자네 엄지와 소맷부리 말일세! 마치 어두운 하늘에서 유령처럼 자네 손이 삐죽 나온 것 같아. 바로 그 옆에 십자가 모양의 별들이 무리지어 있다네."

그때부터 데이비슨의 상태가 호전되기 시작했다. 특이한 시각에 대한 묘사만큼이나 변화에 대한 그의 묘사도 오묘하게 설득력이 있었다. 이를테면 부분적인 그의 시야에서 유령의 세계가 점차 희미해지면서 투명해졌고, 이런 반투명 간격을 통해 그는 주위의 현실 세계를 희미하게 보기 시작했다. 이런 간격들이 수적으로나 크기 면에서 점차 늘어나 마침내 그의 눈의 사각지대가 얼마 남지 않게 되었다. 그는 자리에서 일어나 혼자서 돌아다닐 수 있게 되었고, 다시 스스로 밥을 먹고 책을 읽고 담배를 피우고 보통 사람처럼 행동하게 되었다. 처음에는 손전등 아래 변화하는 조망처럼 이 두 개의 그림이 겹쳐져서 그로서는 매우 혼란스러웠지만, 얼마 후 그는 환상과 현실을 구별하기 시작했다.

처음에 그는 진정으로 기뻐했고 운동과 강장제로 완치해보려고 조바심을 내는 것 같았다. 그러나 그 괴상한 섬이 그에게서 멀리 사라지기 시작하자 이상하게도 그는 그것에 흥미를 갖게 되었다. 특히 그는 심해로 다시 들어가고 싶어 했고, 런던의 저지대를 이리저리 돌아다니며 표류하다 침수된 난파선의 잔해를 찾아내기 위해 많은 시간을 보내곤 했다. 현실 세계에서 대낮에 내리쬐는 햇볕이 너무 강렬하여 그늘진 세계가 모두 소멸하였지만 어두워진 방에서 보내는 밤이 되면 그는 아직도 파도가 하얗게 부서지는 섬 바위와 앞뒤로 뒤뚱뒤뚱 서투르게 걸어가는 펭귄들을 볼 수 있었다. 그러나 이들조차도 점차 희미해지고 또 희미해져서 마침내 그가 내 여동생과 결혼한 직후에 그것들은 완전히 사라지게 되었다.

V

그리고 이제 가장 기이한 대목을 말할 차례다. 데이비슨이 완치된 후 대략 2년 후에 나는 여동생 부부와 식사를 했는데 저녁 식사 후에 앳킨스라는 사람이 잠깐 방문을 했다. 그는 해군 중위로 유쾌하고 능변이었다. 그는 내 처남과 친밀한 편이었으므로 나하고도 곧바로 친해졌다. 그가 데이비슨의 사촌과 약혼한 얘기가 나오자 그는 우리에게 약혼녀의 최근 모습을 보여주기 위해 우연히 주머니에 들어 있던 사진첩을 꺼냈다. "말이 났으니 얘긴데, 이건 아주 오래된 풀마호라네." 그가 말했다.

무심코 그걸 들여다보던 데이비슨의 얼굴이 갑자기 밝아졌다. "이런 세상에!" 그가 말했다.

"맹세코 말이지 —"

"뭐라고?" 앳킨스가 말했다.

"난 전에 이 배를 본 적이 있네."

"어떻게 그럴 수가 있겠나. 이 배는 지난 6년 동안 남해를 떠난 적이 없는데. 그리고 그 전에는—"

데이비슨이 이야기를 시작했다.

"하지만 정말이라고. 내가 환영에서 본 배가 바로 저 배야. 확실히 저게 내가 본 배란 말일세. 펭귄이 떼를 지어 사는 섬 밖에 저 배가 정박해 있었고, 총을 발사했어."

"저런 맙소사!" 데이비슨의 발병에 대하여 세세하게 듣게 된 앳킨스가 말했다.

"도대체 자네가 어떻게 저 배에 대해 꿈을 꿀 수 있었을까?"

그런 다음 데이비슨이 발병하게 된 바로 그 날 실제로 풀마호가 앤티퍼디스 섬 남쪽에 있는 조그만 바위 앞에 정박하고 있었다는 사실이 조금씩 밝혀졌다. 펭귄 알을 얻으려고 풀마호를 떠나 밤새도록 정박해 있던 작은 배는 폭풍우가 몰아치는 바람에 지체하게 되었고, 선원들은 아침까지 기다렸다가 풀마호로 돌아갔다. 앳킨스는 그 선원 중 하나였으므로 섬과 배에 대한 데이비슨의 묘사를 한마디 한마디 확인해주었다. 데이비슨이 진짜로 그 장소를 보았다는 사실에 대해 우리는 전혀 의심할 수 없었다. 설명할 수 없는 어떤 놀라운 방법으로 그가 런던의 여기저기를 돌아다니는 동안 그의 시야는 멀리 떨어져 있는 그 섬 곳곳을 돌아다녔다. 그 '방식'은 절대적으로 불가사의한 일이다.

이렇게 데이비슨의 눈과 관련된 놀라운 이야기는 끝이 난다. 아마도 이것이 원거리 시각이 실제로 존재한다는 사실을 입증한 최고의 사례일 것이다. 웨이드 교수가 내놓은 것 외에 더 나올 설명도 없다.

그러나 웨이드 교수의 설명으로 인하여 4차원과 공간 이론에 대한 논문이 나오게 되었는데, '공간의 뒤틀림'이 있다는 견해는 나로서는 터무니없는 생각인 것 같다. 아마도 내가 수학자가 아니기 때문일 수도 있다. 이론이야 어쨌든 그 장소가 8천 마일이나 떨어져 있다는 사실은 달라지지 않는다고 내가 말하자, 그는 종이 위에 그린 2개의 점은 1야드 떨어져 있지만, 종이를 접으면 하나의 지점으로 모일 수 있다고 답변했다. 이 글을 읽는 독자는 웨이드 교수의 논점을 파악할지 모르지만 나는 절대로 그렇지 못하다. 그는 데이비슨이 커다란 전자석의 양극 사이에서 몸을 구부리고 앉아 있다가 번개가 치는 바람에 역장에 급격한 변화가 일어나 그의 망막이 특별히 뒤틀리게 되었다고 생각하는 것 같다.

이것 때문에 그는 사람들이 육체적으로는 이 세상 어딘가에 존재하면서 시각적으로는 다른 곳에서 살아갈 수 있을 거로 생각한다. 심지어 그는 자신의 견해를 뒷받침할 실험도 몇 차례 시도했다.

그러나 그는 아직 개 몇 마리를 소경으로 만들었을 뿐이다. 몇 주 동안 웨이드 교수를 보지 못했지만 나는 그것이 그의 작업의 최종 결과라고 생각한다. 최근 나는 세인트 팬크라스(런던의 국제 기차터미널) 설치와 관련된 작업에 몰두하느라 어찌나 바쁘던지 그를 방문할 기회가 거의 없었다. 그렇지만 그의 이론은 전반적으로 터무니없는 것 같다. 반면에 데이비슨과 연관된 사실들의 경우는 아주 다르다. 나는 지금까지 이야기한 모든 구체적인 사실들의 정확성에 대하여 직접 증언할 수 있다.

이소영

서울대학교 영어교육과를 졸업하고 영국 리즈대학교 대학원 영문학과와 한국외국어대학교 통번역대학원에서 수학했다. 미국 위스콘신(밀워키)대학교에서 영문학 석사학위를 받았다. 호주 그리피스대학교에서 여성학을 연구했고 중앙대학교 사회개발대학원에서 석사학위를 받았으며, 경희대학교, 고려대학교, 중앙대학교, 한양대학교 시간강사를 역임했다. 옮긴 책으로는 『페미니즘』, 『포스트모더니즘』, 『행동하는 페미니즘』 등의 비평이론서와 치누아 아체베의 연작 『사바나의 개미언덕』, 『신의 화살』, 『더 이상 평안은 없다』 그리고 마거릿 애트우드의 연작 『홍수의 해』와 『미친 아담』 등이 있다. 이 밖에도 『내 인생 단 하나뿐인 이야기』 등 다수를 번역 출간했다. 현재 전문 번역가, 자유기고가.

정정호

서울대학교 영어교육과를 졸업하고 같은 대학원 영어영문학과 석, 박사과정을 수료했다. 미국 위스콘신(밀워키)대학교에서 영문학 박사학위를 받았으며 홍익대학교, 중앙대학교 영문학 교수를 역임했다. 한국영어영문학회장, 한국번역학회 부회장, 국제비교문학회(ICLA) 부회장, 제2회 세계한글작가대회 집행위원장 등을 맡았다. 최근 저서로 『피천득 다시 읽기』, 『문학의 타작 — 한국문학, 영미문학, 비교문학, 세계문학』 등이 있고, 옮긴 책으로는 『세상위의 세상들: 셸리 시선집』, 『현대 문학 비평』 등 다수가 있다. 영역집으로는 서기원의 장편소설 『이조 백자 마리아상』과 손해일 시선집 『빛의 탄주』 등을 출간했다. 현재 문학비평가, 국제 PEN 한국본부 번역원장, 중앙대 명예교수.

정혜연

고려대학교 영어영문학과를 졸업하고 대학원에서 영문학 석사학위를 받았다. 미국 테네시주 밴더빌트대학교에서 미국문학으로 석, 박사학위를 받았다. 1999년 전경린의 단편소설『메리고라운드 서커스 여인』을 영역하여『코리아 타임스』가 주최한 한국문학 번역상을 수상했다. 옮긴 책으로는『거지 오페라』(공역),『현대 미국문화의 이해』(공역),『헤럴드 블룸 클래식』(공역),『내 인생의 단 하나뿐인 이야기』(공역),『개천에 핀 장미 한송이』(근간) 등이 있다. 고려대학교, 숙명여자대학교, 중앙대학교 강사를 거쳐 성균관대학교 영어영문학과 BK박사후연구원을 지냈다. 현재 성신여자대학교 영어영문학과 교수, 국제 PEN 한국 본부 번역원 사무국장.

정혜진

서울대학교 불어교육과(영문학 부전공)을 졸업하고 대학원 비교문학 석사과정을 수료하였으며,『코리아 타임스』문화부 기자로 활동했다. 그 후 미국 캘리포니아(LA)대학교에서 영화학 석사를, 캘리포니아(산타바바라)대학교에서 영화학 박사를 받았고 MIT에서 박사후과정을 마쳤다. 저서로 *Media Heterotopias: Digital Effects and Material Labor in Film Production*(듀크대 출판부) 등이 있다. 김인숙의 단편소설『물 위에서』영역으로 제30회『코리아 타임스』번역문학상을 받았고 한국문학번역원 지원으로 전경린의 장편소설『나는 유리로 만든 배를 타고 낯선 바다를 떠도네』를 영역하여 해외에서 출판하였다. 현재 경희대학교 글로벌커뮤니케이션학부 교수.